KB109937

불멸의 이순신 6

삼도 수군 통제사

불멸의 이순신 6

김탁환 장편소설

삼도 수군 통제사

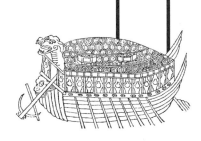

민음사

차례

6권
삼도 수군 통제사

一, 누구를 으뜸 장수로 삼을 것인가

계사년(1593년) 칠월 십오일 밤.

한양을 수복한 지 석 달이 흘렀지만 조정은 아직도 환도하지 않았다. 왜군이 쉽게 물러간 것을 믿을 수 없어서이기도 했고, 다시 전황이 불리해져 야반도주하는 일이 생길까 두려워서이기도 했다. 선조는 평안도 영유(永柔)를 거쳐 강서(江西)에서 여름을 지낼 생각이었다. 좌의정 윤두수나 좌찬성 정탁이 나서서 속히 환궁할 것을 아뢰었지만 끝내 마음을 바꾸지 않았다.

고니시가 이끄는 왜군이 경상도와 전라도의 교량인 진주로 향했다는 장계가 칠월 사일 밤부터 날아들었다. 왜군들이 전라도 침공을 시작했다면 한양으로 내려갈 수는 더더욱 없는 일이다. 한양에서 류성룡이 은밀히 올린, 명군이 전의를 상실했다는 서찰도 선조가 환궁을 주저하게 만들었다.

유난히 시원한 여름이 계속되고 있었다. 낮에는 불볕이 내리쬐다가도 밤만 되면 늦가을처럼 기온이 뚝 떨어졌다. 일교차가 커서 감환에 걸린 환자들이 속출했다. 이번 감환은 극심한 두통과 열을 동반하면서 쉽게 떨어지지 않았다. 세자인 광해군도 벌써 여러 날째 쿨럭거리며 감환을 앓고 있었다.

기온이 떨어지는 바람에 치명적인 피해를 입은 것은 농작물이었다. 벼는 채 익기도 전에 시들었고 과일도 새벽 된서리를 견디지 못해 잘고 병든 열매를 맺었다.

"전하! 밤바람이 차옵니다. 안으로 드시옵소서."

머리를 조아리고 선 대전 내관 윤환시가 돌아갈 것을 권했다. 선조가 감환에라도 걸리면 대신들 질책이 쏟아질 터였다.

선조는 눈을 들어 뒤뜰을 쓰윽 한 번 훑었다. 가지가 부러진 노간주나무와 모로 쓰러져 뿌리를 드러낸 갈참나무가 눈에 띄었다. 그 아래 피어 있는 견우화(牽牛花, 나팔꽃)도 붉은 잎이 거의 시들었다.

'황량하도다. 생기라고는 느껴지지 않는구나. 저 풀과 나무들 모두 고사(枯死)하기 직전이 아닌가. 휘휘 뒤바람이 불 때마다 숨을 헐떡이며 마지막 생명줄을 잡으려고 안간힘을 쓰는구나. 아! 내 백성도 이와 같으리.

천지의 도(道)가 넓고 두텁고 높고 밝고 영원하다지만, 지난 일 년 동안 그 도는 위항(委巷, 꼬불꼬불한 좁은 길. 민간의 초라함을 일컫는 말.)의 백성에게 전혀 미치지 못했다. 왜군이 팔도를 유린하는 것이 도는 아닐 것이다. 내가 의주까지 몽진을 떠난 것도 도는 아닐 것이다. 백성들이 굶주려 죽고 조총에 맞아 죽고 병들어 죽는 것도 도는 아닐 것이다. 그렇다면 천지의 도는 어디에 있는가.

자식이 부모를 위하고 아내가 남편을 위하며 신하가 임금을 위하는 나라를 만들려고 이십 년이 넘도록 노력해 왔다. 어려서는 퇴계와 율곡의 가르침에 따랐고 나이가 들어서는 그들의 제자를 중용하여 도학이 성행하는 나라, 선비의 나라를 만들려고 했다. 조강(朝講, 아침 강의)과 석강(夕講, 저녁 강의)에 빠짐없이 참석했고 사서오경을 신물 나도록 읽었으며 명나라에 철마다 문안사를 보내는 것도 게을리하지 않았다. 그런데 어찌 이 나라 조선이 짐승만도 못한 왜인들에게 유린당해야 하는가. 이것은 도가 아니다. 천지의 도는 정녕 어디에 있는가.'

선조는 윤환시에게 가까이 오라는 눈짓을 보냈다. 윤환시는 궁녀들을 물리고 종종걸음으로 다가왔다.

"돌아들 왔는가?"

"그러하옵니다."

주위를 살피며 윤환시가 답했다.

"진주성은 어찌 되었는가?"

윤환시가 시선을 내리깔고 머뭇거렸다. 선조의 얼굴에 노여움이 서렸다.

"빨리 고하지 못할까?"

"진주에 급파되었던 화, 뇌, 운이 오늘 새벽에 도착하였사옵니다. 보고를 듣자니 3만 명이 넘는 왜군이 진주성을 포위한 채 밤낮으로 공격을 퍼부었다 하옵니다. 지난달 스무이튿날부터 전투가 시작되었사온데 경상 우병사 최경회(崔慶會), 충청 병사 황진(黃進), 김해 부사 이종인(李宗仁), 사천 현감 김준민(金俊民), 남포 현령 송제(宋悌), 진주 목사 서예원(徐禮元), 진해 현령 조경형(曺慶亨)……."

"그만! 과인이 어디 장수들의 이름을 불러 달라고 했느냐?"

"의병장으로는 창의사(倡義使) 김천일(金千鎰), 복수장 고종후(高從厚), 우의병부장 고득뢰(高得賚), 좌의병부장 장윤(張潤)……."

"이노옴! 죽고 싶으냐? 그곳 전투가 어찌 되었는지 속히 아뢰지 못 할까?"

윤환시가 땅바닥에 넙죽 엎드렸다.

"전하! 지난달 스무아흐렛날에 진주성이 함락되었다 하옵니다."

"뭣이? 그 말이 한치의 어긋남도 없는 사실이렷다?"

진주성이 철류(綴旒, 끊어질 듯 이어진 깃에 매달린 술)처럼 위태롭다는 풍문은 전라도에서 평안도로 뱃길을 오가는 장사치들을 통해 열흘 전부터 흘러들어 왔다. 그러나 선조는 그 말을 믿을 수가 없었다. 작년 시월에는 김시민 혼자서도 진주성을 거뜬히 지켜 내지 않았던가.

"그러하옵니다. 또한 진주성을 지키던 만여 명의 장졸들과 백성들이 왜적들의 손에 무참히 도륙당했다고 하옵니다."

"도륙당했다? 그 많은 장졸과 백성들을 모두 죽였단 말인가? 미친 바람이 잘못 전한 말이 아닌가?"

윤환시는 머리를 아예 땅에다 박고 울먹거렸다.

"어른 아이 가리지 않고 모조리 죽였다 하옵니다."

"이…… 개만도 못한 놈들!"

선조의 온몸이 부들부들 떨렸다. 조명 연합군이 부산포까지 왜군을 밀어붙이고 수군이 배후를 치면 전쟁이 끝나리라고 기대했다. 그러나 왜군은 진주성을 함락시킬 만큼 아직 건재하다. 백성과 장졸을 몰살시킨 것은 힘을 과시하기 위함이리라.

"도대체 권율은 무얼 하고 있었단 말이냐?"

"화가 아뢰기를 도체찰사 권율의 군대는 이번 전투에 참전하지 않았다 하옵니다."

"그 말이 사실이렷다? 만여 명의 장졸과 백성이 몰살당하는 판인데도 도체찰사가 원병을 보내지 않았단 말이냐?"

"장수들 간에 이견이 있었다 하옵니다. 도체찰사 권율은 진주성을 비우고 일단 후퇴하였다가 왜군과 맞서기를 바랐는데 경상 우병사 최경회와 충청 병사 황진이 강력하게 반대했던 듯하옵니다. 왜군은 이 틈을 타서 진주성을 포위하고 원병이 접근하지 못하도록 길목을 차단한 후 성을 함락시켰사옵니다."

"몰려오는 적을 앞에다 두고 자기들끼리 싸웠단 말인가?"

"그러하옵니다, 전하!"

"이런, 고이얀!"

장수들 간의 갈등은 전쟁이 시작된 이래 끊임없이 이어졌다. 전시(戰時) 최고 기관인 비변사가 동시다발로 벌어지는 전투를 총괄하지 못하는 데 근본 원인이 있었다. 몽진에 나선 조정이 평안도에 머무르는 동안 교전은 대부분 하삼도에서 벌어졌다. 하삼도에서 평안도까지는 아무리 빨리 연통을 넣어도 소식이 오가는 데 나흘이 넘게 걸렸다. 비변사 결정에 따라 전투를 벌이는 것은 사실상 불가능했고, 더 많은 권한이 하삼도에 있는 장수들에게 주어졌다. 당장 눈앞에 닥친 전투에서 이기기 위해 도체찰사를 비롯한 각 지역 병사와 수사에게 힘을 실어 준 것이다. 이 결정은 의외의 결과를 초래했다. 비변사의 개입과 중재가 사라지자 장수들 간 갈등이 곳곳에서 불거져 나온 것이다. 문신끼리의 다툼은 기껏해야 타시락거리는 언쟁에 그치지만 장수들의 쟁공은 전투의 승패와 직결되었다. 진주성 패전도 따지고 보면 도체찰사 권율과 휘하 장수들의 갈등에서 비롯된 것이다.

지금까지 무장들이 쟁공하는 것은 당연한 것으로 받아들여져 왔다. 특히 선조는 이름난 장수들을 계속 변방으로 돌려 전공을 세우도록 유도했다. 군권이 한 사람에게 집중되는 것을 막기 위해 장수들을 한 자리에 이 년 이상 두지 않았다. 어명을 어기거나 전투에서 패한 장수는 지체 없이 삭탈관직을 당했고 사약을 받는 경우도 종종 있었다.

선조는 어명을 거듭 내리면서도 마음을 놓을 수 없었다. 군왕이 내린 어명을 하삼도 장수들이 충실히 따르고 있는지 확인하기 힘들 뿐만 아니라 그들에게 부여한 군권이 항상 골칫거리였다. 특히 도체찰사 권율과 전라 좌수사 이순신은 아직 전면전을 벌일 때가 아니라는 장계를 어명을 어기면서까지 올렸다. 조목조목 따지고 드는 그 장계들을 읽을 때면 가슴이 답답해 왔다.

'하늘의 도(道)가 항상 옳듯 군왕의 영(令)도 틀린 데가 없는 법! 군왕의 명령을 거스르는 장수는 군권을 빼앗고 목을 벨 수밖에 없다. 그런데도 신하들은 육군의 권율과 수군의 이순신에게 큰 상을 주라 한다. 아니, 어명을 따르지 않는 장수는 결코 용서하지 않겠다. 이 나라 주인은 권율이나 이순신이 아니라 바로 나다.'

"이순신과 원균은 어떻게 하고 있던가?"

장계를 따로 올리는 것까지는 이해한다고 쳐도, 같이 참전한 해전에서 상대방을 헐뜯고 비난하는 것은 납득하기 힘들었다. 이순신이 조총을 바치면 원균도 곧 조총을 보내왔고, 원균이 수급을 바치면 이순신도 그 뒤를 따랐다. 두 사람 모두 경상, 전라, 충청 삼도의 수군을 모두 총괄하는 수군 통제사 자리를 노리고 있었다. 그 자리는 조선의 바다 전체를 책임지는 만큼 엄청난 화력과 병사들을 거느릴 수 있는 자리이기에 신중에 신중을 기해 기용해야 한다. 선조가 서너 달이 넘도록 결정을 미뤄 왔던 것은 그토록 막강한 군권을 한 장수에게 집중시키고 싶지 않아서였다. 그러나 전쟁은 끝나지 않았고, 이제는 자중지란을 막아야 할 때가 된 듯했다. 이순신과 원균의 불화로 조선 수군마저 무너진다면 전세는 역전되고 만다.

"천과 지가 전라 좌수영에 다녀왔고 풍과 해는 경상 우수영을 살피고 돌아왔사옵니다. 지난 오월부터 두 달간 경상 우도 지역을 돌면서 왜적과 맞서 싸웠던 연합 함대는 완전히 와해된 상태이옵니다. 전라 좌수사 이순신은 한산도로 좌수영을 옮기느라 분주하다 하옵고 경상 우수사 원균은 남해도와 거제도에서 매일 크고 작은 해전을 치르고 있다 하옵니다."

"부산포를 칠 준비는 하고 있다더냐?"

"그게…… 군량미를 모으고 활과 화살을 다듬는 데 열심인 것은 사실이오나 당장 출정할 뜻은 없는 듯하옵니다. 게다가 두 수사 사이에 주먹다짐까지 벌였다는 소문이 파다하게 퍼져 당분간은 연합 함대를 꾸리는 것조차 어려울 것이옵니다."

"주먹다짐? 수사들이 돼지처럼 뒤엉켜 싸웠단 말이냐?"

"소문이 그렇게 났사옵니다만 사실은 아닌 듯하옵니다."

예상보다 상황이 더 좋지 않은 듯했다. 수사들끼리 주먹을 휘둘렀다는 소문이 돌 정도라면 휘하 장졸의 대립과 반목은 짐작하고도 남음이 있었다. 이대로 내버려 둘 일이 아니다. 군권이 집중되는 것은 꺼림칙하지만 으뜸 장수를 뽑아 수군이 일사불란한 체계를 갖추도록 하는 것이 급선무였다.

"동궁에게 가겠노라. 앞서라!"

"전하! 밤이 깊었사옵니다."

선조가 고개를 획 돌렸다.

"이노옴! 주둥아릴 닥쳐라. 아비가 아들을 만나러 가는데 가릴 게 무엇이란 말이냐? 썩 앞서지 못할까?"

윤환시는 고개를 갸우뚱거리며 허깨비걸음(정신없이 허둥지둥 걷는 걸음)을 재촉했다. 선조는 병을 앓는 광해군에게 열흘이 넘도록 눈길 한 번 주지 않았다. 그런데 이 야심한 밤에 동궁 처소에 가겠다고 나섰으니 이상한 일이 아닐 수 없었다.

세자빈은 중전 박 씨 처소에 머무르고 있었다. 중전 박 씨도 감환에 걸려 앓고 있었던 것이다.

"어서 오소서, 아바마마!"

미리 연통을 받은 광해군이 마당까지 내려와서 선조를 맞이했다. 입술이 쩍쩍 갈라지고 광대뼈가 튀어나왔으며 피부는 물까마귀처럼 검고 목은 심하게 부어올라 병색이 완연했다. 생기가 도는 데라곤 깊고 그윽한 검은 눈동자뿐이다.

"밤바람이 차다. 어서 들어가자꾸나."

선조가 광해군 어깨를 감싸안듯이 아우르며 방으로 들어갔다. 아버지와 아들은 예의를 갖춘 후 마주 앉았다. 참으로 오랜만에 함께하는 자리였다. 광해군이 세자에 오른 후 선조가 그 처소를 찾은 것은 처음인 듯했다. 몽진 중에는 왜적 손아귀에서 벗어나느라 바빴고 분조를 정한 후에는 아예 떨어져 지냈다. 평양이 탈환되자마자 원조(原朝)와 분조(分朝)가 곧바로 합쳤지만, 일월 이십일 정주(定州)에서 상봉한 부자는 따뜻한 덕담 한마디 나누지 않았다. 그 와중에도 마음만 먹었다면 함께 자리를 마련할 기회는 있었다. 그러나 작년까지 어심은 신성군에게 가 있었고, 신성군이 죽은 다음에는 슬픔을 달래느라 광해군을 돌아볼 겨를이 없었다.

"몸은 어떠하냐?"

자애로운 아버지가 아들 병을 걱정하여 문안을 온 것처럼 물었다. 그러나 광해군은 알고 있었다. 아버지는 결코 탐탁지 않은 아들 병문안을 다닐 만큼 따사롭지 않다는 것을.

"다 나았사옵니다. 괜한 심려를 끼쳐 드려 송구스럽기 그지없사옵니다.”

“세자는 이 나라의 중심이니라. 특별히 몸을 아껴야만 한다.”

“명심하겠사옵니다, 아바마마!”

“약은 먹었고?”

“내의원 허준이 지어 준 약을 먹었더니 한결 감환이 가셨사옵니다.”

의례상 대화가 이어졌다. 광해군은 온화한 표정을 짓고 음성을 한껏 낮춘 채 선조가 어서 본론으로 들어가기를 기다렸다. 이윽고 선조가 턱을 조금 치켜들며 가슴에 담아 두었던 이야기를 시작했다.

“아무래도 진주성이 함락된 것 같구나.”

“예에!”

광해군은 말꼬리를 흐리며 고개를 숙였다. 왜군이 진주성을 포위했다는 소식을 접했을 때부터 불길한 예감이 들었다. 진주성 함락은 참으로 놀랍고 난감한 일이었다. 철통같이 지켰던 전라도 방어선에 큰 구멍이 뚫린 것이다. 광해군은 당황하는 빛을 보이지 않으려고 애썼다. 조금이라도 흔들리면 아버지 기세에 눌리고 만다.

선조가 논의를 비약시켰다.

“세자는 삼도 수군 통제사라는 자리가 필요하다고 보느냐?”

광해군은 바짝 마른 아랫입술에 침을 약간 발랐다. 벌써 넉 달이 넘도록 삼도 수사들을 총지휘할 새 벼슬자리에 대한 논의가 있었다. 수군 통제사를 두는 데는 이견이 없었으나 문제는 누구를 그 자리에 앉히는가 하는 것이다. 류성룡과 이덕형, 정탁 등은 이순신을 추천했고 윤두수와 정철, 이일 등은 원균을 지지했다.

"수군은 연합 함대로써 왜적과 맞서 왔사옵니다. 그 함대에 으뜸 장수를 세우는 것은 당연한 일이라 사료되옵니다."

"네 생각도 비변사 중론과 같구나. 그렇다면 누가 그 자리에 올라야 하겠느냐?"

"……"

광해군은 침묵을 지켰다. 쉽게 판단할 문제가 아니었다. 그는 이순신과 원균의 승전보만 접했을 뿐 두 사람을 만나 본 적은 없었다. 류성룡이 이순신을 오래전부터 지원한 것은 천하가 아는 사실이다. 이순신이 종육품 정읍 현감에서 정삼품 전라 좌수사로 파격 승진을 거듭한 것도 류성룡 도움에 힘입은 것이다. 류성룡의 지인지감에 기대자면 이순신이 뛰어난 장수인 것은 틀림없다. 그러나 원균 역시 이순신에 비해 결코 부족함이 없지 않은가. 일찍이 신립, 이일을 도와 함경도 육진에서 공을 세웠고 경상도가 초토화되었을 때도 경상 우도 바다를 떠나지 않은 맹장이다. 그들 두 사람이 뜻을 합치지 못하고 심하게 쟁공하는 것이 참으로 안타까웠다.

"말해 보아라. 원균과 이순신 중 누가 적합하겠는가?"

광해군이 말머리를 돌렸다.

"이순신이 좌수영을 옮겼다는 소식을 들었사옵니다. 사실이옵니까?"

"그렇다. 한산도로 옮겼느니라. 군선을 정박하고 군량미를 비

축하며 척후를 더 잘 활용하려면 여수보다 한산도가 더 적당하다
며 장계를 보내왔지."

"원균도 장계를 올렸다고 들었사옵니다."

"어제 읽어 보았다. 장졸들이 심한 기근으로 죽어 나가고 있으
니 군량미를 보내 달라는 장계였다."

광해군은 잠시 뜸을 들였다.

"이순신과 원균은 둘 다 천하의 명장이옵니다. 천 리나 떨어진
이곳에서 두 장수 중 누가 더 뛰어난지를 가리는 것은 참으로 힘
든 일이옵니다. 그러므로 소자는 그 인물됨보다 그 자리를 중심
에 두고 살필까 하옵니다."

"그 자리를 중심으로 살핀다?"

"그러하옵니다. 전라도는 아직 참화를 겪지 않았사옵니다. 조
명 연합군이 평양과 한양을 수복한 것도 군량미와 무기 그리고
군졸들이 전라도에서 끊임없이 보충된 덕에 가능했사옵니다. 전
라도가 조선 팔도를 먹여 살렸다는 속언도 있지 않사옵니까. 전
라 좌수영과 경상 우수영을 살피시옵소서. 경상 우수영은 군량미
가 부족해서 조정에 도움을 청하고 있사옵니다. 이것이 물론 원
균보다 이순신이 더 낫다는 것을 뜻하지는 않사옵니다. 경상 우
수영 군선들이 군량미를 모을 틈도 없이 인접한 왜선들과 맞서
싸웠기 때문에 빚어진 일이겠지요. 하나 경상도 군사들은 굶주리
고 전라도 군사들은 허기를 면하고 있는 것만은 엄연한 사실이옵
니다. 그러므로 소자는 왜군을 완전히 몰아낼 때까지는 전라도를
중심에 둘 수밖에 없다고 생각하옵니다. 권율을 도체찰사로 삼았

듯이, 수군 으뜸 장수도 전라도에서 나와야 할 것이옵니다. 그것이 민심을 잡는 길이기도 하옵니다."

선조가 헛헛 헛기침을 했다.

"결국 세자는 이순신을 통제사에 앉히자는 것이구나."

"이순신이 아니오라 전라도 수사를 택해야 한다는 뜻이옵니다. 이억기나 이순신 중 누가 되더라도 크게 달라질 것은 없다고 보옵니다."

"이억기가 헌걸차고(매우 풍채가 좋고 의기가 당당함) 협협하지만 (활발하고 융통성이 있으며 대범함) 아직 어리다. 삼도 수군을 지휘할 능력이 없어."

선조는 천천히 자리에서 일어났다. 광해군 속마음을 알았으니 더 이상 머물러 있을 필요가 없었다. 광해군은 다소곳이 뒤따라 일어나서 마당까지 선조를 배웅했다. 마당 한가운데 이르렀을 때 선조가 갑자기 휙 돌아섰다. 입김이 닿을 만큼 가까운 거리였다. 뚫어져라 광해군 얼굴을 살핀 다음 낮고 굵은 어투로 다짐하듯 말했다.

"자고로 무(武)는 나라의 화근이다. 장수가 신망을 얻으면 나라를 어지럽히게 되느니라. 장수에게 전권을 주지 않는 것이 최선일 터이나, 어쩔 수 없는 경우를 당하면 군왕은 쉬지 않고 장수를 감찰해야 한다. 알겠는가? 세자는 과인 말을 가슴에 꼭 새기도록 하라!"

二, 불행을 품고 다니는 여자

계사년 구월 사일.

웅천에서 기어이 병으로 드러누운 최중화가 자리보진을 한 지도 벌써 열흘이었다. 박초희는 그가 일러 주는 대로 산야초도 따서 달여 먹이며 손톱으로 꾹꾹 눌러 주는 자리에 침도 놓았지만, 최중화 상태는 점점 나빠지기만 했다. 가래가 끓고 입에서는 단내가 났으며 식은땀이 비 오듯 흘러내렸다. 깜박깜박 정신을 잃는 일도 있었다.

"아무래도 아니 되겠소. 난 몹쓸 병에 걸린 듯하니 어서 이곳을 떠나시오. 괜히 병을 옮아 명을 단축하지 마오."

남장을 한 박초희는 오른손 검지를 눈가에 대며 웃었다.

"별 말씀을 다 하시네요. 병이 옮고 아니 옮고는 하늘의 뜻이죠. 돌림병 환자들을 돌보고 직접 묻어 주기까지 했지만 아무 문

제도 없었답니다. 편찮으시니 더더욱 제가 곁에 있어야지요. 그
동안 낮밤 없이 환자를 보느라 심신이 지쳐서 병이 나신 겁니다.
짬짬이 서책까지 쓰시니 몸이 축날 수밖에요."

서책!

"알고…… 있었소?"

박초희가 웃음을 거두지 않고 답했다.

"그럼요. 마을을 옮겨갈 때마다 등짐에 서책이 가득하다는 걸
모르면 제가 눈 뜬 장님이게요."

그간 겪어 온 환자들 증상과 처방을 정리해서 적어 두었다. 명
의(名醫) 소리를 듣는 최중화였지만 열 중 두셋은 병을 고칠 수
없었다. 듣지도 보지도 못한 새로운 질병이 나타나기도 했고, 낯
익은 병인데도 기존 처방을 쓰면 오히려 악화되는 경우도 있었
다. 환자들이 대부분 배를 곯고 한뎃잠을 자서 기가 허한 것도
큰 문제였다. 약이나 침을 이길 만한 체력이 아니었던 것이다.
또한 환자들을 긴 시간 오래 두고 볼 여유가 없었다. 어떻게든
속히 통증이 완화되고 병이 나을 처방이 필요했다. 비싼 약재를
구하기도 힘들었기에 침을 놓으며 약초들을 이용했다. 용법이 밝
혀지지 않은 약초는 직접 먹어도 보았다. 독초를 씹어 며칠 밤
사경을 헤매거나 온몸에 붉은 반점이 돋기도 했다.

"병세와 처방을 정리해 두시면 장차 이 나라 의술에 큰 도움이
되겠지요."

박초희는 서책 내용까지 짐작하고 있었다. 최중화는 드러누운
채 고개만 돌려 박초희의 큰 눈을 바라보았다.

"불편한 곳은 없소? 환청이 들리거나 환영이 보이지는 않고?"

"의원님 걱정이나 하세요. 보시다시피 전 너무 건강해서 탈이랍니다. 환청이나 환영 따위가 있을 리 없지요."

박초희는 지나치게 밝았다. 밤을 꼬박 새우며 환자들을 돌보고서도 미소를 잃지 않았다. 그러나 아기들이 울음을 터뜨릴 때면 팔오금이 저린 듯 움찔움찔 어깨를 떨며 긴 한숨을 내쉬었다. 방긋방긋 웃는 아기도 품에 안지 못했다. 지난날 상처가 가슴 깊이 숨어 있는 것이다.

최중화는 자기 병이 심상치 않음을 느꼈다. 더 이상 미룰 수 없는 상황이었다.

'혹시 내가 잘못 되기라도 하면 또 외톨이가 되고 말 테지. 전쟁터에서 여자 혼자 지내는 것은 위험천만이다. 전라 좌수영으로 돌려보내야 한다.'

"나를 좀…… 일으켜 주오."

누워 할 이야기가 아니었다. 박초희는 최중화가 목을 들자 곁으로 옮겨 앉아 부축해 일으켰다. 최중화는 베개를 허리에 받치고 벽에 기대어 잠시 눈을 감았다. 그 밤 박초희를 구하기 위해 찾아왔던 이순신이 떠올랐다.

최중화가 눈을 뜨고 말문을 열었다.

"실은 그대가 누구인지 알고 있소. 정읍에서 그대를 보았지."

그 말을 들은 순간 박초희 얼굴이 하얗게 질렸다.

"어찌 그 일을……"

"그대가 전라 좌수사 이순신 장군의 은혜를 입어 살아난 줄도 아오.”

“······”

박초희는 더 이상 말을 할 수 없었다. 최중화가 가벼운 미소를 머금으며 이야기를 이었다.

“놀라지 마오. 전라 좌수사 이순신 장군이 정읍 현감으로 계실 때 나는 그 근방에서 환자들을 돌보고 있었다오. 어느 날 위급한 환자가 있다는 소식을 듣고 버선발로 관아까지 달려갔소. 형방이 먼저 귀뜸했지. 자기가 낳은 핏덩이를 돌로 쳐 죽인 죄인이라고, 왜인과 몸을 섞은 천한 계집이라고. 미쳐서 날뛰는 여자의 사지를 군졸 넷이 번쩍 들어 곁방으로 옮겼소. 나는 우선 광증을 가라앉히기 위해 침을 놓았다오. 그리고 그 여인 얼굴을 살폈소.”

“그만하세요.”

박초희가 말허리를 자르려 했으나 최중화는 이야기를 멈추지 않았다.

“정읍 현감은 그 여인 병이 깊으니 특별히 보살피라 명하셨소. 그러곤 밤을 타서 여인을 다른 곳으로 은밀히 옮기셨다오. 나는 여인이 달아났다고 관아에 알렸소. 문초를 받았으나 그동안 공이 있어 별 탈 없이 풀려났지. 그 후 그 일을 잊었소. 좌수사께서 그 여인을 잘 보살피시리라 믿었다오. 한데 갑자기 그 여인이 경상 우도에 나타난 게요. 삶과 죽음이 왔다갔다하는 전쟁터에 말이오.”

“하면 왜 처음 만났을 때 말씀하지 않으셨는지요?”

“어인 연고인지 찬찬히 알아보려 했소. 만나자마자 아는 척을 했더라면 나와 동행하지 않고 다른 곳으로 가 버렸을 것 아니오? 딴 곳에서 고생하는 것보다는 내가 곁에서 살피는 편이 낫다 여겼소. 몸이 이렇게 좋지 않으니 이제 그 일도 힘에 부치오. 그러니 자초지종을 들읍시다. 좌수사 곁을 떠난 이유가 무엇이오? 혹시 그 어른이 내치신 게요?"

"아닙니다, 그건!"

박초희가 강하게 부인한 다음 고개를 돌렸다.

"그렇다면 스스로 떠난 게로군. 왜 그리하였소? 또, 떠났다면 전쟁을 피해 전라 우도로 몸을 숨길 것이지 경상 우도로 홍의 장군을 찾아온 이유는 무엇이오?"

"처음부터 죄 많은 계집이에요. 정읍에서 붙들렸을 때, 아니, 왜인들의 섬으로 끌려가기 전에 벌써 자결했어야 할 몸입니다. 아득바득 살아남으려고 이 핑계 저 핑계를 대며 여기까지 온 거죠. 좌수사 나리 은혜는 이 목숨을 열 번 스무 번 바쳐도 갚을 수 없을 만큼 큽니다. 죄인인 제가 가까이 있는 것만으로도 좌수사께 폐를 끼치는 일입니다. 진작 떠났어야 했어요."

"하나 좌수사께서는 당신을……."

"가엾게 여기신 게지요. 하찮은 계집에게까지 신경을 써 주시니 얼마나 고마운 일입니까."

박초희는 말머리를 돌렸다. 최중화에 대한 때늦은 감사 인사도 덧붙였다.

"아기를 죽이고 미쳐 버린 저를 치료해 주신 명의가 있다는 이야긴 들었습니다만 이렇게 직접 뵐 줄은 몰랐어요. 진작 찾아뵙고 고마운 인사를 드렸어야 했어요. 정말 고맙습니다. 저를 두 번이나 구해 주셨군요."

최중화가 고개를 저었다.

"고맙다는 말 마오. 의원이 환자를 치료하는 건 당연한 일이오. 그 환자가 건강을 되찾아 새 삶을 살게 되었으니 오히려 내가 고맙소."

자세를 고쳐 앉으며 이야기를 이었다.

"이순신 장군께 다시 돌아가오. 왜군들이 경상도로 몰려 내려왔으니 이제 이 근방은 위험하오. 이렇게 자기 앞가림도 못하는 의원 곁에 있다가 무슨 일을 당할지 모르오. 오늘이라도 당장 가시오."

박초희가 고개를 저었다.

"아니에요. 전 끝까지 의원님을 모시겠어요. 괜한 말씀 마세요. 곧 쾌차하실 겁니다."

최중화가 쓸쓸하게 웃어 보였다.

"내 병은 내가 아오. 쉽게 나을 병이 아니오. 조금 더 지체하면 정말 위험해지오. 당장 떠나오."

박초희가 망태기를 어깨에 메고 일어섰다. 최중화 도움으로 병이 나은 사람들과 함께 뒷산에 올라 약초를 캐기로 한 터였다.

"편히 쉬고 계세요. 해 지기 전에 돌아와서 저녁상을 차려 올릴게요. 그리고 부탁이니 다시는 전라 좌수사 말씀은 마세요. 전 그냥 처음부터 계속, 전쟁 전부터 지금까지 의원님을 모신 것으로 하면 좋겠어요."

최중화가 다시 한 번 설득하려 했지만, 박초희는 이미 마당으로 나선 후였다.

산등성이를 누비며 약초를 캐는 것은 최중화가 가장 좋아하는 일 중 하나였다. 매일 환자들을 돌보느라 고생을 하다가도 하루나 이틀 산에 오르면 피곤이 싹 가셨다. 풀숲에서 귀한 약초라도 발견하는 날에는 콧노래를 흥얼거리기까지 했다. 박초희 역시 최중화를 따라 여러 번 산을 탔다. 때로는 사람 발길이 닿지 않은 가파른 비탈을 기어오를 때도 있었다. 곰이나 노루를 만나 혼비백산한 적도 많았다.

오늘은 최중화 없이 박초희 혼자 사람들을 이끌고 산을 탄다. 서너 차례 올랐던 길이지만 역시 두렵다. 계절이 바뀌고 사람이 달라지면 산 역시 탈바꿈을 하는 법이다. 더구나 왜군들이 종종 산길을 막고 지나가는 행인들을 죽인다지 않는가.

산행을 시작하기에 앞서 박초희는 장정 서른 명을 여섯 조로 나누었다. 다섯 명씩 움직이면 왜군과 마주쳐도 달아나기가 쉽고 희생을 최소화할 수 있기 때문이다. 각 조 연장자에게 뿔피리 하나씩을 나눠주었다.

"왜군을 만나면 이 피리를 부세요. 그 소리를 들으면 나머지 사람들은 바로 산을 내려오는 겁니다."

텁석부리가 물었다.

"달아나라는 겁니까? 구하러 가야 하지 않겠소?"

박초희가 두 눈을 크게 뜨고 입술을 꼭 다문 채 답했다.

"달아나야 합니다. 괜히 모여들었다간 몰살당할 수도 있어요. 제 말을 새겨들으세요. 조총 탄환이 날아오는 거리 밖으로 피해야 목숨을 건집니다. 아셨죠? 자, 그럼 차례차례 올라가지요. 해가 지기 전까진 내려와야 합니다. 해가 져도 아니 오면 일단 이곳을 떠나는 걸로 하죠."

박초희는 맨 끝으로 다섯 명을 이끌고 산에 올랐다. 하늘빛 용담꽃들이 계곡마다 가득 피어 있었다. 오늘은 오직 황정(黃精)만 찾을 참이었다. 날로 수척해지는 최중화 기운을 북돋기 위해서다. 사내들에게도 특히 황정을 유심히 살피라고 했다.

계곡으로 접어드니 건들바람이 제법 쌀쌀했다. 옷깃을 여미고 발걸음을 재촉했다. 사내들은 선두에 선 박초희를 쫓느라 가쁜 숨을 몰아쉬었다. 최중화를 따라다니는 동안 어느새 심마니만큼 산을 잘 타게 된 것이다.

"조금만, 조금만 쉬었다 갑시다."

키가 크고 홀쭉하며 이마에 큰 점이 있는 사내가 후들거리는 두 무릎을 감싸 쥐며 털썩 주저앉았다. 나머지 세 사내도 슬그머니 엉덩이를 땅에 붙였다. 박초희가 주위를 살피고 빠르게 말했다.

"어서 일어나요. 사방이 다 보이는 이런 곳에서 쉬면 자칫 눈에 띄기 쉬워요. 쉬더라도 저기 밤나무 숲에 들어가서 쉽시다."

사내들은 말을 듣지 않았다.

"밤나무 숲까지 가자면 왔던 만큼 더 산을 타야 하잖소. 왜군이 어디 있다고 지레 겁먹는 겁니까? 왜군이 설령 나타나도 저 계곡 아래로 달아나면 그만일걸. 우린 예서 쉴 테니 가려면 혼자 가세요."

박초희는 하는 수 없이 되돌아왔다. 최 의원 앞에서는 이런 고집을 부릴 수 없으리라. 여자라고 깔보는 것이다. 박초희가 화를 꾹 눌러 참으며 권했다.

"자, 어서들 일어나요. 움직입시다."

"조금만 더 쉽시다. 빨리 간다고 약초가 금방 보이는 것도 아니고, 어떤 날은 늦게 가도 약초밭이 눈에 확 들어오지요."

"왜군이 정말 오면 어쩌려고……"

"오더라도 한참은 더 쉴 수 있어요. 걱정 말고 어서 이리 와서 아픈 발목이나 풀어요."

말로 해서 들을 사람들이 아니었다. 박초희가 난처한 표정을 지으며 이러지도 저러지도 못하고 있는데 갑자기 숲에서 푸드득 소리가 났다. 네 사내는 황급히 일어나서 계곡 아래로 뛰기 시작했다. 조금 전 호기는 온데간데없었다. 박초희는 고개를 들어 밤숲 위를 살폈다. 꿩과 티티새가 앞서거니 뒤서거니 날아올랐다. 박초희 눈가에 빙긋 웃음이 피어올랐다. 사내들은 한참을 더 달아난 후에야 소리를 낸 것이 왜군이 아니라 산새란 걸 알고 돌아왔다. 그 표정은 방금 전보다 훨씬 시무룩해졌다.

"자, 이제 갈까요?"

가파른 길로 접어들었지만 사내들은 묵묵히 뒤를 따랐다. 가쁜 숨소리가 들려 뒤돌아보면 언제 그랬냐는 듯이 가슴을 펴고 고개를 들었다. 오늘따라 황정은 눈에 띄지 않았다. 등칡 잘라 내며 통바위 아래를 뒤지고 아름드리 나무들을 샅샅이 뒤졌지만 황정은 없었다. 파리한 최중화 얼굴이 자꾸 눈에 밟혔다.

"아무래도 이쪽 능선에는 없나 보오. 골짜기 저편으로 가 봅시다."

계곡에서 미적거린 것이 미안했던지 사내들은 반대쪽 능선으로 가자고 했다. 박초희가 고개를 저었다.

"그쪽은 숲이 깊고 여기보다 더 가팔라요. 잘못 들어갔다간 길을 잃기 십상이지요."

사내들은 벌써 골짜기로 내려가는 지름길을 찾았다. 박초희가 다시 만류했으나 사내들 고집을 꺾을 수 없었다.

"최 의원께 드릴 약초라고 하지 않았소? 우리도 최 의원 나리 덕분에 병이 나은 몸이오. 최 의원이 아니 도와주셨으면 이미 죽었을 목숨이지요. 조금만 더 빨리 걸으면 저쪽 능선까지 훑고 내려올 수 있어요. 힘들면 잠시 쉬고 계시오. 휭허케 다녀올 터이니."

박초희도 하는 수 없이 그들을 따랐다. 골짜기를 거의 건넜을 즈음일까. 뿔피리 소리가 길게 들려왔다. 메아리를 감안하면 두어 골짜기 너머 같았다.

"그만 내려가요. 왜군이 왔어요."

사내들이 걸음을 멈추고 귀를 기울였다.

"에이. 왜군은 무슨! 꿩이나 곰을 만난 거겠지요. 한 번 더 들리면 그때 내려갑시다."

"그럽시다. 왜군이라고 해도 여기까지 오려면 골짜기 둘은 더 와야 할 걸, 벌써 하산할 필요는 없지요."

다시 능선을 타려 하는 사내들 앞을 박초희가 막아섰다.

"가야 해요. 왜군들도 의병과 맞서면서 전술을 바꾸었어요. 산 하나를 뒤질 땐 사방으로 장졸을 배치하여 동시에 좁혀든대요. 저쪽이 위험하면 이쪽도 위험한 겁니다. 자, 따르세요. 내려가요."

그래도 사내들은 미적거렸다. 쉽게 뜻을 따르기 싫었던 것이다. 그 순간 뿔피리들이 네 군데서 동시에 울렸다. 사내들 얼굴이 밀가루를 바른 듯 하얗게 질렸다.

정신없이 얼마나 달렸을까.

박초희는 걸음을 멈추고 소나무에 등을 대며 숨었다. 계곡 중간에 놓인 사자 바위에서 불현듯 살기가 느껴졌다. 하지만 사내들은 허둥지둥 아래로만 달렸다. 앞선 홀쭉이가 사자 허구리(허리 좌우의 갈비뼈 아래 잘쪽한 부분)쯤 닿았을까, 갑자기 번뜩이는 섬광 하나가 사선을 그렸다. 홀쭉이 목이 단칼에 떨어졌다. 사내들은 뿔뿔이 흩어져 달아났다. 하지만 소매에서 쌍별 표창을 꺼내 든 왜장이 춤을 추듯 팔을 휘젓자 눈깜짝할 새 비명을 지르며 허벅지를 붙들고 쓰러졌다. 왜병들이 달려와서 목을 벤 것은 순식간이었다.

'무서운 솜씨다. 표창 셋을 던져 하나도 놓치지 않았구나.'

박초희는 발끝에 힘을 잔뜩 주고 숨을 멈추었다. 왜병들이 물러가기를 기다리는 수밖에 없었다.

"나오너라!"

너무나도 또렷한 조선말이다. 박초희는 귀를 의심하며 등을 소나무에 더 바싹 붙였다.

"나오지 않는다면 소나무와 함께 네 허리를 베겠다."

소나무 뒤에 숨은 것을 안다. 박초희는 온몸을 떨며 천천히 소나무 옆으로 나와 섰다. 왜장은 오른손에 쌍별 표창을 들고 있었다. 저 표창이 가슴이나 배에 꽂히고 왜군들이 달려들어 목을 베면 이 기구한 삶도 오늘로 끝이었다. 절로 마른침이 넘어갔다. 갑자기 주위가 빙빙 돌며 어지러웠다. 죽음을 피할 길은 없다. 왜장은 오른손을 천천히 들어 올렸다.

'어깨까지 닿으면 곧바로 팔을 뻗으리라.'

눈을 질끈 감았다.

표창은 날아오지 않았다. 거친 숨을 다섯 번이나 쉬었는데도 아무런 고통이 없었다.

'빗나간 것일까.'

살며시 눈을 떴다. 왜장이 바로 코앞에 서 있었다. 발소리도 없이 다가왔던 것이다. 조선말로 또렷하게 물었다.

"금오산 가마를 아느냐?"

여전히 죽음의 그림자에 감싸인 채, 박초희는 즉답을 못했다. 낯선 물음이다. 금오산도 모르는 곳이고 가마엔 가 본 적도 없었다.

"다시 답을 하지 않으면 목을 베겠다. 금오산 가마를 아느냐?"

박초희는 고개를 들고 왜장 얼굴을 살폈다. 눈썹에서 볼까지 사선으로 내려간 흉터가 선명했다.

"모, 모릅니다."

"남궁두란 사기장 이름을 들은 적이 없느냐?"

"없……습니다."

왜장 와키자카는 잠시 박초희 얼굴을 뚫어지게 쳐다보다가 쌍별 표창을 왼 소매에 넣고 뒤돌아섰다. 그러곤 짧게 명령했다.

"생포해서 데려간다. 다치지 않도록 조심해라!"

三. 이순신 시대가 열리다

명군 남하에 맞춰 바닷길을 봉쇄하라는 어명에 따라 조선 수군은 계사년 이월 십일, 십이일, 십팔일, 이십일과 삼월 육일까지 다섯 차례나 웅천에 웅크린 왜군을 공격했다. 그러나 왜군은 바다로 나오는 것을 꺼리며 육지로 숨어 조선 수군이 물러나기만을 기다렸다. 유인책을 썼지만 말려들지 않았다. 오월 칠일, 조선 수군은 한 번 더 출정하여 견내량과 한산도를 오가며 바닷길을 지켰다. 그리고 칠월 십사일 한산도 두을포(豆乙浦)에 정박하여 진(陣)을 설치한 이순신은 그 후 한산도를 떠날 줄을 몰랐다.

원균은 화가 머리끝까지 났다.

한산도는 엄연히 경상 우수영에 속하는 섬이다. 전라 좌수군이 그곳에 머무르려면 경상 우수사인 원균에게 양해를 구해야 한다.

원균은 이영남을 한산도로 보내 당장 여수로 되돌아갈 것을 엄

중히 경고했다. 이순신은 눈썹 하나 까딱하지 않았다.

"호남(湖南)이 없으면 이 나라도 없어지고 만다. 왜선이 드나드는 길목인 견내량을 지켜 웅천 왜군이 서진하는 길을 미리 차단하겠다. 이를 위해서는 전라 좌우 수군이 좀 더 전진 배치하는 것이 옳다. 게다가 수영을 옮겨도 좋다는 어명이 이미 내렸다고 전하라."

참다못한 원균은 경상 우수영 판옥선들을 이끌고 한산도로 달려갔다. 마침 군사들에게 궁술을 가르치던 이순신이 정중히 원균 일행을 맞이했다.

"어서 오시오. 장군!"

원균은 아무런 대꾸도 없이 허리춤에 차고 있던 장검을 빼어 들었다. 태양이 칼날에 부딪혀 푸른빛을 뿜으며 눈부시게 흩어졌다. 원균은 양손으로 칼을 세워 들고 뚜벅뚜벅 앞으로 걸어 나갔다.

"이게 무슨 해괴망측한 짓입니까?"

나대용과 이언량이 동시에 튀어나와 막아섰다.

"물러서라!"

이순신이 아랫입술을 씹으며 명령했다. 나대용과 이언량이 놀란 얼굴로 뒤를 돌아다보았다. 이순신이 눈을 부릅뜨고 다시 말했다.

"물러서지 못할까!"

나대용과 이언량이 좌우로 두 걸음쯤 벌려 섰다. 이번에는 이영남이 뛰어나와 원균 오른팔을 붙들었다. 원균이 고개를 돌려

이영남을 노려보았다. 이영남은 두 눈에 눈물이 그렁그렁 맺혀
있었다.

"장군! 칼을 거두십시오."

"놓아라. 네가 지금 좌수사를 두둔하는 게냐?"

"장군!"

"비켜!"

원균은 이영남이 만류하는 걸 뿌리치고 계속 나아갔다. 이순신
은 어둠을 기다리는 해거름 고목처럼 두 눈을 똑바로 뜬 채 꼼짝
도 않고 서 있었다. 침묵이 섬 전체를 휩쌌다.

원균의 거대한 몸집이 이순신을 완전히 위압했다. 원균이 장검
을 높이 치켜들자 이순신은 어깨를 가늘게 떨었다. 원균은 장검
을 사선으로 주욱 내리긋다가 이순신 목에 칼날이 닿기 직전 딱
멈추었다.

"아악!"

주위에 늘어선 장졸들이 비명을 올렸다. 나대용과 이언량이 원
균 어깨를 붙들고 늘어졌다. 이순신이 두 눈을 똑바로 뜨고 소리
쳤다.

"원 장군! 부끄럽지도 않소이까? 장졸들이 보는 앞에서 이 무
슨 행팹니까? 어명과 군령에 따라 처결한 일에 이렇듯 사사로이
칼을 뽑다니. 이게 한 나라 수사가 할 일이외까?"

이순신을 노려보던 원균은 장검을 칼집에 꽂고 휙 돌아섰다.

경상 우수영 장수들이 모두 모인 군막 안에 마지막으로 이영남이 들어섰다. 갑옷과 투구를 차려 입은 원균이 송곳니를 드러내 보이며 웃었다.

"소비포! 너는 어떻게 생각하느냐?"

"……"

"나 원균이 아니라 이순신이 삼도 수군 통제사가 되었다."

"마음을 편히 가지십시오. 어명으로 정한 일입니다."

"어명? 네놈도 이순신을 닮아 가는 것이냐? 말끝마다 어명, 어명 타령이구나. 남해를 불태운 것도 어명이고, 한산도로 진을 옮긴 것도 어명이고, 삼도 수군 통제사가 된 것도 어명이란 말이렷다? 그러나 소비포! 네가 모르는 것이 있다. 이 세상에는 어명으로도 어쩔 수 없는 일이 있어. 이순신이 수군 통제사가 되었다하나 결코 내게 군령을 내리지는 못할 것이다. 경상 우수영 장졸들도 함부로 부리지 못해."

원균은 장수들이 기다리는 군막으로 건너갔다. 우수영 장수들이 굳은 얼굴로 자리에서 일어나 그를 맞았다. 그가 상석에 앉자마자 기효근이 이야기를 시작했다.

"오늘밤부터 한산도에서 잔치가 열린다고 하오. 삼도 장수들은 모두 참석하라는 통제사 전갈이 왔소이다."

우치적이 항아리손님(볼거리)을 맞은 듯 양 볼에 바람을 잔뜩 넣고 말을 이었다.

"소장도 어제 연통을 받았소. 하나 소장은 결코 가지 않을 것이외다. 여기 계신 원 장군께서 통제사가 되셨다면 간(干. 무무(武

舞)를 추는 사람이 주로 드는 방패 모양의 무구(舞具))을 흔들며 덩실덩
실 춤이라도 출 터이지만 전라 좌수영 잔치판에 들러리 서고 싶지
는 않소. 태깔(교만한 태도)을 부리는 꼴을 어찌 눈 뜨고 보리오."

이운룡이 반대 의견을 개진했다.

"하나 이 역시 군령이오이다. 경상 우수영 장수들이 모두 가지
않는다면 문제가 클 것이오. 군령을 무시할 수는 없는 일입니다."

기효근이 할기족족한(할겨 보는 눈에 못마땅하거나 성난 빛이 드러
남) 시선으로 이운룡을 향해 핏대를 세웠다.

"그렇다면 그대는 이 수사가 원 장군을 제치고 통제사가 된 것
을 옳은 일이라 이 말씀이시오?"

"이것은 옳고 그름을 따질 문제가 아니오이다. 소장은 다만 군
령을 지키자는 뜻을……"

기효근이 성난 강돈(江豚, 복어)처럼 배를 내밀며 그 말을 가로
막았다.

"군령도 내리는 사람에 따라 다른 법이외다. 장수가 변변치 못
한데 제대로 된 군령을 내릴 수 있겠소? 우리가 목숨을 걸고 왜
적과 싸운 것은 이 수사를 통제사에 앉히기 위해서가 아니오이
다. 가덕도까지 나아가는 데도 겁먹고 벌벌 떠는 위인이 어찌 수
군 으뜸 장수가 될 수 있겠소. 그 군령을 따를 수 없소이다. 소
장은 오직 원 장군 뜻에만 따르겠소."

이영남이 떨리는 목소리로 끼어들었다.

"우리는 원 장군 사병이 아니라 어명에 따라 군령으로 움직이
는 관군입니다. 조정에서 임명한 삼도 수군 통제사가 내린 군령

을 어기는 것은 곧 어명을 따르지 않는 것과 같소이다. 일단은 모두 한산도로 가서 수군 통제사에 오른 이 수사를 축하하고 앞으로 일을 함께 논의하는 것이 좋겠습니다.”

이영남을 토심스러워하던(남의 좋지 않은 태도에 대하여 불쾌하고 아니꼬운 느낌이 있음) 기효근이 박달나무 탁자를 건너뛰어 그 멱살을 움켜쥐었다.

“이놈! 지금 그걸 말이라고 하는 게냐? 한산도로 가서 축하를 하라니. 불을 싸질러도 시원찮을 판에 꽃다발을 안겨 주자는 말인가? 그런 해망(駭妄, 행동이 해괴하고 요망스러움)한 짓을 권하는 네가 경상 우수영 장수냐? 의리 없는 새끼! 이순신의 개!”

기효근이 주먹으로 오른쪽 눈두덩을 강타했다. 이영남은 엉덩방아를 찧으며 뒤로 자빠졌다. 이운룡이 황급히 다가와서 이영남을 일으켜 세웠다.

“다들 앉게나!”

원균이 눈을 내리깐 채 장수들을 진정시켰다. 이영남을 혼돌림(단단히 혼냄)하던 기효근은 아직도 분이 풀리지 않은 듯 씩씩거렸다. 눈두덩이 벌겋게 부어오른 이영남은 고개를 숙인 채 침묵했다.

“소비포 말이 옳아. 장수가 어명을 받드는 것은 당연하지. 하나 천 리나 떨어진 평안도에서 내려오는 유서와 교지들이 다 제대로 된 것일 수야 있나. 어제 도착한 어명도 그런 것이야. 기현령하고 우 만호도 말했지만, 조정은 경상 우수영이 세운 전공을 제대로 알아 주지 않았네. 그것도 다 수사인 나 원균이 무능

해서 그런 거겠지. 하나 벼슬자리야 어쨌건 앞으로도 나 원균은 왜적을 무찌르는 데 힘을 쏟을 것이니, 그대들도 계속해서 나를 믿고 따라 주길 바라네. 누가 뭐래도 우리 경상 우수영 장졸들은 삼도 수군 중 으뜸이야. 한산도로 가고 싶은 장수가 있으면 괘념치 말고 다녀오게. 나는 가지 않겠으나, 가려는 사람을 붙들지는 않을 테니. 오늘 회의는 이쯤 접겠네."

원균은 휭 하니 자기 군막으로 돌아가 버렸다. 기효근과 우치적을 비롯한 장수들 대부분은 분한 마음을 달래기 위해 술통을 지고 뒷산으로 향했다. 군막에 남은 사람은 이운룡과 이영남뿐이었다. 이운룡이 이영남의 눈두덩을 살피며 걱정스러운 듯 물었다.

"의원에게 보여야 하지 않겠소?"

"괜찮습니다. 이까짓 일로 호들갑을 떨 필요는 없지요."

"그럼…… 서두릅시다. 해가 지기 전에 한산도에 닿으려면 시간이 없소."

두 사람은 경쾌선에 몸을 실었다. 순풍을 만난 배는 돌고래보다도 빠르게 전진했다. 고물에 선 이운룡이 말했다.

"원 수사는 이 수사에게 굽히지 않을 것이오. 언제까지나 당신이 조선 수군에서 해치(獬豸, 사람들이 싸우는 것을 보면 바르지 못한 자를 뿔로 들이받고 사람들이 서로 따지는 것을 들으면 옳지 못한 자를 문다는 전설 속 짐승) 역할을 해야 할 줄로 생각한다오."

"소장도 그것이 걱정입니다."

"이번 비변사 결정은 잘한 일이오. 원 수사가 통제사에 올랐다면, 이 통제사는 평소 치밀하고 신중한 성품으로 보아 이기고 질 자리를 가리지 않는 작전에는 결코 따르지 않았을 것이오. 그런 일이 닥치면 원 수사는 군령을 앞세워 이 수사를 베어 버릴 수도 있소."

"원 수사께서 이 수사님을요?"

"하나 이 수사는 그렇게까지 원 수사를 잡으려 들지는 않을 테지요. 마찰은 있겠으나, 당분간 조선 수군은 원 수사의 칼과 이 수사의 방패로 그럭저럭 버텨 나갈 듯하오."

"하오나 소장은 경상 우수영 장수들이 난동이라도 피울까 걱정이오이다."

이운룡이 이영남을 바라보며 웃었다.

"허허, 난동까지야……. 이 수사도 알아서 몸조심하겠지. 왜선들 움직임까지 미리미리 헤아리는 위인이니 원 수사나 경상 우수영 장수들 쯤은 손바닥 보듯 살필 것이오. 그러나 불행히 마찰이 생긴다면 소비포와 내가 말려야 하오. 어차피 칼자루를 쥔 쪽은 이 수사니까. 이제부턴 더욱더 전라 좌수영에 힘이 붙을 것이오. 군량미도 그리 쌓일 터이고 장졸들 벼슬도 오르겠지."

"만호께서는 이 수사 군령을 따를 작정이십니까?"

"경상 우수영이 단독으로 벌이는 전투라면 당연히 원 수사 명에 따라야지요. 하나 연합 함대가 전투를 벌일 때에는 통제사 군령이 우선 아니겠소? 이제 누가 주장(主將)이고 누가 부장(副將)인지가 분명해진 거요. 하나 이런 걱정도 머지않아 사라질 겁니다."

"무슨 말씀이신지?"

"군자의 덕은 바람과 같고 소인의 덕은 풀과 같다고 했소. 풀 위로 바람이 불면 풀은 바람에 따라 이리저리 쓸리게 마련이지. 원 수사는 결코 이 수사 뜻대로 움직이려 하지 않을 터. 결국 이 수사는……"

"원 수사님을 내쫓는다 이 말씀입니까?"

"소비포도 생각해 보오. 조정에서 굳이 위험을 무릅쓰면서까지 삼도 수군 통제사를 둔 이유가 뭐겠소? 나라가 뿌리째 흔들리는 누란지세(累卵之勢)를 맞아 삼도 수군이 나아가 왜군과 싸울 때 한 오리 실처럼 흐트러짐 없이 움직이도록 하기 위함이 아니겠소. 그렇다면 군령에 따르지 않고 분란만 조장하는 장수가 어찌 될지는 불을 보듯 뻔한 법. 길어야 일 년, 어쩌면 그보다 더 이른 시기에 경상 우수사가 바뀔 게 분명하오. 허허, 너무 그렇게 놀라지 마시오. 세상 이치가 다 그런 게 아니겠소? 나라에 두 임금이 있을 수 없고 집안에 가장이 둘 있을 수 없듯이, 한 군대에 으뜸 장수가 둘일 수는 없는 일이오."

"하오나 원 수사는 조선 수군의 중심이외다."

"허허허! 이제는 그 중심도 좌수영으로 넘어갔소. 삼도 수군 통제사가 조선 수군의 중심이라오. 원 수사가 상황을 너무 낙관했던 것이 화근이었소. 이 수사가 갖지 못한 미덕이 원 수사에게 있는 것도 사실이지만, 원 수사에게는 눈을 씻고 찾아도 없는 장점들이 이 수사에게 더 많이 있다오. 그것이 타고난 것이든 서책에서 익혀 얻은 것이든 지금은 이 수사처럼 사리 분별이 분명한 장수가 필요하다는 게 솔직한 내 생각이오."

이영남은 퉁퉁 부어오르기 시작한 오른쪽 눈을 손바닥으로 쓸면서 붉게 타오르는 석양을 바라보았다. 거제도 하늘에는 벌써 어둠이 깔리고 있었다.

경쾌선이 한산도로 접근하자 협선 두 척이 재빨리 다가왔다. 이물에 서 있던 나대용이 환하게 웃으며 깃발을 흔들었고 이영남도 왼손을 들어 화답했다. 흉측하게 부어오른 눈두덩으로 통제사를 만나는 것이 마음에 걸렸다.

한산도에는 이미 많은 장수들이 모여 술판을 벌이고 있었다. 특별히 안주로 옥잠화 맨드라미 부침을 곁들인 대육(大肉, 말이나 돼지 등을 통째로 찌거나 삶아서 만든 요리)이 나왔고, 뜰에서는 웃통을 벗은 군졸들이 한창 갑을창(甲乙槍, 갑과 을 두 사람을 맞붙여서 규정된 법식대로 창을 쓰게 하던 것) 시범을 하고 있었다.

"감축드리옵니다."

두 사람이 무릎을 꿇어 예의를 갖추었다.

"어서 오시오, 이 만호! 이 권관! 그렇지 않아도 그대들이 오지 않아서 걱정을 많이 했다오. 자, 어서 오르세요."

이순신 손에 이끌린 두 사람은 상다리가 휘어질 정도로 푸짐한 주안상 앞에 자리 잡고 앉았다. 전라 우수사 이억기를 비롯하여 순천 부사 권준, 방답 첨사 이순신(李純信), 낙안 군수 신호, 광양 현감 어영담, 사도 첨사 김완 등 전라 좌우 수영 장수들이 거나하게 취해 있었다. 이운룡이 거듭 축하 인사를 건넸다.

"감축드리옵니다. 통제사 어른! 앞으로도 조선 수군이 연전연
승하도록 이끌어 주소서."

이순신이 껄껄껄 웃으며 대답했다.

"이 모든 광영이 이 만호 도움이오. 자, 오늘은 마음껏 취하도
록 하세요. 술과 안주는 얼마든지 있소이다."

이순신은 다른 장수들, 특히 원균에 대해서는 아무것도 묻지
않았다. 경상 우수영에서는 이운룡과 이영남 정도가 참석하리라
고 미리 짐작한 것이다. 이운룡에게 계당주(桂當酒)를 권하고 이
영남에게 잔을 건네던 이순신이 갑자기 큰 소리를 냈다.

"그 상처는 무엇이오?"

이영남은 오른쪽 눈을 가리며 고개를 숙였다. 모두들 눈길을
그리로 돌렸다.

"아무것도 아닙니다."

이운룡이 재빨리 끼어들었다.

"낙전(落箭)을 하는 통에 먼오금이 눈 밑을 쳤습지요."

"저런! 조심하지 않고."

이순신은 상처 입은 아들을 걱정하는 아버지처럼 혀를 쯧쯧
찼다.

"오늘 이 권관은 술을 하지 마시오. 덧나기라도 하면 큰일 아
니겠소?"

이순신은 이영남에게 내밀었던 술잔을 거두었다. 오른편에 앉
은 이억기가 이운룡에게 물었다.

"원 수사께서는 아니 오시오?"

갑자기 침묵이 찾아들었다. 질문을 던진 이억기도 어색한 분위기를 감지한 듯 헛기침을 했다. 이운룡이 흔들림 없이 차분하게 답했다.

"원 수사께서는 몸이 불편하셔서 오시기 어려울 듯합니다."

"저런! 어디가 크게 아프시오?"

이억기가 과장된 표정을 지으며 계속 질문을 던졌다.

"아니옵니다. 가벼운 감환인데 미열이 오르내리는 통에 판옥선에 오르기 힘드신 것 같습니다. 소장에게 대신 축하하는 마음을 전해 달라고 신신당부하셨습니다."

이순신이 밝은 음성으로 화답했다.

"고마운 일이오. 내 곧 시간을 내서 찾아가겠다고 전해 주오. 내가 이 자리에 오르게 된 데는 원 수사 도움이 컸어요. 자, 이렇게 조선 수군에 속한 장수들이 다 모였으니 앞으로 수군을 어떻게 이끌어 나갈 것인가에 대한 고견을 듣고 싶소이다. 그에 앞서 그동안 내가 생각해 온 방안들을 말하겠소. 권 부사!"

이순신이 호명하자 권준이 자리에서 일어섰다. 이순신이 강권하여 본래 입에도 대지 못하는 술을 두 잔이나 연거푸 마신 탓에 부끄러움 타는 동자승처럼 볼이 빨갛게 물들었다. 그러나 목소리는 낭랑했고 이야기를 맺고 끊는 데에 빈틈이 없었다.

"부산포까지 후퇴한 왜군은 경상도 해안 곳곳에 성을 쌓으며 장기전에 대비하고 있습니다. 아직 우리에게는 부산포에 웅거한 적을 한꺼번에 궤멸할 힘이 없습니다. 삼도 수군도 장기전에 대비하여 몇 가지 준비를 해야 합니다. 우선 저 언덕 위에 삼도 장수들이 한자리에 모여 군중 회의를 할 수 있도록 운주당(運籌堂)을 지을 겁니다. 언제든지 전황을 숙지하고 전략을 짜기 위해 필요한 곳이지요. 또한 둔전을 광범위하게 경작할 계획입니다. 부상병이나 노병을 중심으로 해안 백성들과 함께 밭을 일구고 곡물을 거두어 군량미를 비축할 겁니다. 허기진 배를 움켜쥐고 전투를 치를 수는 없으니까요. 마지막으로 이곳에서 무과(武科)를 치르는 것이 좋을 듯합니다. 물론 조정에서 허락을 얻어야 할 일이지요. 여러분도 다 아시겠지만 전쟁이 터지면서 장수들을 선발하는 길이 막히지 않았습니까. 수군만 하더라도 젊은 장수가 절대로 부족한 형편입니다. 한양에서 과거를 치를 수 없다면 여기서라도 수군을 이끌 인재를 선발해야 할 것입니다."

이억기가 찬탄을 금하지 못했다.

"대단하십니다. 허허허, 통제사께서 준비하신 걸 따르기만 하면 조선 수군은 강병 중의 강병이 되겠소이다."

이운룡이 의문을 제기했다.

"그 모두를 통제영에서 도맡아 하는 것은 무리가 아니겠소이까?"

이순신이 나섰다.

"하나하나 차근차근 해 나갈 것이오. 작년 부산포 앞바다 싸움에서 확인된 왜선들 규모는 470척을 헤아리오. 왜 수군이 어떤 식으로 움직이든 우리가 그자들을 바다에서 완전히 제압하기 위해서는 적어도 군선이 250척 정도는 필요하오."

"250척!"

장수들은 모두 깜짝 놀랐다. 그동안 꾸준히 만들고 지은 군선이 120척 남짓인데, 그 두 배에 해당하는 군선을 확보하겠다는 것이다. 이순신이 나대용을 향해 오른손을 들자 나대용이 일어나서 보충 설명을 했다.

"왜 수군 역시 우리 판옥선과 맞서기 위해 안택선을 더욱 크고 강하게 만들기 위해 준비한다는 풍문입니다. 우리도 그에 맞서 더욱 강하고 빠른 배를 많이 만들어야 하겠습니다. 이미 통제사께서 장계를 올리신 바도 있지만, 모르는 분을 위하여 각 수영별로 내년 봄까지 만들어야 할 군선 수를 말씀드리겠습니다. 전라 좌도 60척, 전라 우도 90척, 경상 우도 40척, 충청도 60척입니다. 소장과 도목수 광치, 대장장이 철식이 등이 각 도를 돌면서 판옥선을 만들고 고치는 것을 살피겠습니다."

이순신은 나대용이 자리에 앉기를 기다려 다시 강조했다.

"판옥선이 아무리 강하고 큰 배라고 해도 그 수가 왜선에 비해 너무 적으면 바다에서 승리하기 힘드오. 각 수사들 책임 아래 관과 포마다 판옥선 수를 할당하여 반드시 250척을 만들도록 합시다. 힘든 부분이 있으면 언제든 연통을 주오. 석 달마다 한 차례씩 각 수영별로 판옥선 증선 현황을 나 군관에게 알려 주길 바라오."

이억기가 물었다.

"군선이 늘어나는 만큼 장졸들이 필요할 겁니다. 장수는 과거를 통해 뽑는다고 쳐도 군졸은 어디서 충원할 계획이십니까?"

이순신이 준비한 답을 내놓았다.

"우선 충원하기에 앞서 탈영을 막아야만 하오. 작년부터 그리 해 왔듯이 탈영병은 누구든지 처형하겠소. 증원 계획은 이렇소. 우선 의병과 승병을 계속 수군에 받아들이도록 하겠소. 새로 편입된 의병과 승병을 차별하는 일이 없도록 각별히 유념해 주오. 또한 각 고을별로 수군 모병을 책임지는 관원과 아전들을 수시로 감찰하여 결원이 현저한 고을은 모병 담당자를 엄벌에 처할 것이오. 다음으로 경상도나 내륙에서 들어온 피란민들 중 건장한 사내들을 군졸로 징발할 계획이오. 이는 조정에 아뢰어 곧 허락을 받도록 하리다. 다음으로 도원수와 의논하여 수군에 속한 고을 장정이 결코 육군으로 차출되는 일이 없도록 하겠소. 방금 말한 것들만 잘 지켜지면 수군 병력을 늘리는 데는 큰 무리가 없을 듯하오."

장수들은 모든 일을 철저하게 준비하는 이순신에게 다시 감복했다. 신상필벌(信賞必罰)! 이순신이 내놓은 원칙에 아무도 이의를 제기하지 않았다.

"군선이 늘고 장졸들도 증원된다면 당연히 군량미도 많이 필요할 게요. 둔전을 일구는 일을 부사 정경달(丁景達)에게 맡길까 하오."

정경달!

장수들은 그 이름을 속으로 되뇌며 동시에 고개를 끄덕였다.

임인년(1542년)생으로 이순신보다 세 살이 많은 정경달은 일찍이 문과에 급제하였고, 임진년에는 선산 부사(善山府使)로 관군과 의병을 이끌고 금오산 자락에서 왜군을 격퇴한 적도 있었다. 또한 올여름부터는 고을에 비축한 군량미를 전라도의 관군과 명군에게까지 보급하여 그 명성이 높았다. 일찍이 녹둔도에서 둔전을 일궈 본 이순신은 정경달이야말로 조선 수군을 위해 둔전을 훌륭히 가꿀 적임자임을 알고 그를 지목한 것이다.

"둔전 외에도 번을 쉬는 수군들을 중심으로 어람(魚籃, 물고기를 잡는 바구니)을 취하도록 할 것이오. 겨울이면 특히 청어가 많으니 잡아서 곡식과 바꿀 준비도 합시다. 또한 소금을 구워 곡식과 바꾸는 일 등도 앞으로 심도 있게 논의하도록 하겠소. 이 일들은 어 현감이 챙겨 주오."

"알겠습니다."

광양 현감 어영담이 신이 나서 답했다.

"또한 왜군들이 주로 쓰는 조총에 대한 연구와 총통을 개량하는 일은 훈련 주부(訓鍊主簿) 정사준이 맡으오. 승자총통(勝字銃筒)을 고쳐 우리도 들고 다닐 수 있는 총통을 하나 만들어 봅시다."

묵묵히 듣고만 있던 백돼지 이언량이 씩씩거리며 나섰다.

"소장에게도 일거리를 주십시오."

이순신이 웃으며 답했다.

"자네가 할 중요한 일이 있지. 때때로 틈날 때마다 각 관과 포별로 사람을 뽑아 궁술 시합과 씨름 대결을 시키도록 해. 마지막 승자를 배출한 고을엔 푸짐한 상을 내리겠네."

"알겠습니다."

더 이상 무거운 이야기는 오가지 않았다. 관기(官妓)들이 풍악을 울리며 등장하자 걱정 근심은 춤사위에 파묻혀 어지럽게 흐트러졌다. 나대용과 이언량은 자리에서 일어나 어깨춤을 추었고 배홍립과 김완은 기생들 치맛자락에 얼굴을 파묻느라 정신이 없었다. 이순신은 장수 한 사람 한 사람에게 술을 권하며 대취했다. 혀가 점점 말리더니 제대로 걸음을 옮기지 못해 주안상 위로 쓰러지기까지 하였다. 그때마다 장수들은 박수를 쳐 댔고 이순신도 껄껄껄 웃으며 자기 실수를 부끄러워하지 않았다.

승자가 누리는 기쁨이었다.

이영남은 지끈지끈 아파 오는 눈두덩을 문지르며 만취해 가는 장수들 면면을 살폈다. 지금쯤 원 수사는 군막에 홀로 남아 한잔 술로 울분을 달래고 있으리라. 어쩌면 끝내 마음을 추스르지 못하여 장검을 빼어 든 채 대숲으로 갔을지도 모른다. 온 기운을 모아 장검을 휘두르며 패배를 곱씹을지도 모른다.

술판은 동틀 무렵에야 끝이 났다.

장수들은 아무렇게나 쓰러져 잠을 청했고 밤새 춤추고 노래 부르느라 지친 관기들도 하나둘 자리에서 물러갔다. 이영남 역시 대청마루에 모로 누워 풋잠이 들었다. 추위를 참으며 잠에 빠져드는 그 어깨를 누군가가 흔들었다. 새로 옷을 갈아입은 이순신이었다.

"산책이나 할까?"

먼저 방향을 잡고 성큼성큼 앞섰다. 걸음걸이는 단정하고 힘이 넘쳤다. 지난밤 만취했던 사람이라고는 보기 힘들 정도였다. 이영남은 아직 부기가 빠지지 않은 오른쪽 눈을 쓸며 뒤를 따랐다.

"너무 늦게까지 즐긴 듯합니다."

이순신이 가볍게 웃어 보였다.

"조선 수군은 오랫동안 삶과 죽음을 넘나들며 왜선과 싸웠네. 하룻밤만이라도 그 수고를 풀어 주어야지. 더 큰 승리를 위해서 말이야."

두 사람은 흰털귀룽나무가 유난히 많은 언덕 위에 나란히 서서 넓게 펼쳐진 달구리(이른 새벽 닭이 울 때) 바다를 바라보았다. 공기 중에 흩날리는 차가운 물방울이 얼굴을 훑고 지나쳤으며 초겨울 서늘한 기운이 온몸을 휘감았다.

"낙전 때문이 아니지?"

이순신이 반말로 물었다. 이영남은 갑작스러운 질문에 잠시 침묵했다. 괭이갈매기들이 부지런히 날갯짓을 하며 하늘 높이 떼 지어 오르고 있었다. 이순신은 대답을 기다리지 않고 말을 이어 갔다.

"걱정 말게. 이제부터 내가 자네를 지켜 줄 테니."

이순신이 눈으로 날아오르는 괭이갈매기 떼를 좇았다.

"장군! 소, 소장은 경상 우수영 장수입니다."

이영남이 말을 더듬었다.

"이제부턴 아닐세. 자넨 오늘부터 삼도 수군 통제영 장수야. 나는 자네가 늘 내 곁에 머물러 주기를 바라네. 또한 영등포 만호 우치적이 녹도만호 정운의 빈 자리를 메워 주었으면 좋겠어.

내게도 자네처럼 외톨박이였을 때가 있었지. 그때는…… 무척이나 사람이 그리웠다네. 내 곁엔 아무도 없었어. 아무리 술을 마셔도 취하지 않더군. 눈앞에 절망이 너무나도 또렷하게 보이는 거야. 살아오면서 생겨난 이런저런 흉터들이 집채만 한 바위처럼 커져서 짓누르기도 하고, 세상을 향해 한걸음 내디딜 때마다 땅이 푹푹 꺼졌지. 아무리 고함질러도 찾아오는 사람 하나 없는 밤들……! 그런 밤을 아는가? 수군대는 사람들 소리가 끝없이 귓바퀴 속으로 들이치더군. 저도 모르게 혀를 깨물기도 하고, 주먹으로 명치를 쾅쾅 치면서 천지신명께 기도를 올려. 한 번만, 단 한 번만 더 날갯짓할 수 있도록 도우소서……. 그 기도는 사실 천지신명께 올리는 기도가 아냐. 완전히 까무러치는 것이 두려워 자신에게 던지는 썩은 동아줄 같은 거지. 그렇게라도 지껄이지 않으면 살아 있을 자신이 없는 그런 순간을 자네도 아는가?"

이영남은 수평선으로 떠오르는 해처럼 붉게 눈시울을 물들였다.

"장군! 원 수사와 화해하십시오."

이순신은 쓸쓸하게 웃으며 고개를 돌렸다.

"화해라……? 말하기 좋아하는 이들은 나와 원 수사를 놓고 흥미진진하게 떠들겠지. 하나 나랑 원 수사는 사람들이 말하는 것처럼 나쁜 사이가 아니야. 모르는 사람들에게는 우리 두 사람이 공을 다투다가 틀어진 사이처럼 보이겠지. 하지만 진실은 그게 아닐세. 우리 둘은 이 전쟁을 바라보는 눈이 다르고, 사람을 이끄는 방식이 달라. 나도 원 수사도 그 사실을 잘 알고 있네. 내가 그의 마음을 알듯이, 그이도 내 마음을 알 거야. 그리고 삼도 수군 통제사가 된 내게는 원 수사가 꼭 필요하다네. 누가 그만큼 용맹하고, 누가 그처럼 휘하 장졸들을 단숨에 사로잡을 수 있겠는가."

이영남은 독백으로 이어진 이순신의 말에서 그가 지닌 막막한 절망을, 거기서 뿜어 나오는 삶의 쓰라림을, 고비를 넘은 자의 여유로움을 더듬을 수 있었다. 그리고 문득 몸속에서 무수한 빛 망울들이 자라나는 느낌을 받았다. 험난한 봉우리를 넘은 거인의 크고 넓고 따뜻한 손이 매서운 비바람으로부터 그 빛 망울들을 지켜 주고 있었다.

동쪽 한바다(매우 깊고 넓은 바다) 끝에서 거대한 불덩어리가 솟아올랐다. 그 해와 더불어 마침내 삼도 수군 통제사 이순신의 시대가 열려 오고 있었다.

四, 마리아의 달란트

간밤에 겨울비가 쏟아지고부터 부산포에도 본격적인 추위가 밀어닥쳤다. 왜군으로서는 바다를 건너와 두 번째 맞는 조선의 겨울이었다. 평양성에서 맞은 겨울보다는 나았지만, 살을 에는 바닷바람과 쉼 없이 내리는 무더기비는 왜병들 마음을 꽁꽁 얼어붙게 만들었다. 몸이 성한 자들은 먹을 것 입을 것을 구하느라 삼삼오오 떼를 지어 분주하게 돌아다녔다.

겨울은 부상당한 왜병들에게 더욱 혹독한 계절이었다.

평양에서 부산포까지 후퇴하는 동안 많은 부상병들이 버려졌다. 홀로 남는 것이 두려워 자살한 자도 있었고, 데려가 달라고 눈물로 호소하는 자도 있었다. 부산포에만 도착하면 귀국선에 오를 수 있다는 소문이 돌았기에 발을 뗄 수 있는 자들은 이를 악물고 걸었다. 그러나 부산포에 내려와서 여름과 가을을 보냈는데

하기 위함이었다. 그러나 함경도와 평안도까지 전진했던 군사들이 썰물처럼 부산포로 후퇴하기 시작하자 팔도를 돌며 물건들을 챙기려던 계획이 난관에 봉착했다. 이제 에이온은 피비린내 나는 조선을 하루라도 빨리 떠날 마음뿐이었다.

"귀국하라는 명령이 내리기 전까지는 꼼짝할 수 없겠지요. 섣불리 돌아갈 뜻을 비쳤다가는 패전 책임이 몽땅 아우구스티노에게 돌아갈 것입니다. 일본의 형제들에게 치명상이 될 수도 있습니다. 최대한 버텨야겠지요. 그건 그렇고, 준비는 어떻게 되고 있습니까?"

"조선인 포로들 십여 명이 미사에 참석하겠답니다. 이제 조선에도 주님 나라가 만들어지는 겁니다. 기쁘지 않으십니까, 신부님?"

"어허!"

세스페데스가 얼굴을 찡그렸다. 세스페데스는 에이온에게 자신이 신부라는 사실을 끝까지 비밀로 해야 한다고 누누이 일렀다. 고니시 군대에 신부가 있다는 사실이 히데요시 귀에 들어가는 날이면 천주교도들은 또다시 철골타(鐵骨朶, 곤봉 앞에 철 뭉치를 달아 휘두르는 무기)를 맞을 것이다. 에이온이 뒷머리를 긁적였다.

"헤헤헤! 죄송합니다. 버릇이 돼서……"

"어떻게 그들로부터 미사에 참석하겠다는 승낙을 받아 냈습니까? 조선인들은 마음을 쉽게 열지 않는다고 들었는데."

"마리아 도움이 컸지요. 마리아가 극진한 기도를 올려 환자들을 괴롭히던 병마를 물리쳤더니 많은 이들이 주님을 영접하게 된 겁니다."

"호오, 그래요? 역시 마리아는 주께서 우리를 위해 보내신 것이 틀림없습니다. 그 착하디착한 마음으로 말미암아 이제부터 영원토록 이 나라에 주님 축복이 내릴 것입니다. 주여, 감사하옵니다!"

세스페데스는 눈을 감고 마리아를 처음 만났던 웅천 산세(山勢)를 그렸다. 어머니 젖가슴처럼 바다를 따라 유연하게 뻗은 굴곡들이 떠올랐다.

구월 오일, 부산포를 출발해서 거제도로 가던 세스페데스는 웅천에서 잠시 짐을 풀었다. 거제도에 진을 친 쓰시마 도주 요시토시도 고니시와 마찬가지로 독실한 천주교 신자였다. 세스페데스는 그곳에 가서 주님 말씀을 전하고 싶었다. 홍의 장군 곽재우나 삼도 수군 통제사 이순신을 만나면 목숨이 위태롭다고 고니시가 극구 말렸으나, 세스페데스는 모든 것이 주님 뜻이라며 거제도행을 고집했다. 와키자카 호위를 받으며 웅천에 도착하자마자 왜군 백여 명이 사방으로 흩어져 양식과 땔나무를 구하고 숨어 있던 조선인들을 붙잡아 왔다. 왜병들 대부분이 고니시 휘하에서 천주교를 배웠기에 함부로 살생을 해서는 아니 된다는 세스페데스 권고를 충실히 따랐다. 서른 명이 넘는 조선인들이 왕쥐똥나무 아래로 끌려 나왔다. 조선인들은 죽음에 대한 두려움 때문에 몸을 가누지도 못했다. 세스페데스는 우선 사람들을 안심시키고 싶었다.

'주여! 불쌍한 저 어린 양들을 품으소서.'

그러나 그 서툰 일본말을 조선말로 옮겨 줄 사람이 없었다. 조선인 포로들은 세스페데스의 하얀 피부와 파란 눈동자를 흉측한 도깨비 보듯 힐끔힐끔 훔쳐볼 뿐이었다. 그때 바싹 야위고 얼굴에 핏기 하나 없는 조선인이 천천히 자리에서 일어섰다. 남장을 했지만 자세히 보니 눈이 크고 보조개가 쏙 들어간 아름다운 여자였다. 그 크고 맑은 눈동자에는 아무 두려움도 담겨 있지 않았다. 여자는 일본말로 입을 열었다.

"신부님이시지요?"

세스페데스는 두 눈이 휘둥그레졌다.

"일본말을 할 줄 아시오?"

여자는 대답 대신 손 안에 감추었던 묵주를 꺼내 들었다.

"천주님의 자녀군요. 세례는 받았소? 이름을 뭐라고 부르오?"

"마리아라고 해요."

마리아 도움을 받아 간신히 조선인 포로들을 안심시킬 수 있었다. 마리아는 세스페데스를 따라서 거제도까지 갔다가 부산포로 왔다. 세스페데스는 마리아 본명이 박초희로 나카도리 섬에서 신앙에 접하여 세례를 받았다는 것, 전쟁 직전에 조선으로 송환되었다는 것, 전라도에 잠시 머무르다가 난을 피해 떠돌기 시작했다는 것을 알게 되었고, 묵은 상처를 건드리지 않기 위해 세심한 배려를 아끼지 않았다. 그때부터 마리아는 세스페데스를 도와 부상병들을 돌보고 주님 말씀을 전하는 데 헌신했다. 특히 조선인들에게 주님 뜻을 알리는 데 적극 나섰다.

세스페데스와 에이온이 조선에 복음을 널리 전파할 수 있도록 도와 달라는 기도를 올리고 있을 때 밖에서 인기척이 느껴졌다. 두 사람은 재빨리 손바닥만 한 성경을 소맷자락에 감추었다.

"누구시오?"

뱁새눈에 눈썹이 짙고 웃을 때마다 윗입술 밑으로 덧니가 삐져 나오는 사내가 군막 안으로 고개를 디밀었다.

"안녕하셨습니까? 헤헤, 절 모르시겠어요? 저 요시랍니다. 이 거 서운한뎁쇼. 쓰시마에서 여기까지 길 안내를 했지 않습니까?"

요시라는 고니시가 세스페데스를 위해 특별히 쓰시마까지 마 중보냈던 사내였다. 고니시의 사위인 쓰시마 도주 요시토시가 아 끼는 젊은 무사다. 볼품없는 생김새와는 달리 기억력이 비상하고 다급한 전황에서 전술을 짜는 능력도 있어 신임을 받는 자였다. 전쟁 전 간자들을 조선 팔도에 풀어 지도를 작성했던 일의 실질 책임자도 요시라였다.

에이온이 호들갑스럽게 말했다.

"기억나고말고요. 어서 안으로 들어오세요. 바람이 찹니다."

"그럴까요. 그럼."

요시라는 능글맞게 웃으며 군막으로 들어섰다. 귓불이 벌겋게 얼어 있었다. 세스페데스가 온화한 얼굴로 손님을 맞았다.

"요시토시 장군과 함께 거제도에 계신다고 들었습니다만……."

"전령으로 왔습죠."

세스페데스는 요시라가 마음에 들지 않았다. 아무 때나 히죽히 죽 웃는 것이나 뱁새눈을 가늘게 뜨고 주위를 두리번거리는 것이 꼭 상대방 마음을 훔쳐보는 것처럼 느껴졌다. 에이온이 물었다.

"조선 수군들 동태는 어떠한지요?"

요시라가 양손을 비비며 두 사람 표정을 살폈다.

"겨울인데 함부로 군선을 움직이겠습니까? 싸워도 거제에서 싸울 테니까 염려 푹 놓으십쇼. 그나저나 박초희란 여자를 찾고 있는데, 어디로 가면 만날 수 있는지요?"

세스페데스가 놀란 눈으로 되물었다.

"마리아는 왜 찾으십니까?"

요시라가 웃음을 잃지 않고 대답했다.

"뭘 그렇게 놀라십니까? 박초희는 나카도리 섬에 살았던 여자랍니다. 남편이 조선으로 잡혀가 죽음을 당했지요. 곧 거제도에서 나카도리 섬으로 출항하는 배가 있는데 도주님께서 그 배에 박초희를 태워 가도 좋다고 여기십니다. 그러니 제가 그 여자를 데려갔으면 합니다만."

세스페데스와 에이온은 난처한 표정을 지으며 시선을 교환했다. 지금 마리아를 보낼 수는 없었다.

"대장님 허락 없이는 데려갈 수 없소이다."

에이온이 말했고, 어색한 침묵이 이어졌다. 갑자기 요시라가 웃음을 터뜨렸다.

"히히히, 알겠습니다요. 벌써 고니시 대장님 여자가 된 모양이죠? 하나 그 여잔 가까이하지 않는 편이 좋을 겁니다."

"말조심하시오."

세스페데스가 화난 소리로 퉁바리를 놨다. 꽃같이 순결한 마리아를 창부처럼 천하게 여기는 것을 용납할 수 없었다.

"잊지 마십쇼. 그 여자 남편을 죽이게 넘겨준 것은 바로 우리들이란 말입니다. 박초희를 믿어서는 안 됩니다. 그 여자가 남편 복수를 꿈꾸고 있는지 누가 압니까? 그러니 박초희를 속히 우리에게 넘기십쇼. 그렇게 처치 곤란한 복잡한 여자가 부산포에 있는 것은 꺼림칙한 일이니까요. 아, 그렇다고 오해는 마십쇼. 그저 나카도리 섬으로 데려가려는 것뿐이니까. 이래봬도 사화동과 난 나카도리 섬과 쓰시마, 조선을 오가며 꽤 친하게 지냈습죠. 붙임성이 좋은 친구였지요. 친구 아내를 제가 도와야지 누가 거두겠습니까, 히히히."

요시라는 기분 나쁜 웃음을 흘리며 거제도로 돌아갔다.

세스페데스는 마리아가 겪었던 그 험한 날들을 상상해 보았다. 조선과 일본을 넘나들며 인간이 겪을 수 있는 치욕을 모조리 맛본 여인. 그 엄청난 상처들을 주님 품에서 씻어 내려는 여인.

'마리아를 결단코 요시라 같은 놈에게 보낼 수는 없어.'

"마리아를 데려오세요. 부상병들을 돌보고 있을 겁니다."

에이온이 공손히 고개를 숙이고 자리를 떴다. 세스페데스는 옷소매에 감추었던 검붉은 성경을 끄집어냈다. 그러고는 두 손으로 그 책을 꼭 감쌌다.

'아우구스티노!'

고니시의 넓은 이마와 오뚝한 콧날이 떠올랐다. 오전 내내 고니시와 나눈 대화들이 귓전을 어지럽혔다.

"이건 성전(聖戰)이 아니에요. 한 개인이 탐욕을 채우려고 일으킨 전쟁입니다. 속히 끝내야 합니다."

고니시는 세스페데스 얼굴을 뚫어지게 쳐다보았다.

"저는 조선 정벌군을 이끌고 있는 처지입니다. 무익한 피를 흘리는 것을 원치 않으나 이대로 물러설 수는 없습니다. 이 년 동안 조선에서 흘린 피의 대가는 거두어야지요. 최소한 조선 땅 절반만이라도 차지하지 않고서는 돌아갈 수 없습니다. 이곳은 일본에 있는 주님의 자녀들이 마음껏 주님 가르치신 길을 따르는 땅이 될 수 있습니다."

선교사들이 이번 전쟁에 관심을 쏟는 것도 조선이란 나라에 복음을 확장하기 위함이었다. 그것에는 조선인들에게 생명의 말씀을 전하는 것과 아울러 왜국에서 핍박받는 신자들을 조선으로 옮기는 계획까지 포함되어 있었다.

"조선이 그것을 용납하겠습니까?"

"받아들이도록 만들어야겠지요. 조선은 오랫동안 명나라 속국이었습니다. 명나라 말이라면 받아들일 수밖에 없을 겁니다. 명나라는 우리가 계속 조선과 전쟁을 하는 것을 원치 않습니다. 우리가 조선 반도를 차지한 후 요동을 치는 것이 두렵기 때문이지요. 저는 우리가 충분한 이득을 취하면서 강화를 맺을 수 있다고 봅니다."

"조선을 배제하고 말씀입니까?"

"그렇습니다. 조선은 결코 우리에게 땅덩어리를 떼어 주지 않을 것입니다. 명나라와 협상을 끝낸 후 명나라는 명나라대로, 우리는 우리대로 조선을 압박하는 것이 최선책입니다. 저는 그 일을 성사시키려고 평양에서 이곳까지 철군한 것입니다. 우리가 이렇게 정성을 들였으니 명나라도 마땅히 보응을 하겠지요."

"그 뜻대로 강화가 성사되면 대장님은 어찌 되실 것 같습니까?"

고니시가 시선을 잠시 아래로 내렸다. 가장 걱정스러운 부분이었다.

"태합께서는 사분오열되었던 나라를 통일하신 분입니다. 그 누구보다 전황에 밝으신 분이지요. 아마도 지금쯤이면 처음 생각처럼 쉽사리 조선을 꺾고 명나라로 쳐들어갈 수 없으리란 걸 깨달으셨을 것입니다. 하나 조선을 반만 차지한 채 전쟁을 끝낸다면 필경 불같이 화를 내시겠지요. 명을 멸망시키고 원에 버금가는 대제국을 건설하겠노라고 만백성과 약속하시지 않으셨습니까? 아마도 그 자존심을 지켜 드리기 위해 제가 할복을 할지도 모르지요."

"아우구스티노! 자살은 교리에 위배됩니다."

고니시가 쓸쓸하게 웃었다.

"잘 알고 있습니다. 그 길만은 피해야지요. 신부님! 저를 위해 기도해 주십시오. 요즘 들어 딸아이 얼굴이 자꾸 눈에 밟힙니다."

소 요시토시와 결혼한 고니시의 딸 마리아는 쓰시마에서 애타게 아버지와 남편의 무사 귀환을 빌고 있었다. 고니시가 갑자기 생각난 듯 물었다.

"웅천에서 잡혀 온…… 그 조선 여자……"

"마리아 말씀이군요."

"그래요, 마리아! 요즈음 어떻게 지냅니까?"

"주님 품에서 평안을 찾고 있습니다. 부상당한 군사들을 돌보며 주님 사랑을 전하고 있지요. 그리고 보니 장군 따님과 세례명이 같군요."

고니시가 고개를 끄덕였다. 그제야 세스페데스는 고니시가 박초희를 각별히 기억하는 이유를 깨달았다. 박초희를 볼 때마다 쓰시마에 있는 딸 생각이 났던 것이다.

"신부님께서 책임지고 잘 보살펴 주십시오. 어쨌든 마리아는 첫 번째 조선인 신도니까요."

고니시가 천주교 신자라는 사실은 세스페데스를 비롯한 여러 신부들에게 큰 힘이 되었다. 조선을 정벌하러 갈 때, 세스페데스는 고니시가 천주교를 버리는 것이 아닐까 두려웠다. 그러나 조선에 와서 직접 만나 보니 그 신앙이 더욱 크고 단단하게 자라 있었다.

"접니다."

에이온이 군막 밖에서 인기척을 냈다.

"들어오게."

성경책을 다시 옷소매에 감추고 고쳐 앉았다. 에이온을 뒤따라 핼쑥한 얼굴을 한 박초희가 들어왔다. 추위를 견디기 위해 천 조각을 얼기설기 기워 붙인 옷에는 점점이 핏자국이 묻어 있었다. 사경을 헤매는 부상병들과 고통을 함께 나눈 결과다. 박초희는 밝은 미소로 환자들을 간호하며 쉼 없이 따뜻한 위로를 건넸다. 눈 밑에 핀 검은 기미와 부르튼 입술은 박초희 역시 굶주림에 지쳐 있음을 단적으로 드러냈다. 세스페데스가 품속에서 딱딱하게 굳은 빵 한 조각을 내밀었다. 오전에 고니시로부터 얻은 것이다. 박초희는 웃으며 고개를 저었다.

"마리아! 어서 먹어요. 마리아가 건강해야 군졸들도 주님이 살아 계심을 느낄 것이 아니오? 주님을 위해서라고 생각하고 어서어서 받아요. 이 빵은 아우구스티노가 당신 이야기를 하면서 준 겁니다."

"대장님께서요?"

에이온이 놀란 표정을 지었다. 박초희는 퀭한 눈을 끔벅이며 세스페데스를 바라보았다.

"언제쯤…… 이 전쟁이…… 끝날까요?"

세스페데스는 조금 전에 요시라가 찾아왔던 것을 숨겼다.

'마리아는 부산포에 있어야 한다. 더 많은 조선인들에게 복음을 전해야 한다.'

"아우구스티노가 노력하고 있으니 곧 좋은 소식이 있을 겁니다. 이곳에서 부상병들을 돌보고 가여운 조선인들에게 주님 말씀을 전하다 보면 전쟁도 곧 끝나겠지요. 자, 어서 빵을 받아요. 끝까지 거절하면 화를 낼 겁니다."

박초희가 하는 수 없이 빵을 받아 쥐었다.

"그게 언제죠?"

세스페데스가 고개를 조금 들고 답했다.

"곧 그날이 올 겁니다. 그때까지 우리, 이 전쟁으로 상처 입은 모든 이들을 위해 기도합시다. 그건 그렇고 미사 준비는 잘 되어 갑니까? 조선인들에게 신앙을 전했다고 전해 들었는데 어떤 사람들입니까?"

"허억, 헉!"

딱딱한 빵을 떼어 물었던 박초희가 갑자기 헛구역질을 해 댔다. 빈 뱃속에 음식물이 들어가는 바람에 몸이 놀란 것이다. 눈물을 찔끔 흘린 후 세스페데스를 똑바로 쳐다보며 되물었다.

"어떤 사람들이냐고 물으셨나요? 글쎄요……, 어떤 사람들인지 모르겠어요. 조선인 포로들은 과거를 이야기하지 않거든요. 이미 알고 있는 거죠. 이제 다시는 조선으로 돌아갈 수 없다는 것을……. 그러니까 고민은 똑같아요. 이곳에서 죽을까 왜국으로 끌려가 노비가 될까 늘 걱정하고 있죠."

"참으로 주님 보살핌이 필요한 사람들이군요."

세스페데스는 조선인들이 겪는 불행을 자기 식대로 해석했다. 박초희가 고개를 숙인 채 이야기를 이어갔다.

"그래요……, 그냥 그대로 있는 것보다는 주님께 매달리는 편이 낫죠. 이미 그 사람들은 조선에서 살 수 없는 사람들이에요. 왜군에게 몸과 마음을 더럽힌 이들을 누가 받아 주겠어요. 결국 자살을 하든지 아니면 왜국으로 건너가서 새 삶을 시작할 수밖에 없답니다. 그 사람들이 하루라도 빨리 과거에 대한 미련을 끊을 수 있도록 주님께서 도와주셨으면 해요……. 그 사람들을 위해 기도해 주시겠죠?"

세스페데스가 흔쾌히 답했다.

"오, 마리아! 그게 바로 우리가 할 일입니다. 상처받은 영혼들을 위해 오늘부터 철야 기도를 하겠어요. 주님께서는 결코 그 사람을 버리지 않습니다. 자, 다 같이 감사 기도를 올립시다."

박초희는 눈을 감았다. 그런 채 낯선 이방인 신부가 뱉어 내는 단어 하나하나에 신경을 집중했다. 구원, 평안, 아버지 나라, 희망, 축복. 참으로 아름다운 말들이 기도 속에서 흘러나왔다. 오랫동안 잊고 지내 이젠 낯설기 그지없는 단어들이었다.

박초희는 외려 이곳 생활에 만족하고 있었다. 여수에 있을 때보다 훨씬 춥고 허기졌지만 마음은 한없이 편했다. 자신에게 왜놈 앞잡이라고 손가락질하는 사람도 없었고, 아기를 죽인 죄인임을 아는 사람도 없었다.

박초희는 이곳에서 죽어 가는 많은 부상병들을 지켜보았다.

죽음은 누구에게나 찾아온다.

조선군이든 왜군이든, 목숨이 끊어지는 순간에는 모두 가족을 그리워했다. 수많은 임종을 곁에서 지키며 박초희는 지난날을 되돌아보았다. 남편을 그리워한 것은 결코 죄가 아니다. 사람이라면 누구나 그러할 것이다.

박초희는 이곳에서 수많은 조선인들을 만났다. 그 사람들은 대의명분을 앞세워 자결하기보다 가족을 위해, 자신을 위해 삶을 이어 가기로 결심한 사람들이었다. 그 사람들에게 다가가서 그 고단한 삶을 살피는 것만으로도 큰 위로가 되었다. 조국을 사랑하지 않아서가 아니라, 죽음보다 삶에 더 집착했던 것뿐이다. 눈부시고 의로운 죽음보다 어둡고 칙칙한 삶을 선택한 대가였다. 나뿐만이 아니라 저렇게 많은 사람들이 삶을 선택하지 않았는가. 삶을 향한 갈망은 죽음에 대한 충동을 누르게 마련이다.

세스페데스를 만난 후 박초희는 자기 깨달음을 주님 가르침으로 용해했다. 힘들 때마다 묵주를 쥐고 기도했다.

'주여! 비천한 제 영육을 당신께 맡깁니다. 당신 뜻대로 하소서. 헐벗은 자들 육신을 덮는 옷이 되게 하시고, 배고픈 자들 배를 채울 양식이 되게 하소서. 이 전쟁에서 상처받은 모든 이들 영혼을 돌보시고 그 죄를 용서하소서. 미움을 지우고 사랑만 충만하게 하소서. 주님 뜻이 조선 산하를 가득 덮게 하시고, 이 땅 백성들이 주님 품안에서 위로받고 새 삶을 꾸리도록 도우소서.'

박초희는 어렴풋하게나마 천주의 평안이 무엇인지를 느꼈다. 말로 표현할 수는 없지만 바다보다 넓고 하늘보다 높은 뜻이 이 작은 묵주에 담겨 있었다. 박초희는 천주님 가르침대로 가난하고 병든 자들을 보살피며 살아갈 작정이었다. 그것이 세스페데스 신부 말처럼 지금 자신에게 맡겨진 달란트였다.

五, 와키자카와 백월, 금오산 그림자를 줍다

'박초희가 사화동 아내였다고? 그러니 그 여자 일에 관여치 말라고? 요시토시 이놈이 건방진 줄은 알았지만 어찌 이렇게까지 날뛴단 말인가. 박초희는 엄연히 내가 웅천에서 잡은 포로다. 적어도 그 여자가 부산포에 있는 동안에는 내 마음대로 할 수 있다 이 말씀이야. 한데 요시토시 이놈이 고니시 대장에게 청을 넣어 박초희를 아예 자기 군영이 있는 거제도로 데려가려 하는구나. 어림없는 소리! 박초희는 내 거다. 희미하게 스러져 가는 불씨를 살릴 마지막 기회야. 설사 고니시 님이 청한다 해도 박초희는 내놓지 않겠어.'

와키자카는 세스페데스 신부가 고니시와 만나는 사이 박초희를 불러냈다. 박초희는 환자들을 돌보느라 여유가 없다고 했지만 턱밑에 들이대는 칼날을 보고는 순순히 따를 수밖에 없었다. 군졸 두 명이 그녀를 데려오자, 와키자카는 곧바로 길을 나섰다.

"어딜 가는 건가요?"

박초희는 군영을 벗어나기도 전에 걸음을 멈추고 버텼다. 와키자카가 천천히 뒤돌아섰다.

"네가 누군지 알아야겠다."

"전 박초희에요."

와키자카가 말허리를 잘랐다.

"남편이 조선으로 송환되어 처형될 때 함께 귀국하였고 그 후로 여기저기를 떠돌다가 우연히 웅천까지 오게 되었다. 이 말이지?"

"그래요."

와키자카가 천천히 박초희에게 다가왔다. 오른손으로 그 양 볼을 꽉 움켜쥐었다. 박초희 눈에는 두려움이 가득했다.

"우리만 널 못 믿는 게 아닐 거야. 조선에선들 첩자 놈의 처를 그냥 놔두었을까? 한데 여기저기를 떠돌게 그냥 두었……, 아냐, 아냐. 넌 무엇인가를 숨기고 있어. 난 그게 궁금하단 말이야. 어찌하여 경상도까지 들어오게 되었는지, 또 의술은 어디서 익혔는지……."

"숨기는 거 없어요. 내가 누구의 아내인 줄 그 사람들은 몰라요."

"자 그럼 말해 보아라. 그날 내게 잡혔을 때 산에는 왜 갔던 게냐?"

"야, 약초를 캐러……."

"호오, 약초라. 누가 네게 약초를 캐 오라 시켰느냐? 그때 사로잡은 포로들 말에 따르면 그 산행을 총괄한 이가 바로 박초희 너라고 했다. 그리고 너와 오누이처럼 붙어 다니는 최중화란 의원이 있다고 하였다. 최중화가 몹시 아파 박초희 네가 대신 약초 캐기에 나섰다 들었다. 어떠냐, 내 말이 틀렸느냐?"

"……"

"하면 이야기를 맞춰 볼까? 최중화와는 부부인가?"

"……아니에요. 스승이십니다."

"스승!"

"그분에게서 침술은 물론 환자 돌보는 법을 배웠어요."

"언제부터 그 문하에 들었느냐?"

"오래되었습니다."

와키자카가 왼손으로 박초희 이마에 묻은 땀을 천천히 쓸어 냈다.

"원래 이렇게 땀이 많은가? 아님 거짓이 들통 나서 떠는 것인가?"

"거짓말이 아니에요."

"거짓이다. 이미 군졸들을 풀어 최중화가 평안도와 강원도에서 어떤 일을 했는지 알아냈느니라. 가난하고 병든 조선 백성들을 보살피는 정성이 참으로 기특하더구나. 한데 경상도로 들어오기 전까지 최중화는 늘 혼자였다. 제자는 물론 시중드는 동자 하나 거느리지 않았다 이 말이다. 그러니 오래전부터 스승님을 모셨다는 네 말은 거짓이다. 자, 어서 털어 놓아라. 최중화를 만나기 전에 어디서 무엇을 하였느냐? 무슨 목적으로 경상도 땅으로 들어온 게고?"

와키자카는 이미 박초희에 관한 뒷조사를 마쳤다.

'예서 목이 잘리는 한이 있더라도 이순신 장군님 이름을 혀끝에 올릴 수는 없어.'

"스승께서 평안도와 강원도에 계실 땐 가까이에서 모시지 못한 게 사실입니다. 바람처럼 구름처럼 떠도시니까요."

"최중화란 자는 조선 병사들뿐만 아니라 우리 장졸들까지 치료한다 들었다. 참으로 이상한 놈이 아닌가? 그렇듯 제 목숨을 걸고 양국 장졸들을 치료하는 까닭이 무엇인가?"

박초희는 잠시 대답을 미룬 채 눈을 감았다. 쇠약한 최중화 얼굴이 떠올랐다.

"사람은 다 똑같다 하셨습니다. 조선 사람이든 아니든, 전쟁터에서 상처 입고 신음하는 자는 모두 다 마찬가지라는 거죠. 의원은 고통스러워하는 환자를 치료하는 것이 본분이므로, 환자가 조선 사람이든 아니든 관여할 필요가 없다 하셨습니다."

"최중화라는 괴짜 의원은…… 어디 있는가? 널 붙잡고 나서 웅천으로 곧장 쳐들어갔으나 최중화를 찾을 순 없었다. 혼자서는 앞마당 출입도 힘들 만큼 병이 깊다 들었다. 너와 미리 약조한 곳이 따로 있는 것 아니냐?"

'다행히 붙잡히지 않고 피하셨구나.'

전쟁터에서 길이 엇갈리면 만나기로 약조한 장소가 몇 군데 있긴 했다. 그러나 그곳은 험한 산 속이거나 강을 헤엄치고 건너야 하는 곳이기에 병든 최중화가 오기는 힘들다.

"없습니다. 스승님은 흔적을 남기시는 분이 아닙니다."

와키자카는 박초희의 얼굴을 뚫어져라 쳐다보았다.

"네가 우리 다친 장졸들을 밤낮없이 보살피는 것도 스승 뜻에 따라서인가?"

"스승님 뜻이기도 하고 주님 가르침이기도 하지요."

와키자카 목소리가 갑자기 누그러들었다.

"침식도 잊어 가며 그리 일을 하면 곧 몸이 상하고 만다. 잠시라도 편히 쉴 곳을 마련해 줄 테니 이제부턴 그곳에 기거하도록 해라."

박초희는 대답을 않고 두 눈만 멀뚱멀뚱 떴다. 와키자카가 이런 호의를 베풀 줄은 상상도 못하였던 일이다.

"아닙니다. 그냥 환자들 곁에서 지내는 편이 좋습니다. 촌각을 다투는 환자도 여럿 있으니 그 사람들 곁에 그냥 있겠어요."

"내 말을 따라라."

와키자카가 뒤돌아서서 성큼성큼 앞서 걸어 나갔다. 군졸들이 박초희 좌우에 다시 가까이 붙었다. 버티기라도 하면 강제로라도 끌고 갈 분위기였다. 박초희는 긴 숨을 내쉰 후 걸음을 옮겼다. 일단 와키자카가 마련한 처소까지 가 볼 수밖에 없었다.

군영을 떠나 흙벽 사이 좁은 길을 잠시 걷다가 키 큰 비자나무 아래 작은 언덕을 돌아드니 새로운 풍광이 펼쳐졌다. 흰 연기들이 곧게 피어올랐고 그 아래 크고 작은 가마들이 주욱 늘어서 있었다. 팔도에서 붙잡혀 온 사기장들이 함께 머무는 마을이 있다더니 저곳인 모양이다. 와키자카에게 붙들렸을 때 받은 질문이 불현듯 떠올랐다.

'금오산 가마를 아는가?'

와키자카가 나타나자 사기장들이 일을 멈추고 문 앞까지 나와서 땅바닥에 엎드렸다. 얼마 전 게으름을 피우며 술로 세월을 보내던 사기장들을 골라 본보기로 왼팔을 자른 이가 와키자카였다. 사기장들은 똑같은 불운이 자신에게도 내리지 않을까 두려워하며 몸을 떨었다. 와키자카가 지나쳐 가면 고개를 더 숙이며 안도하는 한숨을 내쉬었다.

이윽고 와키자카가 걸음을 멈추고는 앞에 엎드린 사기장의 마른 등을 향해 말했다.

"일어나라."

소은우는 양손으로 무릎을 짚으며 허리를 폈다. 그러나 완전히 고개를 들지 못하고 여전히 땅을 보며 양손을 앞으로 모았다.

"방은 치워 두었는가?"

와키자카로부터 갑자기 방 하나를 비우라는 명을 받은 것이 오늘 아침이었다. 부랴부랴 건넌방에 쌓아 둔 도자기들을 꺼낸 후 방바닥을 닦고 쓸었다. 청소를 해도 곰팡이 냄새가 가시지 않았고 벽과 문틈으로 살바람이 솔솔 들어왔다.

'왜 내게 방을 하나 마련해 두라고 하는 걸까? 누굴 여기에 머무르도록 하려는 걸까?'

청소하는 내내 불길한 예감이 사라지지 않았다.

"예, 하나 너무 누추하여……"

와키자카가 말을 잘랐다.

"낮에는 주로 부상병들을 돌볼 것이고 밤에는 여기 와서 묵을 것이다. 네가 친딸처럼 혹은 누이동생처럼 보살펴 주길 바란다."

'친딸? 누이동생?'

소은우가 고개를 들고 와키자카의 왼편에 서 있는 사람을 살폈다. 남장을 했지만 얼굴선이 함초롬한 것이 여자가 분명했다. 큰 눈과 곧고 아름다운 코, 조금 넓은 이마를 보는 순간 소은우는 깜짝 놀라 한 걸음 물러섰다.

"나…… 낭자!"

와키자카가 웃으며 소은우에게 거듭 물었다.

"많이 닮았지? 너도 그렇게 생각하지?"

소은우가 와키자카를 한 차례 쳐다보았다가 다시 땅을 내려다보았다.

"어인 말씀이신지……"

"금오산 가마 일을 잊지는 않았겠지?"

와키자카는 다완을 본 순간부터 소은우가 남궁두 제자이고 금오산 가마에 머물렀음을 기억해 냈던 것이다. 소은우는 답을 제대로 못하였다.

"그, 그게……, 닮은 사람은 워낙 많으니까요……."

'내가 남궁두 제자이고 이순신과 친분이 있음을 안다면 왜 아무 추궁도 하지 않는 것인가. 옥에 가둔 후 문초를 해야 하지 않

는가.'

그러나 와키자카는 소은우가 계속 가마를 지키며 작업을 하도록 내버려 두었다. 소은우는 그 이유를 알 수 없었다.

와키자카가 아무렇지도 않게 말을 이었다.

"닮은 정도가 아니지. 환생이라고 해도 믿을 정도야. 얼굴 생김새김뿐 아니라 표정도 흡사하지 않나."

"하나 전혀 다른 사람입니다."

"나도 알아."

와키자카가 짧게 답한 후 박초희를 흘끔 곁눈질로 살폈다. 박초희는 가마터 풍광이 신기한 듯 마당 안을 이리저리 쳐다보는 중이었다.

"웅천에서, 그래, 네 가마가 있던 그 근방에서 붙잡아 온 여자다. 이름은 박초희라더군."

'박초희!'

박미진 얼굴이 그 위로 겹쳤다.

"다른 조선인들은 겁을 잔뜩 집어먹었지만 이 여자는 처음부터 침착했어. 세스페데스 신부를 도와 통역까지 했으니까. 조선 조정에서 나온 사학통사(四學通事, 조선 시대 사역원에 딸린 한학, 여진학, 몽학, 왜학의 통역관)들보다도 더 뛰어나더군. 이곳 군영으로 온 후로도 불평불만 없이 오히려 생글생글 웃으며 우리 부상병들을 돌보고 있지. 침술 또한 놀라워 웬만한 병은 침 서너 방에 고치기도 해."

"하온데 어찌 제게……"

와키자카의 양미간이 좁아졌다.

"모르겠어. 이 여자를 밤에라도 좀 쉬게 해야겠다고 마음먹는 순간 네 얼굴이 떠올랐지. 내가 느끼는 이 기분을 너라면 조금은 이해할 수 있을 듯도 하고……. 비밀이 많은 여자다. 너처럼!"

와키자카는 가마로 들어오지도 않고 되돌아갔다. 박초희와 소은우 둘만 남았다. 박초희는 꾸벅 허리를 숙여 첫인사를 건넸다.

"신세 지게 되어 송구스럽습니다. 앞으로 잘 부탁드려요."

박초희의 밝은 미소를 바라보는 소은우의 두 눈에 눈물이 얼핏 맴돌다 사라졌다.

"백월이라고 하오. 웅천에서 잡혀서 끌려왔다오. 이렇게 만난 것도 인연이니 잘 지내도록 합시다. 그쪽은……"

"마리아라고 부르세요."

'마리아!'

"좋소, 마리아! 마리아가 지낼 방은 저 건넌방이오. 어제까지 그릇을 두었던 방이라 지저분하다오. 불은 넣었지만 벽 사이로 살바람이 들어올 테니 이불을 든든히 덮고 자야 할 게요. 아니, 아니오. 차라리 나랑 방을 바꿉시다. 내 방이 그래도 훈기가 나을 테니. 왜 그 생각을 못했을까? 마리아는 내 가마에 오신 손님이니 편안히 지내야 하오. 그럽시다. 방을 바꾸는 게요. 잠시만 기다리오. 곧 내 물건들을 건넌방으로 옮기리다. 아, 이 녀석들은 어딜 간 게야? 새벽에 백토를 구하러 간 녀석들이 아직 돌아오지 않고 있소. 백토가 뭔지 궁금하오? 도자기를 제대로 만들려면 좋은 흙을 써야 하오. 마침 백토를 파는 장사치가 동래에 들어왔다고 하오. 조선 장사치라고 하는데 겁도 없이 이곳까지 온 게요. 수완이 좋은지 백토를 사고팔도록 고니시 대장님이 허락하셨나 보오. 벌써 올 때가 지났는데……. 이놈들 어디서 또 탁주라도 한 사발 들이켜는 건가? 바람이 차니 우선 저 가마 앞에라도 좀 앉아 있는 게 좋겠소. 두 손을 뻗고 잠시만 앉아 있으면 온몸에 땀이 날 정도로 따뜻해질 게요. 이불은 특별히 따로 구하지 않아서 냄새가 많이 날 게요. 베개도 변변찮고. 내일이라도 당장 새로 장만하리다."

박초희가 함박꽃이 터지듯 참았던 웃음을 풋 터뜨렸다. 그제야 소은우는 말을 멈추고 박초희를 쳐다보았다. 박초희는 오른손 검지로 눈초리를 살짝 올리며 말했다.

"호의는 고맙습니다만 전 그냥 건넌방에서 지낼래요."

"그래도…… 와키자카 대장도 마리아를 잘 보살피라는 명령을……"

"불편을 끼치고 싶지 않아요. 부상병들 틈에 끼어 자던 것에 비하면 저 방은 제게 대궐보다도 더 좋은 곳이죠. 처음 보는 사이인데도 이렇듯 환대하시니 참으로 기뻐요."

소은우는 다시 박초희 얼굴을 멍하니 넋을 잃고 쳐다보았다. 정말 박미진과 너무나도 닮았다. 가슴이 마구 뛰었다. 박초희가 고개를 약간 숙이며 왼쪽으로 반걸음 물러섰다. 그 시선이 부담스러웠던 것이다.

"근데 질문이 있어요. 금오산 가마가 대체 뭐죠? 아까 와키자카 장군이 또 금오산 가마를 언급하던데요."

소은우가 눈지방을 가늘게 떨었다.

'그래, 이 여인은 미진 낭자가 아니다. 금오산이 어디 있는 줄도 모르고, 가마엔 난생 처음 오는 것 같지 않은가. 하나 와키자카도 놀랄 만큼 정말 많이 닮았구나. 저렇듯 얼굴이 닮으면 운명도 비슷해진다 했거늘. 어쨌든 이 여인을 돕는 것으로 미진 낭자에게 진 빚을 조금은 갚을 수 있을까. 그 빚을 갚으라고 하늘이 이 여인을 보냈는지도 모른다. 여기 머무는 동안 불편함이 없도록 최선을 다해 보살피자.'

"자세히 알 필요는 없소. 아주 많이 닮은 사람이 금오산에 있었다오."

"하면 와키자카 장군과 사기장께서는 전쟁이 나기 전부터 이미 아는 사이셨군요."

눈치가 보통 빠른 것이 아니었다. 잘못하면 속 이야기를 다 토해 낼 것만 같았다.

"악연이 있긴 하오. 하나 마리아에게 들려줄 정도로 대단한 이야기는 아니라오. 한데 마리아는 어이하여 예까지 오게 된 게요? 아까는 성이 박씨라고 들었는데 어찌해 그런 이름을 쓰게 되었소? 혹시 고니시 대장께서 믿는다는 양이 종교를 믿소?"

"그래요. 천지 만물의 주인이신 주님을 모신 지 오래되었답니다."

"호오, 어쩌다가 양이 종교를 믿게 되었을꼬. 그 사연은 차차 듣기로 합시다. 건넌방에 들어가 잠시 쉬도록 해요. 곧 저녁상을 내오리다."

"아니에요. 밥은 제가 짓겠어요."

"아니오. 마리아는 내 집 손님이오. 밥은 물론 설거지도 청소도 하지 마오. 부리는 아이가 둘 있으니 그놈들에게 맡기면 되오."

박초희가 두 눈을 반짝거리며 물었다.

"그럼 가마 구경을 해도 될까요? 방에 들어가 쉴 만큼 피곤하진 않거든요. 가마에 대해선 말로만 들었지 직접 보긴 오늘이 처음이에요."

"너무 지저분하다 흉보지 않는다면야……."

"그런 건 상관없어요."

박초희가 성큼 가마를 끼고 있는 작업장 안으로 들어갔다. 도끼로 팬 장작과 불쏘시개로 쓸 가시나무 가지들도 보였다. 박초희는 신기한 듯 두 눈을 크게 뜨고 도자기들을 찬찬히 살폈다.

"정말 대단해요. 이걸 모두 혼자 만드신 건가요?"

"……그렇소."

소은우 목소리가 조금 떨렸다. 늘 받는 칭찬인데도 박초희에게 대단하다는 평을 받자 기분이 좋았다. 박초희 시선이 천천히 용 문양이 그려진 백자로 향했다. 화려한 색채와 꿈틀대는 움직임이 눈길을 끄는 듯했다. 발가락 차이에 따라 용 지위가 어떻게 달라지는지부터 이야기를 풀어 나갈 작정이었다. 박초희는 엷은 미소와 함께 용 문양 백자 곁을 지나쳤다.

"저기 저 사발…… 볼 수 있을까요?"

모서리 창문틀에 뒤집어 처박아 둔 사발에 용케 눈이 간 모양이다.

"저건 그냥 사발일 뿐이오. 게다가 아래 굽이 지나치게 높아 보기 흉하오. 다른 걸 보오. 내 집에 머무르게 된 기념으로 하나 선물하리다."

박초희가 고집을 꺾지 않았다.

"그럼, 저걸 주세요. 저 사발이 좋을 것 같아요."

소은우는 하는 수 없이 탁자 위로 왼발을 딛고 서서 사발을 집어 왔다. 과연 소은우 설명대로 표면은 거칠었고 밑굽은 지나치게 높았다. 바로 놓으면 오른쪽으로 심하게 기울기까지 했다. 소은우가 사발과 박초희 얼굴을 번갈아 살피며 말했다.

"실망할 거라 하지 않았소? 자, 다른 걸 골라요. 용 문양 백자는 어떠하오?"

"싫어요. 이 사발을 주세요."

"왜 그 사발을 갖고 싶은 게요? 내가 만든 것 중에 가장 보잘 것 없는 것이라오."

박초희가 사발을 왼 손바닥으로 닦으며 답했다.

"왠지 끌리네요. 이 사발이 꼭 제 지나온 삶과 같다고나 할까요…… 아름답진 않지만 은은하고, 삐뚤어진 모양까지 마음에 쏙 들어요. 왜국에선 이런 사발을 다완으로 쓴다죠? 왜 그런지 조금은 알겠어요. 누구라도 이런 사발을 앞에 두고 앉으면 마음이 편안해질 겁니다. 피비린내도 사라지고 울분과 적의도 줄어들겠지요. 참 화평한 사발이에요."

소은우가 눈을 점점 아래로 내려 박초희가 어루만지는 사발을 보았다.

'화평이라. 저 작고 투박한 사발에서 화평함을 느낄 수 있단 말인가.'

박초희가 톡톡 튀는 음성으로 침묵을 깼다.

"쉬실 때, 방해가 되지 않는다면 제게 이 사발 만드는 법을 가르쳐 주지 않으실래요? 꼭 배워 보고 싶어요."

소은우는 두 눈을 휘둥그레하게 떴다. 박초희 얼굴이 순간 박미진 얼굴로 바뀌었던 것이다. 소은우는 자신도 모르게 그 두 손을 포개 쥐었다.

"낭자!"

갑자기 손을 잡힌 박초희가 놀란 얼굴로 소은우를 쳐다보았다. 뒤로 물러나며 손을 감출까 생각도 했지만 그간 소은우가 보여준 호의를 떠올리며 잠시 그대로 있었다.

'와키자카와 백월! 두 사람 모두 무엇인가를 감추고 있는 것이 분명해. 그 중심에 금오산 가마가 놓여 있는 건가?'

"미, 미안하오."

정신을 차린 소은우가 황급히 물러서며 고개를 숙였다.

"아니에요."

소은우가 난처한 분위기를 수습하려는 듯 서둘러 입을 열었다.

"배우고 싶다면 그리하오. 하나 쉬운 일은 아니니 대충 하다가 그만둘 거라면 아예 덤비지 않는 게 낫소."

박초희가 왼뺨 보조개를 살짝 드러내며 날아갈 듯 말했다.

"고마워요, 선생님! 정말 열심히 할게요."

六. 교활한 장사꾼, 왜진에 들다

"형님! 어서 갑시다. 고니시 대장이 허락한 덕분에 부산포와 동래를 드나들며 왜인들과 거래를 트게 된 것으로는 만족 못 하겠우? 와키자카 그 작자를 만나서 뭘 어쩌겠다고 이러시우? 우릴 보자마자 목을 벨지도 모르는데. 여기까지는 운 좋게 왔지만 표창이 날아오면 속수무책이우. 더군다나 쌍도끼도 배에다 맡기고 내리지 않았우."

천무직은 빈방을 빙빙 돌며 계속 돌아갈 것을 권했다. 방 한가운데 팔짱을 끼고 앉은 곱사등이 임천수는 꿈쩍도 하지 않았다. 조선 사기장들을 살피러 갔다는 와키자카가 돌아올 때까지 그 자세로 기다릴 모양이다.

천무직은 애초 왜군 대장 고니시에게 은밀히 이야기를 넣을 때부터 반대했다. 류성룡과 이순신의 묵인 아래 서해안을 끼고 전

85

라도, 경기도, 황해도, 평안도 상권을 한손에 거머쥐지 않았는가. 거기서 벌어들이는 이문만도 만석 부를 이룩할 만했다. 그런데 갑자기 경상 좌도로 쫓겨 내려간 왜군과 새로 거래를 트겠다고 나선 것이다.

"와키자카가 왜 형님과 거래를 합니까? 왜적들이 우릴 믿어 주겠우, 그래? 이미 형님은 한 차례 와키자카 눈 밖에 난 적이 있우. 괜히 거래하자고 덤볐다가 큰 낭패를 당하고야 말걸. 그러니 더 큰 욕심 부리지 말고 이 정도만 합시다."

"이 정도라니? 이 정도가 어느 정도를 말하는 게야?"

임천수가 따지고 들자 천무직도 목소리를 높였다.

"말 그대로 이 정도요. 조선에서 첫손 꼽히는 장사치가 되었는데 뭘 더 바라시우? 이제 조선 장사치들 중에서 형님을 모르는 이는 없우. 그러니 이 정도만 합시다."

임천수가 새우눈을 흘겨 뜨며 천무직을 나무라기 시작했다.

"그러니 네가 어리석단 소릴 듣는 게다. 돈을 벌기야 꽤 많이 벌었지. 하나 내가 정말 조선 제일 장사치가 된 건 아니야. 이리저리 피란을 갔던 객주들은 틀림없이 뭉칫돈을 숨겨 두고 기회를 노리고 있을 게다. 이 말이야."

"기회?"

"그래, 전쟁이 무엇이라고 생각하나? 단번에 모든 걸 뒤집어엎을 수 있는 기회야. 내가 그 기회 중 하나를 잡았다면 저들이라고 못할 것도 없지. 지금 가장 큰 이문을 남길 수 있는 곳이 어디일까?"

"글쎄……, 잘 모르겠는데."

천무직이 고개를 갸웃거렸다.

"부산포로 가는 거지 뭐야."

"부산포? 설마 왜놈들과 장사를 하자는 건 아니겠지요? 나라에 쳐들어온 원수 아니우. 그래, 적에게 곡물과 의복을 내다 팔잔 말이우?"

임천수가 더 날카롭게 말꼬리를 물고 늘어졌다.

"왜 안 된다는 게지? 돈이야 다 같은 돈 아닌가? 조선 조정에서 주는 돈이든 왜국에서 주는 돈이든, 장사꾼은 돈만 챙기면 되는 게야. 부산포로 밀려 내려온 왜군들은 한마디로 말해 패잔병들이지. 춥고 헐벗었다 이 말이야. 그자들에겐 한 덩이 쌀밥과 이 혹독한 추위를 이길 솜바지 한 벌이 필요해. 금덩이를 가지고 있으면 뭘 하겠나, 얼어 죽으면 끝장인 것을. 거래만 틀 수 있다면 황해에서 보름 동안 버는 걸 단 하루에 거둬들일 수도 있으이. 난 부산포로 가야겠네."

"그, 그건 이순신 장군을 배신하는 짓 아니우? 우리가 왜군과 거래한 사실이 이 장군 귀에 들어가면 당장 우리 목을 베려 할걸요. 그 뭐라더라? ……그래, 사지(四知, 둘만의 비밀이라도 하늘과 땅, 자기와 상대가 각각 알고 있다는 뜻으로, 비밀은 숨겨도 언젠가는 반드시 드러난다는 것)의 두려움을 가져야 하우."

임천수가 피식 웃어넘겼다.

"제법 문자를 주워 담네. 안 들키면 돼. 그만 거 무서워하다간 아무 일도 못하지. 그리고 이건 배신이 아냐. 이 장군도 의주까지 곡물과 의복을 나르는 데 우리가 필요했던 거고 우리 역시 그 일을 도와 조정에서 신임을 받으려고 한 거지. 서로 돕는 사이다 이 말이야. 이번에는 이순신이 아니라 고니시가 우리와 서로 돕는 사이가 되는 거지. 조선인이든 왜인이든 우린 도움을 주고 돈만 챙기면 그뿐이라네."

"지독하우, 정말! 기어이 풀방구리에 쥐 드나들듯 부산포를 오 가시겠다? 형님은 그렇게 악착같이 돈을 모아 어디에 쓰려 하우? 무섭수다, 무서워."

"어디에 쓸 건지는 나중에 생각하자고. 우선 돈을 최대한 많이 모으는 게 중요해. 다른 객주에서 우리 자리를 넘보지 못하게 해야 한단 말이지. 우리가 지금 아니 하면 윤 도주 그놈이 부산포로 올 게 틀림없어."

"윤 도주가?"

임천수가 고개를 끄덕였다.

"그래, 돈 냄새는 귀신같이 맡고 나타나는 작자니까. 목이 달아나는 한이 있더라도 먼저 가야 해. 그래야 윤 도주 이놈을 잡아 부모님 원한을 갚을 수 있지. 자, 괜한 소리 말고 어서 날 따라 해 보게나."

"또 뭘 말이우?"

임천수가 오른손을 들어 허공에 열 십(十)자를 그렸다. 천무직이 따라 하는 대신 웃음을 터뜨렸다.

"아니, 그게 뭐요? 아침밥을 잘못 드셨우?"

임천수는 웃지 않고 정색을 했다.

"고니시 대장을 비롯하여 그 사위인 대마도주 요시토시나 장졸들 상당수도 천주라는 양이들 신을 믿는다는군. 그자들은 이렇게 열십자를 그리는 것으로 서로 믿음을 확인한다고 해. 그러니까 우리도 고니시 대장군이나 그 휘하 장졸들을 만나면 허공에 열십자를 그리도록 하자고."

"꼭 이렇게까지 해야겠소?"

"목탁을 두드리거나 『논어』, 『맹자』를 들고 가는 것보다야 훨씬 낫지. 장사에서 기본이 뭔가? 내 물건을 살 손님이 좋아하는 것을 미리 파악하여 손님을 대접할 만반의 준비를 하는 게 아닌가? 지금 내 손님은 왜군 제1군 대장군인 고니시고, 그 사람은 천주교 신자일세. 그러니 이런 노력이 아깝거나 우습지 않은 게야. 물건만 팔 수 있다면 이깟 헛손질, 백 번이고 천 번이고 할 수 있지. 무거운 도끼를 드는 것도 아니고 맨손으로 열십자만 그리면 되니 얼마나 쉬워. 자, 어서 이리 오게. 이렇게 부드럽게, 부드럽게 내려 그으면 돼."

성호를 제대로 그은 덕분일까. 요시토시 명령으로 임천수를 만나러 왔던 요시라는 곧 부산포에서 보자는 덕담을 남기고 웃으며 돌아갔다. 그리고 곡물과 의복을 준비하라는 요시토시 답신에 이어 부산포 입항을 허락한다는 비밀 서한이 와 닿았다.

고니시 앞에 나선 둘은 또 한 차례 성호를 그었다. 고니시는 다리를 약간 벌린 채 두 손을 무릎 위에 놓고 물어 왔다.

"너희들도 주님을 아느냐?"

임천수가 왜말로 준비한 답을 내놓았다.

"풍문으로 전해 듣긴 했습니다만 자세히는 모릅죠."

"풍문에 주님을 어떤 분이라고 하더냐?"

"하늘의 주인이라 하셨습죠. 아주 인자하시며 평화를 사랑하시는 분이라 하셨습니다요."

고니시가 고개를 끄덕였다.

"내 앞에서 성호를 그은 것은 주님을 믿는다는 뜻이냐?"

"믿느냐 아니 믿느냐에 답할 만큼 그분을 잘 알지 못합죠. 다만 그토록 훌륭한 분이라 하고, 또 대장군께서 그분에 대한 믿음이 깊다 하시니 예의를 갖추기 위해 배웠을 뿐입니다요. 잘못이 있다면 너그럽게 용서해 주십시오."

"잘못은 없다. 한 가지만 묻겠다. 너희들도 조선 사람이지? 한데 왜 조선과 맞서 싸우는 우리에게 곡물과 의복을 파는 것이냐? 그 곡물과 의복에 기대어 우리가 이 겨울을 따뜻하고 배부르게 나게 되었음을 모르지는 않겠지?"

임천수가 이번에도 침착하게 답했다.

"이적 행위가 아니냐는 물음이십니까?"

고니시 표정을 잠시 살핀 후 양손으로 하늘을 우러르며 이야기를 이었다.

"저 높고 높은 곳에 계신 주님, 그분 눈에는 조선인과 왜인의 구별이 헛되지 않습니까? 굶어 죽고 얼어 죽는 이들이 이곳에 있다 하여 찾아왔을 뿐입죠. 의심 가는 부분이 있다면 다시 배를 돌려서 떠나겠습니다."

고니시 표정이 딱딱하게 굳었다.

"주님을 더 이상 팔지 마라. 나를 너무 우습게 보는구나. 네가 임진년 내내 황해를 통해 의주에 있는 조선 조정에 의복과 곡물을 나른 것을 모르는 줄 아느냐? 차라리 돈을 벌기 위해서라고 해라."

임천수가 바닥에 이마를 대며 큰 소리로 말했다.

"용서하여 주십쇼. 소인 놈이 어리석어 감히 사사로운 이문을 위해 주님을 내세웠습죠. 물론 소인 놈은 장사치인지라 돈을 벌기 위해 이 짓을 하는 건 맞지만, 이번에는 소인 놈도 보잘것없는 목숨이나마 내걸고 여기까지 온 것입니다요. 뱃길에서 조선 판옥선이라도 만났다면 당장 고기밥 신세가 되었을 게 아니겠습니까. 돈을 버는 것보다도, 물론 돈도 벌어야 하지만, 조금은 더 나은 일을 하고 싶었습죠. 대장군 휘하 장졸들을 죽음으로부터 구하는 것, 바로 그 일 말입죠."

"앞으로도 계속 곡물과 의복을 구해 올 수 있느냐?"

"그게 바로 소인 놈이 원하는 겁니다요. 하나 그때마다 죽을 고비를 넘겨야 하니 값은 넉넉하게 쳐서 주십쇼."

"걱정 마라. 황해에서 네가 받는 값보다 세 배를 쳐 주마. 그 정도면 되겠느냐?"

"감사합니다요. 주님의 넓은 은혜가 소인 놈에게까지 미치는 것 같습니다요."

천무직은 고니시를 만나고 나온 후 곧바로 배를 타고 떠날 줄 알았다. 그러나 임천수는 빈방에서 한 사람을 더 기다리자고 했다. 와키자카 야스하루. 금오산 일대 가마를 불바다로 만든, 이순신이 날린 화살 덕분에 얼굴에 굵은 흉터를 간직한, 천무직과 임천수를 수장하려 했던 그 왜장을 만나자는 것이다.

"형님! 오늘은 그만 갑시다. 아마도 가마에 오래 머무르나 보우. 와키자카 가문은 오래전부터 조선 도자기들을 탐냈으니 쉽게 돌아올 걸음이 아니우. 아쉽지만 이쯤 기다렸으니 돌아간다 한들 실례가 되지는 않을 듯하우."

임천수는 엉덩이를 흔들며 허리를 약간 펴는 것으로 여유를 부렸다.

"가고 싶으면 너 혼자 가. 오늘 와키자카 대장이 돌아오지 않는다면 내일까지 기다릴 테니까."

"왜 그리 와키자카에게 집착하는 거유? 고니시 대장이 허락했으니 우리들 거래가 끊어질 리는 없는데."

"아니지. 고니시 대장은 군영 전체를 총괄하는 분이다. 세세한 부분은 와키자카 대장이 도맡아서 하고 있다 들었어. 쓰시마 도주도 자주 거제도 쪽으로 나가 있다 하니 와키자카 대장 입김이 더욱 크지. 나중에 우리들 이름을 듣는다면 뒤에서 무슨 조치를 취할지 아는가. 그러니 위험한 일이긴 해도 미리 만나서 풀 건 푸는 게 순리지."

"그잔 옛날부터 우릴 죽이려고 했우. 잊은 건 아니겠지?"

"또렷이 다 기억하고 있네. 와키자카 대장에게 속는 바람에 그나마 모아 두었던 재물들을 모두 잃지 않았는가. 하나 지나간 일은 지나간 일! 그이는 나도 이제 전혀 다른 위치에서 만나는 걸세. 와키자카는 왜 수군 돌격장이고 나는 조선 제일 장사치가 되었어. 물론 옛 기억을 아예 무시할 수는 없지만 그래도 할 일은 해야겠지. 와키자카 대장도 그 정도는 아는 사람이라고 보네."

"그래도 여긴 우리에게 일방적으로 불리합니다. 만나더라도 나중에 서로 어깨를 나란히할 수 있는 곳이 좋지 않겠소?"

"하나만 알고 둘은 모르는 소리. 가장 불리한 곳에서 이야기를 꺼내야 조금이라도 진심이 담긴 것처럼 보이는 법이야. 달아날 구멍 다 만들어 놓고 이야기를 시작하면 계속 의심을 받게 돼. 여기서 만나면 와키자카는 틀림없이 속으로 이렇게 고민할 거야. '임천수와 천무직! 이놈들이 왜 스스로 호랑이 아가리 속으로 들어온 걸까? 뭔가 나하고 흥정을 꼭 해야 하는 절박한 사정이 있는 게 틀림없어.' 이 정도 관심만 가져 줘도 우리로서는 큰 이득이지. 보자마자 내쫓기는 일은 없을 테니까."

갑자기 밖이 소란스러웠다. 임천수가 쿨렁쿨렁한 소매를 흔들며 엉거주춤 자리에서 일어서려는데 문이 열렸다. 날아온 주먹이 임천수 턱을 치는 것과 동시에 두 발이 천무직 명치를 때렸다. 두 사람 이름을 확인한 와키자카가 몸부터 날린 것이다. 예상은 처음부터 빗나가고 있었다. 천무직이 양손으로 가슴을 싸안고 거친 숨을 내쉬는 동안 임천수는 방을 떼굴떼굴 구르며 우는 소리를 해 댔다. 턱뼈가 부서지기라도 한 것일까. 와키자카는 임천수가 울음을 그칠 때까지 한참 동안 입을 열지 않았다. 이윽고 임천수가 몸을 추스른 후 천무직과 함께 이마를 바닥에 대고 엎드렸다.

"오랜만에 뵙습니다! 그간 평안하셨는지……?"

와키자카가 말허리를 잘랐다.

"또 세 치 혀를 놀려 무슨 수작을 하려는 것인가? 내가 묻기 전에는 먼저 입을 열지 마라. 함부로 말을 하면 그 혀부터 먼저 잘라 버리겠다."

다시 침묵이 감돌았다.

"내가 너희 두 놈을 잘근잘근 씹어 삼키고 싶어 한다는 걸 모르느냐? 거제도 밖으로 도망을 가도 시원찮을 판에 머물러 기다리다니, 목숨을 끊기로 작정을 한 게야?"

"대장님 뜻대로 하십시오. 하나 오늘 우리가 죽으면 다시는 의복과 곡물을 가져올 수 없습죠."

임천수도 강하게 받아쳤다. 여유를 부리다가는 당장 쌍별 표창이 턱밑에 꽂힐 판이었다.

"…… 지금 날 협박하는 게야?"

"협박이 아닙죠. 고니시 대장께서 계속 곡물과 의복을 가져오라 하셨습니다요."

"한데 왜 날 기다린 게냐? 세 치 혀를 내둘러 고니시 님 마음을 샀으면 끝난 일 아닌가?"

"와키자카 대장님과 맺었던 인연을 소인 놈은 소중히 간직하고 있습죠. 대장님 덕분에 이 자리까지 오게 되었다고 해도 과언이 아닙니다요."

임천수가 이야기를 멈추고 와키자카의 표정을 살폈다. 와키자카는 오른손을 왼 소매에 넣었다. 저 감춰진 소매에 쌍별 표창 하나를 쥐고 있으리라. 참을 수 없는 순간이 오면 표창을 이마

에 꽂으리라. 임천수는 굽은 등을 흔든 후 준비한 이야기를 이어
갔다.

"물론 대장님 덕분에 고생을 한 것도 사실입니다요. 그때까지
모은 재산이 몽땅 날아갔으니 말입죠. 하나 그 덕분에 하삼도를
떠나 북삼도로 가게 되었고, 대국 구경도 하고 선단을 거느리게
되었습죠. 그때 그냥 하삼도에 머물렀다면 윤 도주에게 잡혀 죽
었을지도 모릅니다요. 이게 다 대장님 덕분입죠."

"난 너희 두 놈을 죽이려고 했다. 한데 그걸 좋은 인연이었다
고 우기려는 게야? 그런 망발이 어디 있는가?"

"하나 무엇이 어찌 됐든 살아서 이렇게 다시 뵙지 않았습니까.
그때 죽은 건 미진 낭자뿐입죠."

와키자카가 갑자기 허리를 쓰윽 당기며 임천수와 눈을 맞추
었다.

"정말 그때 박미진이 죽었느냐? 너희 세 연놈이 노량 바다로
뛰어든 후 그 뒷일이 궁금하구나. 너희 둘이 살아 나왔듯 박미진
도 목숨을 건진 건 아니냐?"

천무직이 끼어들었다.

"그럴 리는 없우. 미진 낭자가 살았다면 다시 금오산 가마로
돌아왔을 게요. 한데 아무 풍문도 없었던 걸 보면 그때 바다에서
죽은 게 틀림없우."

임천수가 시치미를 떼고 말을 보탰다.

"그도 그렇고, 그때 바다에서 살아 나왔으면 가마에서 좋게 지
낸 이순신 장군을 찾지 않았을 리도 없을 텐데 그런 일이 없었던

걸 보면……."

와키자카의 두 눈에 불꽃이 튀었다.

"이순신! 그자는 지금 어쩌고 있느냐?"

"삼도 수군 통제사가 되었으니 명실상부 조선 수군의 으뜸 장수입죠. 백성들은 하나같이 그 높은 덕을 칭송하고 장졸들도 죽기로 충성을 맹세하고 있습니다요. 권준 같은 군사(軍師)가 곁에 있어 군량미도 넉넉하고, 선마(船魔)라 불리는 나대용이 있으니 판옥선이 더욱 크고 강해졌습죠."

천무직이 슬쩍 와키자카 안색을 살폈다. 임천수가 지나치게 조선 수군을 추어올린 것이다.

"그렇게 막강하다 이 말이지? 하면 다시 부산포를 치러 올지도 모르겠구나."

임천수가 엷게 미소 지으며 답했다.

"그리하지는 않을 것 같습니다요. 소인 놈이 보기에 이 장군은 남해를 굳게 지키며 시간을 벌 듯합니다. 사실 대장군 권율이 육군을 이끌고 부산포를 공격하지 않는 한 수군 단독으로 부산포를 치는 일은 무리라는 말이 그쪽 군영에서 흘러나오고 있습죠."

와키자카 목소리가 조금 부드러워졌다.

"날 위해 조선 수군 근황을 알려 줄 수 있겠느냐?"

임천수가 고개를 돌려 천무직과 눈을 맞추었다.

'난 못하우. 이놈들과 거래를 하는 것도 꺼림칙한데 간자 노릇까지 하라니.'

"그리합지요. 하나 이 장군도 소인 놈을 믿는 편이 아니어서 중요한 일들을 알아 오기는 힘들 듯합니다요. 근황 정도야 충분히 말씀드립죠. 대신……"

"대신! 그래, 그게 너답구나. 흥정하자 이 말이지. 조선 수군 근황을 알려 주는 대신 무얼 주랴?"

임천수가 손사래를 쳤다.

"흥정이라니요? 당치도 않습죠. 다만 대장께서 소인 놈을 불쌍히 여기신다면 한 가지 부탁 말씀을 드리고 싶습니다요."

"부탁이든 흥정이든 말해 보아라."

임천수가 바짝 긴장한 얼굴로 가슴속에 꽁꽁 숨겨 두었던 이야기를 꺼내 놓았다.

"부모 원한을 갚고 싶습니다요."

"부모 원한?"

"소인 놈이 이렇게 꼽추로 한평생을 사는 것도, 또 부모님께서 비명에 가신 것도, 다 저 윤 도주 때문입니다요."

"그 이야기는 들어 알고 있다. 하나 윤 도주가 어디에 있는지 나는 모른다. 조선 팔도에 사람을 풀어 윤 도주를 찾을 수도 없는 노릇이다."

"알고 있습니다요. 지금은 윤 도주 그 쥐새끼 같은 인간이 어디에 숨었는지 모르겠지만 곧 대장님 앞에 나타날 겁니다요. 윤 도주 본거지가 바로 이 경상 좌도니까요. 틀림없이 고니시 대장님과 와키자카 대장님께 이야기를 넣을 것입죠. 그때 대장께서 윤 도주를 붙잡아 주셨으면 합니다요. 하면 소인 놈이 번개처럼 달려와서 놈을 사겠습니다요."

"윤 도주를 사겠다? 얼마에 사겠다는 것이냐?"

"원하시는 만큼 드리겠습니다요. 윤 도주와 새로 거래를 열어 소인 놈을 버리지 않으시겠다는 것과 윤 도주를 붙잡아 소인 놈에게 파시겠다는 것만 약조해 주십시오. 하면 와키자카 대장님과 휘하 장졸들에게는 곡물과 의복을 거저 드리고 가겠습니다요."

와키자카가 턱을 들고 눈을 감은 채 버텼다.

"너도 장사치니 이문이 많이 남는 쪽에 마음이 간다는 건 알고 있겠지? 윤 도주가 만약 너보다 더 좋은 제안을 하면, 나는 윤 도주 대신 널 붙잡아 윤 도주에게 넘겨줄 수도 있다. 그땐 날 원망하지 마라."

임천수가 미소를 머금으며 답했다.

"윤 도주 조건을 들어 보시는 건 뜻대로 하십시오. 하나 현재 조선에 소인 놈보다 배가 많은 장사치는 없고, 소인 놈만큼 곡물과 의복을 빠르게 많이 가져올 장사치도 없으며, 소인 놈처럼 쉽게 조선 수군 감시망을 뚫고 이곳까지 올 장사치도 없습니다요."

와키자카가 딱딱한 표정을 풀지 않고 물었다.

"우리와 거래를 하는 동안에도 너는 또 이순신과도 거래할 것 아닌가?"

임천수가 솔직하게 답했다.

"물론입죠. 이문이 남는 일인데 마다할 이유가 없습죠."

"그리하면 돈을 벌긴 꽤 벌 게야. 하나 언젠간 양쪽 모두에게 버림받지. 내가 널 믿지 못하듯 이순신도 널 의심할 테니까. 그런 생각은 해 보지 않았나?"

"무엇을 걱정하시는지 잘 압니다요. 하나 그땐 또 다른 거래를 트면 됩지요. 한 군데 너무 오래 머무르면 사고팔 물건도 없고 제값도 받기 어렵습니다요. 하면 불쌍한 소인 놈 부탁을 들어주시는 걸로 알고 물러가겠습니다요. 장졸들을 보내 주시면 의복과 곡물을 따로 드립죠. 하면 다음에 뵐 때까지 안녕히 계십시오."

임천수와 천무직은 무사히 그 방을 빠져나왔다. 문이 닫히자마자 와키자카는 왼 소매에서 오른손을 뽑았다. 문고리 바로 위에 쌍별 표창이 박혔다.

'조금만 더 살려 두는 게다. 사사로운 울분을 달래는 것보다는 조선 수군 근황을 듣는 게 더 중요하다. 임천수, 저놈은 정말 대단한 배짱을 지녔구나. 조선 제일 장사꾼이 될 만한 그릇이로다. 고니시 님도 그 뛰어난 객담과 용기를 이미 파악했겠지. 하나 저자 말을 곧이곧대로 믿어서는 아니 된다. 이문이 남는 쪽을 위해 끊임없이 과장하고 왜곡할 테니까. 조선 수군이 그토록 강해졌다니 참으로 큰일이구나. 불리한 전세를 일거에 바꿀 수 있는 유일한 방법은 남해와 황해를 뚫어 강화도나 인천에 장졸들을 상륙시키는 거다. 그런데 이순신이 산처럼 막아서 있다. 삼도 수군 통제사 이순신! 이놈을 단숨에 제거하는 방법은 정녕 없는가.'

七、 용상의 주인을 논하다

　왜군이 부산포로 물러갔다는 소식을 접한 피란민들은 너도나도 고향으로 밀려들었다. 아직까지 경상도와 충청도에서 간간이 교전이 벌어졌으나 피란민들 발길은 벌써 공주(公州)에 닿았다. 지난달 세자인 광해군이 분조를 이끌고 공주로 내려갔기 때문이다. 광해군에게 전라도와 경상도 지역을 순무(巡撫)하면서 군사들을 독려하라는 어명이 내린 것이다. 선조는 아예 세자에게 양위를 하겠노라며 다시 자리보전을 하고 누웠으나 그 뜻은 받아들여지지 않았다. 그 대신 광해군이 하삼도 전투를 책임지고 선조는 한양에서 전쟁을 총괄하는 쪽으로 의견이 모아졌다. 광해군이 공주로 내려갔다는 소식을 접한 피란민들은 서둘러 남행을 결정했다. 추운 겨울을 타향에서 보내기 싫은 마음도 귀향하는 발걸음을 부추겼다.

한양 저잣거리도 조금씩 활기를 되찾기 시작했다. 전쟁 이전처럼 성시(盛市)는 아니었으나 닷새에 한 번씩 시장도 서고 웬만큼 물물교환도 이루어졌다. 장이 서는 날이면 팔도 거지 떼가 부지기수로 몰려들었다. 군데군데 불을 피우고 몸을 녹이는 그 몰골은 처량하기 그지없었다. 기온이 내려가고 눈발이 흩날리면서 얼어 죽은 시체들이 부쩍 늘어났다. 민심은 더욱 야박해졌고 떼강도가 극성을 부렸다. 그래도 사람들은 닷새마다 어김없이 열리는 장터로 모였다.

기방(妓房)을 찾는 이들도 늘었다. 한쪽에서는 사람들이 굶어 죽어 가는데도 한쪽에서는 풍악과 함께 산해진미 즐비한 주안상이 마련되었다. 기방을 없애라는 상소가 빗발쳤지만 풍악은 멈추지 않았다. 그 기방에 출입하는 손님들이 바로 이름 높은 조정 대신들이었기 때문이다. 향락은 피비린내가 나는 자리에서 그 맛을 더했다. 대신들은 기방에 가는 것을 자랑으로 여겼고, 운 좋게 난을 피한 꽃다운 기생들 이름을 제 누이 이름인 양 외고 다녔다. 대신들에게 전쟁은 터무니없는 무용담을 늘어놓을 때나 끄집어내는 이야깃거리에 지나지 않았다.

밤새 내린 눈이 그대로 얼어붙은 거리는 빙판처럼 미끄러웠다.

정사품 의정부 사인 허성은 눈을 내리 깔고 조심조심 걸음을 옮겼다. 길가에 아무렇게나 허섭스레기(좋은 것이 빠지고 난 뒤에 남은 허름한 물건)처럼 버려진 시체들을 피해 이리저리 고개를 젖혔다. 미끄러지지 않으려고 허둥대는 그 얼굴은 몹시 초조해 보였다.

이윽고 기방 앞에 도착한 허성은 헛기침을 두어 번 뱉었다. 그러곤 눈살을 찌푸리며 잠시 문 앞을 서성거렸다. 기방이 새로 문을 열었다는 말은 들었지만, 이렇게 직접 눈으로 확인을 하고 나니 마음이 영 찜찜했다. 발길을 돌릴까 망설였지만 이내 생각을 고쳐먹었다.

큰 소리로 사람을 부르기가 낯뜨거워 가만히 대문을 밀었다. 다행히 문은 잠겨 있지 않았다. 어둠이 깔리기 전인데도 흥겨운 풍악이 마당을 가로질러 귓가를 어지럽혔다.

"어서 오시와요!"

열 살을 갓 넘겼을까. 마루에 앉아서 언 손을 호호 불던 새끼 기생이 버선발로 뛰어내려 왔다. 허성은 허리를 뒤로 젖힌 채 근엄한 얼굴로 물었다.

"석봉 어른이 기거하는 곳이 어디냐?"

새끼 기생이 그 얼굴을 빤히 쳐다보았다.

"처음 듣는 이름인 걸요."

"어허! 여기 있는 걸 다 알고 왔다. 어디서 거짓부렁을 하는 게냐? 좋다. 그럼 애랑이란 기생은 있느냐?"

"자, 잠시만 기다리세요."

새끼 기생은 뒤뜰 별채로 쪼르륵 뛰어갔다. 허성은 섬돌 위에 가지런히 놓인 신발을 바라보며 혀를 끌끌 찼다.

'이 얼마나 부끄러운 짓들인가. 지금도 하삼도에서는 수많은 백성들이 죽어 가고 있거늘 기생을 옆에 끼고 술타령이 웬 말이더냐.'

당장에 문을 박차고 들어가서 면박을 주고 싶은 마음을 꾹 눌렀다. 혹시 방 안에 있는 사람들과 면식이라도 있을까 염려되던 것이다.

이윽고 치맛자락을 앞으로 바싹 당겨 쥔 애랑이 살랑살랑 나아왔다.

"절 찾으셨다고요?"

눈가에 색기가 흘러넘쳤다.

"그대가 애랑인가? 조선 제일 명필을 찾아왔다네. 설마 자네도 모른다고 하진 않겠지?"

애랑이 야릇한 미소를 지으며 허성 얼굴을 찬찬히 뜯어보았다. 기생 눈길을 정면에서 받아 본 적이 없는 허성은 양 볼이 벌겋게 달아올랐다. 애랑이 차분하게 물었다.

"혹시, 혹시…… 교산(蛟山) 어른을 아시옵니까?"

"네가…… 어떻게?"

허성은 말문이 막혔다. 교산은 아우 허균의 호였다.

"그렇다면 나리께옵서는 의정부 사인 허성 대감이시군요."

"그렇다네."

허성이 마음을 진정시키며 딱딱하게 답했다. 애랑이 한 걸음 다가서자 향긋한 분 냄새가 코끝을 간질였다.

"나리! 그럼 그렇다고 진작 말씀하시지요. 저는 포도청에서 우리 영감을 잡으러 온 게 아닐까 걱정했답니다. 자, 어서 따르시지요."

허성은 애랑을 따라 뒤뜰로 갔다. 애기고광나무가 섬돌을 가린 별채에서 간드러진 웃음소리가 흘러나왔다. 허성이 눈살을 찌푸렸다.

'서애 대감! 왜 미리 귀띔해 주지 않으셨습니까?'

허성은 류성룡의 부리부리한 눈을 떠올렸다. 기방으로 가서 한호를 데려오는 일을 자신에게 시킨 것부터가 이상했다. 전령을 보내면 그만인 것을 굳이 허성더러 직접 가라고 권했던 것이다. 그러면서 지나가듯이 말했다.

"균(筠)도 이제 정시 문과(庭試文科)에 합격하였으니 벼슬자리를 알아보아야겠구먼."

그때는 허균에게 시문을 가르친 류성룡이 제자 앞길을 염려하는 것으로 받아들였다. 지금 생각해 보니 기방에서 세월을 보내고 있는 허균을 꾸짖으라는 암시였다. 류성룡은 이런 식으로 속마음을 빙빙 돌려 드러냈다. 처음에는 그 뜻을 헤아리지 못해 어리둥절하다가도 어느 순간 철퇴로 뒤통수를 얻어맞는 기분이 들었다.

애랑에게서 소식을 들은 석봉 한호가 황급히 뜰로 내려왔다.

"아니, 이게 누구시오? 악록(嶽麓. 허성의 호)이 아니시오? 어서 어서 안으로 드시오."

석봉 뒤에서 술에 취한 허균이 얼굴을 내밀었다. 허성의 얼굴이 얼음장처럼 차가워졌다. 오십 줄을 넘긴 한호가 어색한 분위기를 느꼈던지 옷소매를 잡아끌었다.

"자, 여기서 이럴 것이 아니고 안으로 드십시다. 애랑아! 귀한 손님이 오셨으니 특별히 주안상을 새로 마련하도록 해라. 애들

몸단장도 다시 시키고."

허성은 못 이기는 척 한호에게 이끌려 방에 들어섰다. 악기와 술병들이 어지럽게 널렸고 여인네들 살 냄새가 짙게 풍겨 나왔다. 병풍 아래에서 거문고를 무릎에 얹고 다소곳이 앉아 있던 기생 하나가 일어서서 허성을 맞았다. 나이는 기껏 열네댓 살 되었을까. 허성과 눈이 마주치고도 당황하는 기색이 없었다. 뒤따라온 허균이 눈짓을 보내자 그 기생은 고개를 다소곳이 숙여 인사를 했다.

"청향(清香)이라 하옵니다."

"으험!"

허성이 헛기침을 하는 틈에 허균이 재빨리 끼어들었다.

"조것 머리를 올려 주고 싶은데 죽어도 싫다는 겁니다. 홀아비한테 첫정을 주기가 싫다나요. 형님께서 이 아우를 좀 도와주십시오."

허성은 눈초리를 치켜뜨며 허균을 노려보았다.

'가문 위신을 깎아내려도 유분수지. 도대체 이게 무슨 짓이냐?'

허균은 손뼉을 치면서 계속 낄낄거렸다. 술기운이 머리끝까지 뻗친 모양이었다. 허성이 고개를 돌려 한호에게 언성을 높였다.

"기녀들을 물리쳐 주세요. 술이나 먹자고 온 것이 아니오이다."

한호는 허성의 지나치게 근엄한 얼굴을 바라보며 빙긋 웃었다.

"그럽시다, 까짓것! 악록이 풍류와는 거리가 먼 사람인 줄 진작부터 알고 있었소. 한데 계집을 품으러 온 것도 아니고 술을 마시러 온 것도 아니라면, 무엇 때문에 정사품 의정부 사인께서 이곳까지 찾아오셨나?"

허균이 꼬부라진 혀로 히죽거렸다.

"그도 모르십니까? 꺼억! 의정부 사인이야 의정부 궂은일을 도
맡아 하는 자리입죠. 일 벌이는 걸 좋아하는 서애 대감께서 영의
정을 맡고 계시니 형님이 얼마나 바쁘시겠습니까? 그 와중에도
시간을 내서 이곳까지 오신 걸 보면 서애 대감이 심부름을 시키
셨나 보지요. 꺼어억! 아니 그렇습니까. 형님?"

허성이 도끼눈을 뜨고 노려보았다. 허균은 오른쪽으로 비스
듬히 몸을 기댄 채 딸꾹질을 해 댔다. 한호가 턱수염을 쓸며 물
었다.

"악록! 교산 말이 사실이오? 서애 대감께서 보내셨나요?"

"급히 명나라로 보낼 문서가 있습니다. 오늘 중으로 입궐하시
라는 영상 대감 당부가 계셨습니다."

한호가 역정을 냈다.

"제기랄! 또 무슨 글씨를 써야 한다는 겝니까? 이백이나 두보의
시라면 백 번 베껴 써도 좋소만, 명나라에 비렁뱅이처럼 비나리
치는 글은 다시 옮기고 싶지 않소이다. 이 마음만 더러워져요."

"비……렁뱅이라고 하셨습니까?

허성 얼굴이 일그러졌다. 한호 입이 거친 것은 소문이 났지만
류성룡 글을 비렁뱅이에 비길 줄은 몰랐다. 허균이 끼어들었다.

"그 입조심 좀 하십시오, 꺼억. 형님께서는 언행을 각별히 조
심하는 분이세요. 비렁뱅이가 뭡니까, 비렁뱅이가. 조선 제일 명
필이 그따위 상스러운 말을 입에 담을 수 있는 겁니까, 꺼억."

한호가 지지 않고 대답했다.

"비렁뱅이 보고 비렁뱅이라는데 뭐가 어쨌다고 그래? 부산포까지 쫓겨간 왜놈들을 바다로 쓸어버리지 못해 다시 명나라에 원군을 청하는 것이 비렁뱅이가 아니고 뭐란 말인가? 도대체 이 나라 병조 판서가 누구야?"

"이덕형 대감이시지요."

"그런가? 이덕형 대감이야 한양에 있으니 어쩔 수 없다 치고, 분조를 따라 하삼도를 진두지휘 하러 간 분(分) 병조 판서는 누구야?"

"천하의 이항복 대감이시지요."

한호가 앞이마를 탁 쳤다.

"아하! 그러고 보니 왕년의 악동들이 이 나라 군권을 쥐었군. 어릴 적 양반님네들 골탕 먹이던 용기를 반만 냈어도 벌써 왜군들을 물리쳤겠구먼. 사람은 변하는 법이지. 나이를 먹으면 소심해진다니까. 자꾸 이웃나라에 기대려고만 하고 말이지."

"맞습니다! 병조 판서가 둘 있으면 무엇 합니까? 조정이 둘이면 뭣 해요? 백성들은 굶어 죽고 병들어 죽고, 군사들은 총에 맞아 죽고 칼에 찔려 죽으니, 어차피 죽는 건 매일반이죠."

더 이상 비아냥거림을 듣고 있을 수 없었다. 허성은 두 손이 부들부들 떨렸다. 한호야 기행(奇行)으로 악명이 높으니 어쩔 수 없다손 치더라도 하나뿐인 아우 허균이 삐뚤어지는 것은 원치 않았다.

"자리를 잠시 피해 주십시오."

한호가 텁석나룻(짧고 더부룩하게 많이 난 수염)을 만지작거리며 엉거주춤 일어섰다.

"형제들끼리 오붓한 시간을 갖고 싶다, 이 말이오? 좋아, 내 기꺼이 자리를 피해 드리리다. 한데 악록, 내 오늘은 입궐하기 힘들 듯하오. 이 손을 보시오. 낮술이 과했는지 제대로 움직이지를 않는구려. 털찝(돈을 주책없이 쓰는 방탕한 사람)이라 용돈이 궁하긴 해도 오늘은 푸욱 쉬고 내일 아침 일찍 입궐하겠으니 서애 대감께 잘 좀 말씀해 주시오."

"알겠습니다."

서애 류성룡은 될 수 있는 한 빨리 한호를 데려오라고 했을 뿐 반드시 오늘 입궐시키라고 못을 박지는 않았다. 그도 오랫동안 한호의 행동거지를 보아 왔기에 이런 일이 있을 줄 알고 시간적 여유를 주었던 것이다.

한호가 자리를 뜨자마자 허성은 동생을 추궁하기 시작했다.

"기방 출입이 웬 말이냐? 위언위행(危言危行, 말과 행실을 고상하고 준엄하게 함)하라 그렇게 일렀거늘, 너는 지금 우리 가문을 욕보이고 있어."

허균이 눈을 멀뚱멀뚱 뜬 채 허성을 바라보았다. 술기운 때문에 초점이 제대로 잡히지 않는 모양이었다.

"차암, 형님도! 나라가 오랑캐에게 욕을 보는 판국인데 가문이 욕을 보고 아니 보고가 어디 있습니까? 홀아비가 계집 냄새 좀 맡으러 왔기로서니 그것이 어찌 가문을 욕보이는 일이겠습니까? 꽃이 있는 곳에 나비가 날아드는 법. 임 있으면 금수강산 임 없으면 적막강산이란 말도 못 들어 보셨나요?"

"이놈이 그래도 입은 살아서 재잘거리는구나. 어머님 모시고 설경이를 다독거리며 조용히 한무릎공부(한동안 착실히 하는 공부)를 하라 몇 번이나 일렀거늘 아직도 제정신이 아닌 게야. 글공부는 아니 하고 이렇듯 난봉을 부리다니 먼저 간 제수씨께 미안하지도 않으냐?"

허균이 킬킬거리며 엉덩이를 들썩들썩거렸다.

"정시 문과에 합격하였으니 아내랑 한 약속은 지킨 셈입죠. 벼슬길이야 형님도 계시고 서애 대감도 계시니 차차 열리지 않겠습니까? 한데 어쩌죠? 지금은 벼슬자리를 주어도 나가고 싶은 마음이 없는걸요."

"무에야? 벼슬에 나설 마음이 없다? 그 이유가 무엇이냐?"

허균의 목소리가 점점 무거워졌다.

"먼저 대신들이 패전 책임을 지고 물러나야 합니다. 새 술은 새 부대에 담는 법입니다. 류성룡 대감과 윤두수 대감은 물론이고 나라를 이 지경으로 만든 벼슬아치들이 모조리 한양에서 사라져야 할 겁니다. 형님께서도 전쟁 전에 서장관으로 왜국에 다녀오셨으니 응당 그 책임을 지셔야죠."

허성이 마른침을 꼴깍 삼켰다. 허균은 술에 취할수록 말끝에 날이 서는 위인이었다.

"또 다른 이유는 무엇이냐?"

"신하들이 모두 새로운 인물로 바뀌어야 할 뿐만 아니라 마지막으로는 더 높은 분이 책임을 져야겠지요."

"닥쳐라! 지금 무슨 망언을 지껄이는 게야? 아무리 감가(轗軻, 길이 험하여 수레로 가기 힘듦. 즉 때를 만나지 못하여 불우한 처지에 있음)하여 울분이 쌓였다고 해도 그리 말할 수는 없어."

허균도 지지 않고 맞받아쳤다.

"신하가 바뀐들 군왕이 그대로면 나라는 결코 새로워질 수 없습니다. 머지않아 지금보다 더 큰 전쟁을 겪을지도 모르죠. 전하께서 계속 양위할 뜻을 비치신다고 들었습니다. 지금이 기회입니다. 대신들이 뜻을 모아 광해군을 새 임금으로 옹립하면 모든 일이 순리대로 풀려 갈 테지요. 사총(四聰, 사방 만민의 소리를 듣는 왕의 총기)에 통달한 분 아니십니까."

"어허, 그래도!"

허성은 눈을 부라리며 그의 말을 잘랐다. 선조는 전쟁이 터지면서부터 줄곧 양위할 뜻을 밝혔다. 홍문관의 젊은 학사들 중에는 넌지시 임금 뜻을 받아들이자고 말하는 이도 있었다. 허성도 그런 움직임이 마음에 걸려 어제 아침 류성룡과 의논을 했다.

"전하께서 자꾸 양위를 말씀하시니 큰일입니다."

류성룡은 이미 답을 갖고 있었다.

"악록도 성심을 참답게 헤아리지 못하는 것은 아니겠지요? 전하께서는 지금 우리에게 충성심을 보이라고 꾸짖고 계시외다. 아시겠소?"

허성은 패기만만한 아우 얼굴을 바라보았다. 허랑방탕하게 세월만 죽이는 줄로만 알았는데, 그래도 세상에 대해 나름대로 눈과 귀를 지닌 것이 기특한 마음도 들었다. 그러나 함부로 입을 놀려서는 아니 된다. 아우의 마음을 좀 더 알고 싶어졌다.

"그러니까 너는 세자 저하가 왕위에 오르시면 그때 벼슬하겠다는 것이구나. 세자 저하를 그렇듯 흠모하는 까닭이 무엇이냐?"

허균이 직언을 쏟아 냈다.

"흠모까지는 아닙니다. 그래도 백성들을 버리고 의주까지 도망친 군왕보다는 낫지 않습니까? 작년에는 분조를 이끌고 강원도까지 내려가셨고 올해도 하삼도를 살피러 가셨으니, 그 용기만은 높이 사야 할 줄 압니다. 아직은 춘추 어리시므로 좀 더 세상을 배워야겠지요. 이 나라 주인이 과연 누구인가도 깨치셔야 할 터이고……."

분조를 이끌고 조선 팔도를 종횡무진으로 누비는 광해군 활약은 허성도 익히 알고 있었다. 조정 대소 신료들도 광해군이 장차 성군(聖君)이 될 것임을 믿어 의심치 않았다.

'그런데 세상을 좀 더 배워야 한다? 이 나라 주인이 누구인가를 깨쳐야 한다? 이는 또 무슨 말인가?'

작년 봄 왜란을 피하면서, 허성은 미처 가족을 챙기지 못했다. 함께 난을 피하려고 사람을 보냈으나 허균은 생모를 모시고 이미 한양을 떠난 후였다. 그런 뒤 올해 정월 한양에서 다시 상봉했을 때 아우는 더 이상 예전에 보았던 철부지가 아니었다. 아내인 김씨가 죽고 핏덩이 아들마저 저세상으로 갔다는 것을 그제야 전해 들었다. 허균 눈에서는 귀기(鬼氣)가 흘러넘쳤다. 그것은 인생 끝자락을 보고 온 자의 눈빛이었다. 피란살이에 대해 이것저것 물었지만 허균은 제대로 대꾸하지 않았고, 술에 취해 세월을 보내면서 이상한 말들만 지껄여 댔다. 인간은 원래부터 그 본성이 악하다고 했고 왜가 조선을 정복하지 않아도 이 나라는 곧 멸망할 것이라는 추측도 거리낌 없이 내놓았다. 그때마다 허성은 따끔하게 야단을 쳤다.

그런데 신기한 일이 벌어졌다. 허균이 정시 문과에 급제한 것이다.

죽은 아내와 한 약속을 지키기 위해서라지만 기특한 일이 아닐 수 없었다. 그러나 허균은 그 후로도 여전히 술과 계집에 젖어 살았다.

"자기 마음을 보존하여 본성을 기르는 것은 하늘을 섬기는 것과 같다고 했다. 얄팍한 재주만 믿고 배움을 게을리하면 아니 된다. 내 말 명심하렸다."

허균은 허성의 충고가 지겹다는 듯이 검지로 귀를 후벼 팠다.

"공맹의 가르침은 형님께서나 많이 따르십시오. 저는 요즘 노장(老莊)이나 석씨(釋氏. 석가모니)의 허황된 말들에 더 끌립니다. 인생이란 때론 그렇게 허무맹랑하기도 하거든요. 섬나라 오랑캐가 천자 나라를 넘보는 세상 아닌가요? 이 전쟁을 빨리 끝내고 평안하게 삶을 마칠 수 있는 길이라면, 그 이름이 무엇이든 따를 작정입니다. 공맹이 아무리 좋아도 조선 백성을 모두 죽음으로 몰아넣는다면 내쳐야겠지요."

"정도(正道)를 가는데 어찌 사지(死地)로 들어갈 수 있겠느냐? 그 모두가 네 마음이 곧지 못하여 길 아닌 곳으로 나아갔기 때문이니라. 언제까지나 트레바리(이유 없이 말의 말에 반대하기를 좋아하는 사람)로 지내려고 하느냐."

허균이 손뼉을 치며 웃어 댔다.

"역시 형님은 다르십니다. 이렇게 지독한 전란 중에도 한 점 흐트러짐이 없으시군요. 이 아우, 그런 독야청청이 부러울 따름입니다. 하나 제 몸에는 이미 피비린내가 배어 있는걸요. 아무리 씻어 내도 악귀들이 살점을 뜯어먹지요. 속되고 속된 아우는 형님 가르침을 따르지 못할 것 같습니다. 차라리 저는 악귀 편에 서겠습니다. 죄 없이 죽어 간 수많은 귀신들이 지금도 또렷하게 보인답니다. 참, 공맹은 귀신을 부정했지요? 형님은 응당 공맹을 따르실 터이니 내세니 윤회니 하는 허황한 것들을 물리치고 현세에만 관심을 쏟으시겠지요? 하나 이 아우는, 어리석은 균은 왠지 자꾸 이곳이 아닌 다른 곳, 저 피안에 관심이 가는군요. 망자(亡者)들 한을 풀어 주기 전에는 아무 일도 할 수 없을 것 같습니다. 아아, 망자들이 이렇게 힐책하는군요. '누가 나를 죽였는가? 나를 죽인 자를 데리러 왔다. 누가 나를 죽였는가?'"

"전쟁이 일어나면 많은 사람들이 목숨을 잃는 법이다. 어느 역사에도 피 흘리지 않는 전쟁은 없느니라. 그 죽음을 괜히 네 탓으로 돌리지 마라."

"아닙니다. 모든 것을 내 탓으로 돌려야만 그 설움도 씻고 새로운 내일도 준비할 수 있지요. 시체는 산더미처럼 많은데 정작 죽인 자가 없다면 그 얼마나 억울한 죽음이겠습니까? 그렇다고 그 죽음을 왜군 탓으로 돌리지 마십시오. 전쟁에서 내가 적을 죽이고 적이 나를 죽이는 것은 너무나 당연한 이치입니다. 제가 아쉬워하는 것은 그런 당연한 죽음이 아니라 살아남아야만 하는 자들의 죽음입니다."

"그래서 너는 대신들에게…… 주상 전하께…… 그 책임을 묻겠다는 것이냐?"

"사필귀정이 아닐는지요?"

"에잇, 발칙한!"

허성이 수염을 쓸면서 자리에서 일어섰다. 허균이 무릎걸음으로 나와서 소맷부리를 잡았다.

"형니임! 벌써 가시게요? 형님께 드릴 게 있습니다. 잠시만 기다리세요."

허균이 병풍 뒤에서 서책 한 권을 가져 왔다.

"이것이 무엇이냐?"

"심심함도 달랠 겸 강릉에서 쓴 『학산초담(鶴山樵談)』이에요. 고래(古來)로 전하는 시들을 저 나름대로 평한 것이지요. 이 아우도 놀고먹는 것만은 아니랍니다."

허성은 허균이 건넨 서책을 손에 쥔 채 기방을 나섰다. 풍악 소리가 여전히 집 전체를 휘감고 있었다. 멱살을 틀어쥐고 끌고 나올 수도 있었지만 왠지 내키지 않았다. 아내도 죽고 아들마저 세상을 버린 아우의 상실감이 손에 잡힐 듯했다. 술과 계집에 빠져 있는 것이 문제이긴 하지만, 그래도 과거에 급제하고 이렇게 서책까지 편(編)한 것을 보니 기특한 생각마저 들었다.

'하곡(荷谷, 허봉의 호)도 일찍이 균이 재주가 자기보다 열 배는 더 뛰어나다고 했지.'

허성은 『학산초담』의 내용이 궁금해서 견딜 수가 없었다. 파근파근한 걸음을 멈추고 손이 가는 대로 서책을 펼쳤다. 손곡 이달이 죽은 아내를 그리워하며 지은 시가 눈에 쏙 들어왔다.

깁 방장에 향기 다하고 거울에는 먼지	羅想香盡鏡生塵
닫힌 문에 복사꽃만 쓸쓸한 봄날	門掩桃花寂寞春
작은 누각은 옛날처럼 달 밝은데	依舊小樓明月在
발 걷고 달 즐길 이 그 누구인가	不知誰是捲簾人

八、종정도 놀이

　갑오년(1594년) 일월 십구일.

　전쟁이 시작된 지도 햇수로 벌써 이 년이 넘었다. 부산포까지
후퇴한 왜군은 혹독한 추위를 무릅쓰고 거대한 성을 쌓기 시작했
다. 경상도 해안을 모두 감싸는 힘든 공사였다. 왜성을 쌓는다는
소문이 돌자 전쟁이 끝나리라는 기대는 점점 빛이 바랬다. 성을
쌓는 것은 귀국하지 않고 끝까지 경상도를 지키겠다는 뜻이다.
계사년(1593년) 이후 왜군들은 남해안 일대에 본성(本城) 열둘과
지성(枝城) 여섯을 쌓아 주둔하였다. 특히 와키자카, 가토 요시아
키, 구키 요시타카 등 왜 수군 장수 세 명은 계사년 십이월 도요
토미 히데요시 명을 받아 안골포에 성을 쌓고 정유년까지 일 년
씩 번갈아 지켰다. 예를 들어 와키자카가 성을 지키는 동안 가토
요시아키와 구키 요시타카는 왜국으로 돌아가서 잠시 쉬며 군선

117

을 정비하는 방식이었다.

본격 추위가 시작되면서 왜선들과 간헐적으로 벌이던 해전도 뜸해졌다. 조선 수군과 왜 수군은 거제도를 기점으로 각자 영해를 확실히 지켰다. 진짜 전투는 싸락눈 날리는 겨울이 가고 개나리 진달래가 꽃망울을 터뜨릴 즈음에야 다시 시작될 전망이었다. 삼도 수군 통제사 이순신은 순번을 정하여 장졸들에게 휴가를 주었다. 수영에서 음식만 축내기보다는 따뜻한 가족 품에 안겨 하루라도 두 발 주욱 뻗고 자는 편이 나을 것이다.

나흘 전에는 공주와 전주를 오가며 장수들을 독려하고 있는 광해군 명을 받았다. 수군을 이끌고 나가 왜 수군을 토벌하라는 내용이었다.

해동갑하여(해가 질 때가 되어) 경상 우수사 원균이 소비포 권관 이영남과 함께 찾아왔다. 부산포를 칠 것을 거듭 종용했지만 이순신은 꼼짝하지 않았다. 군사들이 충분히 휴식을 취한 후 군선을 보수하고 부족한 무기가 확충되어야 왜선들과 싸워도 이길 수 있다고 역으로 원균을 설득했다. 그러나 원균은 지금 마음을 풀어 버리면 영원히 승기를 잡을 수 없다고 반박했다. 그는 경상 우수영 군사들을 단 한 명도 집으로 돌려보내지 않았을 뿐만 아니라 오히려 보름마다 실시하던 진법 훈련을 열흘에 한 번으로 늘렸다고 했다. 이순신은 경상 우수군 움직임에 대하여 가타부타 말이 없었다.

원균이 역정을 내며 돌아갔지만 소비포 권관 이영남은 남았다. 따로 이순신에게 청할 일이 있었던 것이다. 송희립이 큰 배를 들이밀며 뒤따라 들어섰다.

이순신과 마주 대한 이영남은 얼른 이야기를 꺼내지 못하고 고개를 설레설레 저었다. 이순신 안색이 너무도 창백했던 것이다. 툭 튀어나온 광대뼈, 실핏줄이 다 드러나 보이는 붉은 눈동자, 흰 수염, 빨갛게 변한 콧잔등, 움푹 팬 볼, 갈라 터진 입술. 당장이라도 실신할 사람처럼 보였다. 그러나 이순신의 행동거지엔 전혀 빈틈이 없었다. 새벽부터 밤늦게까지 동헌에 나가 공무를 보았으며 권준이나 나대용에게 맡겨도 되는 시시콜콜한 일도 꼼꼼하게 챙겼다. 그러면서 곧잘 농담처럼 뇌까렸다.

"내세에는 목민관이나 되어 볼까?"

이순신은 내세에 이루고 싶던 꿈을 현세에서 이루기로 마음을 바꾼 듯했다. 피란길에서 무일푼으로 돌아온 백성들을 보살피고 돌림병 때문에 고생하는 군사들을 밤낮으로 간병하기 시작한 것이다.

과유불급(過猶不及).

저렇듯 열심히 일하다가도 어느 순간 맥없이 무너지는 것이 인간이다. 저러한 행동은 지나친 자기 겸양에서 나온 것이다. 통제사는 자신이 장수의 자질, 신하의 자질이 부족하다고 늘 생각하기에, 항상 지나치게 생각하고 지나치게 행동하며 지나치게 잠을 줄일 수밖에 없는 것이다. 언젠가 순천 부사 권준이 한 말이 이영남 머릿속에 스쳐 갔다.

"통제사는 자신이 누군지 잘 아는 사람이지요. 다른 사람은 속여도 자신은 결코 속이지 않는, 자신을 사랑하는 만큼이나 자신을 질책할 줄도 아는 그런 위인입니다."

자기애(自己愛)와 자학(自虐).

이영남은 권준의 말이 옳았다는 생각을 했다. 그 형언하기 어려운 인내와 사람을 끄는 흡인력은 자기애와 자학 사이의 끝없는 긴장에서 비롯한 것이다. 이 년도 넘게 그 긴장을 이어 오는 것은 보통 사람으로서는 불가능한 일이었다. 이영남은 생각했다.

'하지만 나는 권 부사가 언급하지 않은 통제사의 장점을 한 가지 더 알고 있다. 그것은 자기에 대한 사랑만큼이나 다른 사람을 아끼는 마음이다.'

이순신은 분명 몇몇 장수들에게 혈육과도 같은 정을 쏟고 있었다. 부자지병(父子之兵)이라는 말도 있듯이, 어떤 때는 통제사가 꼭 엄하고 빈틈없는 아버지 같았다. 권준 역시 통제사가 총애하는 사람이니 그 사랑이 얼마나 깊은가를 헤아려 본 적이 있을 터였다. 하나 권준은 그런 따스한 정을 모른 척 덮어두었다.

"그러지 말고 한 잔만 하세. 추위를 이기려면 몸이 따뜻해야지. 송 군관, 자네가 가서 탁주 한 동이만 가져오게나. 자네도 하루 종일 독전(督戰) 북을 치느라 지쳤을 거야."

송희립이 이영남 눈치를 살폈다. 통제사 건강을 생각한다면 술을 멀리해야 하지만, 이왕 말이 나왔으니 아예 마시지 않는 것은 힘들다. 이영남이 절충안을 내놓았다.

"소장이 장군을 찾아뵌 것은 종정도(從政圖) 놀이를 익히기 위해섭니다. 하나 간단하게 한 잔만 하지요."

이영남 말이 끝나기가 무섭게 송희립이 뜰로 내달았다. 그 역시 술 생각이 간절했던 것이다. 송희립은 복어처럼 튀어나온 배를 술로 가득 채울 만큼 주량이 대단했다. 이영남은 적당한 시기에 반드시 술자리를 파하리라 다시 한 번 다짐했다.

이순신이 술을 주욱 들이켜는 동안 이영남은 재빨리 종정도 놀이에 필요한 푸른 말(馬)과 윤목(輪木), 그리고 판을 꺼내 놓았다. 판은 말이 놀 수 있도록 직사각형 작은 칸들로 빽빽이 들어찼다. 각 칸에는 문관 관직명과 무관 관직명이 종구품에서 정일품까지 열여덟 등급으로 나란히 채워졌다. 그 관직명 아래에는 윤목을 던져 나올 도, 개, 걸, 윷, 모의 값에 따라 이동할 경로가 소상히 적혀 있었다. 도나 개의 경우에는 파직이나 강등을 당했고 윷이나 모가 나오면 승진을 하는 것이 보통이었다.

종정도는 종구품에서부터 윷을 놀아 먼저 정일품에 도달하는 놀이였다. 문관은 붉은 말, 무관은 푸른 말을 사용하였다. 종정도 놀이의 묘미는 관직의 부침을 간접 체험하는 데 있었다. 앞서 가던 말도 계속 도를 잡으면 하루아침에 외직(外職)으로 좌천될 수 있으며, 말직(末職)에 머무르다가도 계속 윷이나 모를 잡으면 정일품에 오를 수 있는 것이다. 종정도 놀이는 말이 오직 앞으로만 가는 기존 윷놀이보다 훨씬 다양한 재미를 주었다.

예전에는 명나라 관직을 적은 종정도 판이 대부분이었다. 그런데 이순신은 전라 좌수사로 부임하면서 조선 관직을 놓고 겨루는 종정도 판을 가져왔다. 명나라 관직을 따르면 아무래도 마음에 와 닿지 않는 경우가 대부분인데, 조선 관직을 사용하면서부터는 놀이에 박진감도 넘치고 말 움직임에 따라 남은 관직을 예측할 수도 있어 재미가 더했다.

지금까지 겨룬 바로는 이순신이 단연 고수였다. 다른 사람들이 종사품 언저리에서 헤매고 있을 때 벌써 정일품 영의정에 이르곤 했다. 그렇다고 이순신이 계속 윷이나 모를 던지는 것은 아니었다. 그보다는 최소한 걸이나 윷 이상을 잡는 비결을 품고 있었다. 도나 개를 던지지 않아 파직이나 강등을 면하는 것이다.

이영남은 놀이를 시작하기에 앞서 넌지시 물었다.

"장군! 조카님들과 아드님들 중 누가 가장 마음에 드십니까?"

이순신이 다시 술 한 잔을 부어 마신 후 빙긋 웃었다.

"갑자기 그건 왜 묻나? ……맏이 회는 차분하고 조용한 성품이지. 둘째 울은 쾌활하고 사람들과 잘 어울리지만 끈기가 부족하네. 막내인 면은 이제 열여덟 살이니 좀 더 지켜보아야 하겠으나, 날 가장 많이 닮은 것 같아."

"어떤 점이 말입니까?"

"면은 치밀하고 단단하지. 남에게 지는 걸 끔찍이도 싫어하고 늘 서책을 가까이하네. 나는 그 애가 서애 대감처럼 뛰어난 문관이 되었으면 좋겠어."

"원 장군님 아들 사웅과 비교해서 어떠합니까?"

이순신이 잠시 말을 끊었다.

"……사웅이도 장수의 자질이 뛰어나네. 하나 면이도 마음만 먹는다면 사웅한테 뒤지지 않을 거야."

"장군 뒤를 잇게 할 마음은 없으신지요?"

이순신이 고개를 저었다.

"없네. 장수가 가는 길은 참으로 외롭고 힘들어. 아비 된 마음으로는 자식들에게 그 고통을 강요하고 싶지 않네. 무장 자질이야 조카인 분이 탁월하니까, 그 애가 원한다면 한 번쯤 생각해 볼 수는 있겠지."

'외롭고 힘든 길.'

그 말이 이영남 가슴을 콕콕 찔러 댔다. 무신에 대한 차별 대우는 어제 오늘 일이 아니었다. 문신들이 편안하게 식솔을 거느리며 부와 명예를 취하는 동안 무신들은 배를 곯아 가며 변방을 떠돌았다. 십오 년이 넘게 변방에서 지낸 이순신으로서는 그 힘든 길을 자식들에게 물려주고 싶지 않은 것이다.

"장군! 어서 시작하시지요."

이순신을 따라 연거푸 술잔을 들이킨 송희립이 상기된 얼굴로 보채었다. 이순신이 윤목을 쥐며 제안했다.

"그냥 놀면 재미가 없으니 내기를 하는 것이 어떻겠나? 진 사람들이 승자 소원을 하나씩 들어주는 걸로 하세."

"좋습니다."

세 사람 말이 종구품 권관(權管)에 나란히 놓였다. 이순신이 먼저 윤목을 하늘 높이 휙 던졌다. 옻이었다. 정칠품 참군(參軍)으로 특진한 것이다. 이영남과 송희립은 표정이 일그러졌다. 이러다간 지난번처럼 또 맥없이 질 것이다. 이번에는 송희립 차례였다. 하늘 높이 던진 윤목이 데구르르 굴렀다. 걸이었고, 종팔품 봉사(奉事)로 말을 옮겼다. 끝으로 이영남이 윤목을 놀았다. 도가 나와 종구품 권관에 그대로 발이 묶였다.

오늘따라 윤목을 놀리는 이순신 솜씨가 더욱 놀라웠다. 모를 던져 종오품 판관(判官)이 되더니, 다시 윷을 던져 종삼품 부사(府使)까지 곧장 올라갔다. 송희립은 종오품 현령(縣令)까지는 그럭저럭 나아갔으나 그 다음에 개를 던져 정칠품 참군으로 미끄러졌다. 이영남은 더욱 가관이었다. 계속 도를 던져 제자리걸음을 면치 못하더니 겨우 걸을 잡아 종팔품 봉사에 머물렀다. 송희립이 볼멘소리를 해 댔다.

"장군! 저희들도 좀 살피시고 천천히 던지십시오. 벌써 종삼품이시니 금방 놀이가 끝나겠습니다."

이순신이 단호하게 말했다.

"승부에서 경쟁자 처지를 살펴서는 아니 되는 법. 최선을 다할 뿐이네."

이순신이 윷목을 힘차게 던졌다. 이번에도 윷이었다. 종이품 수군 통제사까지 말을 올린 이순신은 승리를 낙관하는 듯했다. 다음에 모가 나오면 곧바로 정일품 영의정에 오르는 것이다. 송희립과 이영남도 뒤늦게 분발했다. 송희립은 모를 잡아 종사품 수군 만호(水軍萬戶)가 되었고 이영남은 윷을 잡아 종육품 현감(縣監)이 되었다. 그러나 두 사람 모두 종이품 수군 통제사를 잡기에는 역부족이었다.

이순신이 가볍게 윷목을 잡고 손목을 놀렸다. 하늘로 솟아 오른 윷목이 사방으로 흩어졌다. 윷목 세 개가 모두 등을 보이며 제자리를 잡았다. 나머지 한 개만 더 등을 보이면 모인 것이다. 그런데 문지방까지 날아간 윷목이 허연 배를 드러냈다. 도였다.

송희립이 손뼉을 쳐 댔다.

"장군! 도이오이다. 종육품 주부(主簿)로 좌천입니다."

이순신 안색이 어두워졌다. 그러나 침착함을 잃지 않고 말을 종육품으로 내려놓았다. 송희립은 윷을 잡아 정삼품 병조 참의(兵曹參議)로 승진했고 이영남은 걸을 잡아 종오품 도사(都事)가 되었다. 다시 이순신 차례였다. 이영남은 그 표정을 살피며 분위기를 맞추었다.

"모를 던지십시오. 그럼 다시 종사품 군수(郡守)까지 나아갈 수 있습니다."

송희립이 눈치 없게 히죽거렸다.

"다시 도가 나오면 파직이오이다. 그러면 한 판을 더 쉬고 권관에서 처음부터 시작하니 신경 써서 윷목을 놓으십시오."

이영남이 송희립을 째려보았으나 송희립은 벙글벙글 웃으며 어깨를 으쓱할 뿐이었다. 재미로 하는 놀이인데 뭐 어떠냐는 뜻이다. 윷목을 모아 쥔 이순신 손이 가늘게 떨렸다. 가만히 눈을 감고 무엇인가를 생각하는 눈치였다. 이윽고 눈을 번쩍 뜬 후 힘껏 윷목을 놀았다.

"도다!"

송희립이 큰 소리로 외쳤다. 이순신 고개가 아래로 푹 꺾였다. 종이품 수군 통제사까지 올랐다가 연속 도를 잡아 삭탈관직을 당한 것이다. 다시 종구품으로 나아가기 위해서는 백의종군을 하며 한 순번을 쉬어야 했다.

"괘념치 마십시오. 놀이일 뿐입니다."

이영남이 위로를 건네자 이순신은 고개를 들고 희미하게 웃었다.

"백의종군이라……. 그래, 놀이일 뿐이지. 한데 오늘은 내가 지겠군. 자네들은 벌써 정삼품, 종오품이고 나는 백의종군을 당했으니……. 자, 어서 윤목을 놀게. 나는 괜찮아. 자네들을 잡고야 말겠네."

종정도 놀이는 이순신 뜻대로 되지 않았다. 그 말이 종오품에 오르기도 전에 송희립과 이영남 말이 종일품 좌찬성(左贊成)과 우찬성(右贊成)에 나란히 도달한 것이다. 둘 다 모만 던지면 영의정에 오르는 상황이었다. 송희립이 먼저 윤목을 놀았다. 개가 나와서 좌찬성에 머물렀다. 결국 오늘 승자는 아슬아슬하게 모를 던져 정일품 영의정에 오른 이영남이었다. 분을 참지 못한 송희립 얼굴이 벌겋게 상기되었다. 씩씩대는 콧소리가 한참 동안 들렸다. 이순신은 종오품 판관에 놓인 자기 말을 꼭 쥐었다. 이영남이 다시 이순신을 위로했다.

"백의종군하여 종오품까지 올라오셨으니 잘하신 것입니다."

이순신이 씁쓸하게 웃었다.

"그래, 쉬운 일은 아니지. 하나 결국 자네가 이겼네그려. 자, 어서 소원을 말해 보게."

송희립도 패배를 인정했다.

"무엇이든지 말하시오. 따르겠소."

이영남은 먼저 송희립을 지목했다.

"송 군관은 지금부터 열흘 동안 매일 묘시(새벽 3시)부터 진시

(아침 9시)까지 운주당 뜰로 나와 북을 치시오. 통제영이 떠나갈 듯 크게 쳐야만 하오."

보통 사람이라면 한식경만 북채를 잡아도 온몸에 땀이 비 오듯 흐르므로, 이영남 요구는 쉬운 일이 아니다. 그런데도 송희립은 껄껄껄 웃어젖혔다.

"좋소이다. 까짓 거 열흘이 아니라 한 달이라도 치겠소."

"송 군관이 북을 치는지 아니 치는지는 내가 살핌세. 내게 말할 소원은 뭔가? 설마 묘시부터 진시까지 활을 쏘라는 건 아닐 테지?"

이순신이 농담을 건넸다. 이영남이 천천히 고개를 가로저었다.

"아닙니다. 장군! 제가 장군께 원하는 것은 따로 있사옵니다."

"무엇인가, 그것이?"

이영남이 잠시 뜸을 들였다.

"경상 우수군을 구해 주십시오."

이순신이 반문했다.

"경상 우수군을 구하다니? 그게 무슨 말인가?"

"군량미가 바닥이 났습니다. 이대로 열흘만 지나면 굶어 죽는 이가 속출할 것입니다. 원 수사께서는 끝내 입을 열지 못하셨지만……."

이순신이 천천히 고개를 끄덕였다.

"이런 참혹한 일이 있는가! 알겠다. 경상 우수군도 다 같은 조선 수군인데 굶어 죽도록 내버려 둘 수는 없지. 통제사인 내가 마땅히 챙길 일이다. 우선 원 수사와 의논을 하여 군량미를 내주겠네."

이영남 얼굴이 밝아졌다. 이제 경상 우수군 장졸들도 주린 배를 채울 수 있게 된 것이다.

이순신이 술잔을 높이 들었다.

"자, 이제 술이나 마시자꾸나. 송 군관, 부어 보게."

"예, 장군!"

송희립이 술동이를 밀며 앞으로 당겨 앉았다. 세 사람은 동시에 잔을 비운 후 큰 소리로 웃었다. 그 밤 내내 이영남은 두 눈이 촉촉이 젖어 있었다.

九, 판옥선을 보강하고
둔전을 일구고

갑오년 이월 이십오일 저물 무렵.

이순신은 나대용이 내민 서찰을 받아 폈다. 삼도 수군에서 증선한 군선과 확보된 군졸을 총괄하여 적어 올린 글이다.

"전라 좌도는 60척 목표량을 채웠고, 전라 우도는 목표량 90척 중 46척밖에 만들지 못했구나. 아직 오지 않은 충청 수군은 열 척 정도이고 경상 우도도 스무 척을 넘지 못하니, 다 모아도 140척에 미치지 못하겠구나."

이순신은 서찰을 편 채 고개를 돌려 나대용 얼굴을 쳐다보았다. 지난가을 목표로 정한 250척에 한참 미치지 못하는 숫자였다. 나대용이 검은자위를 빙글 굴린 다음 답했다.

"전라 우수군은 아직 바다에 띄우지 않은 군선 21척을 더 건조했지만 그 배를 움직일 군졸이 부족합니다. 충청 수군도 원래 목표량 60척을 40척으로 조정했지만 배를 만들 여력이 없어 열 척도 버거울 듯합니다."

'250척 대함대는 지나친 바람이었나.'

이순신 얼굴에는 아쉬운 빛이 역력했다.

'판옥선 250척만 있다면 지금 당장이라도 부산포로 진격하여 왜 수군을 전멸시킬 수 있을 것을. 140척 정도로는 완승을 장담하기 힘들다.'

입맛이 썼다. 이대로는 왜 수군과 전면전을 벌이기 어려웠다.

'전라 우수사 이억기도, 충청 수사 구사직(具思稷)도 나름대로 최선을 다했겠지. 그러나 조금만 더 노력해 주었다면 250척은 안 되더라도 200척은 넘을 수 있지 않았을까.'

"각 수영에 군선을 더 증선하라는 군령을 내릴까요?"

이순신이 고개를 저었다.

"아니. 지금 만들고 있는 군선만 완료한 후 각자 빨리 보고하라 이르게."

나대용이 잠시 미적거렸다. 목표량을 채우도록 독촉하는 군령을 내리리라 짐작했던 것이다. 전라 좌수영처럼만 움직인다면 250척은 결코 불가능한 목표는 아니었다. 그러나 이순신은 각 수사들을 더 옥죄는 방법을 취하지 않았다. 여기서 더 증선을 요구하면 군선을 만들다가 지쳐 나가떨어질지도 모른다. 돌림병과 배고픔에 하루하루 힘겨운 나날을 보내고 있지 않은가.

"각 수영 장졸 수와 부족한 군량미도 함께 보고하라고 하게. 어서 가!"

나대용이 읍하고 자리를 떴다.

이순신은 붓을 들고 각 수영에서 전선을 만드는 일이 늦어지고 있음을 아뢰는 장계를 쓰기 시작했다.

장계를 써서 보내고 일기에 그 내용을 옮겨 적은 후에도 잠이 오지 않았다.

판옥선 140척을 유지하는 것도 대단한 일이었지만, 이순신은 성에 차지 않았다. 숙소를 나와 천천히 걸어 수루(戌樓)로 갔다. 봄이 이미 무르익었는데도 바닷바람은 쌀쌀했다. 이순신은 장검을 양손으로 붙잡아 쥐었다. 천천히 눈썹까지 들어올렸다.

임진년에는 크고 작은 바다 싸움을 치르느라 분주했다. 환희의 나날도 있었고 통곡의 순간도 있었다. 준비하고 싸우고, 준비하고 또 싸웠다. 당장 눈앞에 적선이 보이는데 물러나 주저할 이유가 없었다. 그런데 이제 전쟁은 전혀 다른 국면으로 접어들었다. 서애 대감 지적처럼, 나아가 빼앗는 전투보다 지금 확보한 땅과 바다를 지키는 최선의 길을 찾아야 한다. 판옥선이 110척에 가깝고 사후선(伺候船)도 110척 정도다. 장졸은 넉넉잡아 17,000명이다. 17,000명을 먹이고 입히고 훈련시키고 재우는 건 참으로 벅찬 과제가 아닐 수 없다. 더군다나 조정에서는 그 어떤 지원도 없다. 모든 걸 스스로 마련해 써야 한다.

'250척만 있다면.'

장졸들이 하루가 다르게 지쳐 갈 때, 이순신의 마음도 조금씩 급해졌다. 경상 우수사 원균이 말하듯 당장 부산포로 쳐들어가는 것은 아니라고 해도 충분한 군선을 어서 확보하여 이 지긋지긋한 싸움을 끝내고 싶었다. 왕실도 조정도 속전속결을 원하고 있는 것이다.

그러나 조급함은 큰 패배를 낳을 수도 있다.

그렇게 치밀하게 준비했건만 140척 정도가 조선 수군이 마련할 수 있는 판옥선의 전부였다. 그 이상은 어렵다. 그렇다면 속전속결의 꿈은 정말 꿈으로 돼야 한다. 140척뿐이면서 250척이 거둘 승리를 욕심내면 안 된다.

'실망하지 말자. 지금 있는 군선과 장졸이라도 잘 유지하여 왜 수군의 서진(西進)을 막아야 한다. 지금으로선 이것이 최선이다. 이것도 지켜 내기 벅차다.'

장검을 내려놓았다. 이마에 땀이 송골송골 맺혔다.

달빛은 해안에 묶여 있는 판옥선 위에 가득 찼다. 혼자 품고 있을 수밖에 없는 시름들이 가슴을 처얼썩 철썩 때리며 치밀어 올랐다. 장창을 베개 삼아 잠을 청해도 잠이 올 것 같지 않았다.

이순신은 동쪽 바다가 희미하게 밝아 올 때까지 수루에 서 있었다.

멀리 당포 쪽에서 판옥선 한 척이 다가오는 것이 보였다. 지난 일월 십삼일 통제사 종사관에 임명된 전 선산 부사 정경달이 탄 배였다. 이순신은 전령을 보내 정경달을 수루로 오게 했다.

올해 쉰세 살인 정경달은 두 눈이 더욱 움푹 들어가 보였다.

"잘 오시었소."

정경달이 읍한 후 신중하게 답했다.

"늙고 병든 이를 종사관으로 불러 주시니 송구스럽습니다."

몸이 아파 장흥에서 쉬던 사람을 종사관으로 불러들였던 것이다. 이순신은 찬찬히 정경달을 살폈다. 키는 그리 크지 않지만 강단이 있어 보이며 눈이 유난히 맑고 깊었다.

이순신은 아침상을 수루로 내오게 했다. 상에는 특별히 술병과 술잔 두 개가 놓여 있었다. 마주 보고 앉은 이순신이 먼저 잔을 따랐다.

"아침이긴 하나 반주로 딱 한 잔만 합시다. 반곡(盤谷, 정경달의 호)을 종사관으로 모셔 오기 위해 지난 몇 달간 무척 가슴을 졸였다오. 나도 오늘은 기뻐서 술 한 잔은 해야겠소."

이순신이 거듭 청하자 정경달이 잔을 받았다. 맑은 청주가 졸졸졸 흘러나왔다. 이순신이 잔을 받으며 물었다.

"여러 문인들과 교유하였다 들었소만, 특히 좋아하는 이가 누구인가요?"

"탁월한 문인들이 많으나 소생은 옥봉(玉峯, 백광훈의 호) 시를 아낍니다."

이순신이 고개를 끄덕였다.

"옥봉이 성당(盛唐)의 시풍을 고스란히 간직한 탁월한 시를 지었다 들었소. 아침을 들기 전에 그중 한 수 읊어 줄 수 있겠소?"

"그럼 장군께서 소생을 부르시기 전에 잠시 품었던 어리석은 생각을 한 수 읊어 보지요."

정경달이 눈을 지그시 감고 시를 읊었다.

가을 풀 이운 전조의 절   秋草前朝寺

부서진 비에 남은 학사의 글   殘碑學士文

천년 세월에 물만 흐르는데   千年有流水

지는 해에 돌아가는 구름을 본다   落日見歸雲

"절창(絶唱)이 따로 없소이다. 황량한 절 풍광이 눈앞에 선하
오. 제목이 무엇이오?"

"「홍경사(弘慶寺)」입니다."

"홍경사라면 충청도 직산(稷山)에 있던 절이 아니오?"

"그 절을 아십니까?"

"젊어 한때 그 근처에서 유숙한 적이 있다오. 한때는 융성한
절이었다 들었소. 절 서쪽에 광연통화원(廣緣通化院)이라는 객관
까지 지어 나그네들이 묵어 갈 수 있게 하였다지요? 지는 해〔落
日〕에 돌아가는 구름〔歸雲〕이라! 은거할 뜻이 읽히는구려."

"정확히 보셨습니다. 옥봉은 이 시를 때때로 읊으며 은거할 뜻
을 밝히곤 했지요. 소생도 이제 조용히 숨어 지낼까 하였는데,
장군의 부름을 받았습니다."

"이 전쟁이 끝나면 지는 해에 돌아가는 구름을 볼 수 있을 게
요. 하나 아직은 저 지독한 바다뱀들과 싸워야 하오. 반곡이 부
디 나를 많이 도와주오."

"알겠습니다. 누가 되지 않도록 최선을 다하겠습니다."

이순신이 술잔을 비우고 물었다.

"우리가 가장 시급하게 할 일이 무엇이오?"

"열읍(列邑)에 도청(都廳, 관아의 업무를 도우면서 군량미를 확보하고 매사에 솔선수범하는 임시 주민 자치 기관)을 설치하는 것입니다."

이순신이 크게 고개를 끄덕였다.

"좋소. 과연 그렇구려. 둔전 일굴 곳은 살펴보았소?"

정경달이 반백이 된 수염을 한 번 쓸고 답했다.

"군량미가 얼마나 필요한가를 먼저 정해야 둔전 일굴 땅도 가릴 수 있습니다."

맞는 말이었다. 이순신은 문득 정경달이 조선 수군 사정을 얼마나 알고 있는지 시험해 보고 싶어졌다. 막 입을 떼려는데 정경달이 먼저 물었다.

"지금 남은 군량미로 삼도 수군을 며칠이나 먹일 수 있습니까?"

이순신이 짐짓 거짓으로 답했다.

"일 년은 충분하오."

정경달이 미소를 지어 보였다.

"그럼 전 돌아가 은사가 되는 게 좋겠습니다. 일 년이나 먹일 군량미가 있다면 소생을 종사관으로 부르지도 않으셨을 겁니다."

이순신이 고쳐 말했다.

"여섯 달은 넉넉하오."

정경달이 설레설레 고개를 저었다.

"여섯 달 후면 추수를 할 수 있습니다. 곡식을 다시 거둘 수 있는데 소생을 급히 찾으실 리 없지요."

이순신은 말문이 막혔다. 군량미가 얼마나 남아 있는지는 권준과 정사준 정도만 아는, 비밀 중에서도 극비였다. 군중 회의 때마다 권준은 장졸들을 안심시키기 위해 최소한 반 년은 넉넉하다고 말해 왔다. 그런데 정경달은 주저 없이 군량미 양을 줄여 잡고 있었다.

"하면 반곡이 보기에 남은 군량미로 몇 달이나 조선 수군이 버틸 것 같소이까?"

정경달이 주저하지 않고 답했다.

"두 달 반. 하루에 한 끼로 버틴대도 석 달 반을 넘기기 힘듭니다. 현재 조선 수군에게 가장 무서운 적은 왜군이 아니라 배고픔과 돌림병입니다."

이순신은 수저를 놓고 상을 옆으로 물린 다음 일어나서 정경달의 양손을 꼭 쥐었다. 정경달은 너무 놀라 허리를 약간 뒤로 젖힌 채 이순신을 올려다보았다.

"자, 장군!"

이순신이 광채가 이는 듯한 눈으로 정경달을 바라보았다.

"반곡! 옳은 지적이오. 내가 가장 고심하는 부분을 꼭 집어내었소. 현재 조선 수군은 17,000명에 가깝소. 한 사람마다 아침저녁으로 다섯 홉씩 나눠준다면 하루에 적어도 백 섬 넘는 양식이 필요하고, 한 달이면 3,400여 섬이 사라지오. 경상 우도 고을에선 나올 군량미가 전혀 없고, 전라도에 있는 열 개 남짓한 고을들도 피란민을 구제할 곡물을 제하고 나면 군량미는 사실상 매우 적다오. 이리저리 아무리 고심을 해도 오월 중순이면 군량미가 다 떨어지오. 참으로 큰일이 아닐 수 없소. 아무리 배가 많아도 격군이 없으면 배를 움직일 수 없소, 격군이 있다 해도 군량미가 없는데 어찌 팔뚝 힘을 쓸 수 있겠소. 아, 장차 이 일을 어찌해야 하겠소?"

정경달이 자리에서 일어서며 이순신과 맞잡은 손에 힘을 실었다.

"으뜸 장수들은 보통 적과 맞서 싸워 이길 궁리만 할 뿐 군량미 등 물자에 대해서는 대개 아랫사람에게 맡겼지요. 한데 통제사께서는 일일이 그 모두를 직접 챙기시는군요. 이렇게 빈틈이 없으니 조선 수군이 왜 수군과 맞서 연전연승을 거두고 있는 겁니다."

"하나 지금은 모두 굶어 죽게 생겼소이다."

정경달이 빙긋 웃으며 답했다.

"통제사께서 이미 복안을 지니고 계시기에 소생을 종사관으로 부르신 것이 아닌지요? 소생이 장군께서 생각하고 계신 바를 말씀드려도 되겠습니까?"

이순신이 고개를 끄덕였다.

"우선 가장 빨리 추수할 수 있는 종자들을 선별해 씨를 뿌리는 겁니다. 둔전에 적합한 곳으로는 땅이 비옥하고 왜군 공격으로부터 안전한 곳이 좋겠지요. 순천 돌산도(突山島), 흥양 도양장(道陽場), 해남 황원곶[黃原串]과 강진(康津) 화이도(花爾島) 등을 우선 꼽을 수 있겠습니다. 이곳까지 왜군이 들어올 일은 없겠지요?"

정경달이 말을 멈추고 이순신 표정을 살폈다. 이순신은 잠시 눈을 감았다. 녹둔도에서 둔전을 일구었던 일이 눈앞을 스치고 지나갔다. 대풍이 들었던 정해년(1587년) 가을, 이순신은 야인들 침입을 받아 사랑하는 부하 장졸 열한 명을 잃었다.

'아무리 땅이 좋다 해도 왜군이 닿을 수 있는 곳이라면 둔전을 일구지 않겠다.'

"나도 그곳들을 미리 살펴 두고 있었소."

정경달이 계속 이야기를 이었다.

"또 조선 수군이 처한 어려운 사정을 솔직히 적어 왕실과 조정에 아뢰어야 한다고 봅니다. 그래야 당장 왜 수군을 섬멸하라는 허황한 명이 내리지 않을 테니까요. 둔전에서 군량미를 얻기 전까지는 전라도와 충청도 등지에서 곡물을 구해야만 합니다. 어명으로 이런 일이 이루어지면 능히 이 힘든 고비를 넘길 수 있을 겁니다."

"그렇게 하리다. 어려움을 줄여서 아뢰라는 충고는 받았지만 조선 수군이 겪는 힘겨움을 있는 그대로 아뢰라는 청은 반곡 그대가 처음이오. 내 곁에 오랫동안 머물러 주오. 둔전과 곡물은 물론 통제영 안팎 살림을 투명하게 살펴 주오. 부족한 부분, 이치에 맞지 않는 일이 있다면 시간과 장소를 불문하고 지적하기 바라오. 특별히 시간을 내어 전라도 관과 포를 모두 둘러보고 어려움을 살펴 주오."

식사를 마친 두 사람은 수루를 내려갔다. 이순신은 정경달 조언을 받아들여 둔전을 일구기 시작했다. 다친 군졸이나 병을 앓고 회복기로 접어든 군졸들을 우선 선별하여 둔전에 배속했다. 피란민 중에서도 자원자를 받았다.

　기대한 만큼 강한 함대를 만들고 충분한 군량미를 확보하진 못했지만, 이순신은 열악한 조건 속에서 최선을 선택하고자 애썼다. 이런 노력 자체가 이전 장수들은 일찍이 꿈꾸지도 못했던 거대한 실험이자 현실이었다.

갑오년 삼월 십오일 아침.

충청도 홍주(洪州)에 자리를 잡은 분조는 새벽부터 밤늦게까지 분주하게 움직였다. 분(分) 병조 판서 이항복은 벌써 사흘 밤을 꼬박 새워 포병수들을 훈련시킬 계획을 짜고 있었다. 궁병에 지원하는 군사들은 많았으나 화약과 무거운 총통을 만져야 하는 포병에는 지원자가 적어 골머리를 앓았다. 좌의정 윤두수는 거제도에 틀어박힌 왜 수군을 몰아내기 위해 동분서주했다. 김덕령, 곽재우 등 전라 좌도와 경상 우도에 흩어져 있는 의병들을 모아 거제로 진격하자는 것이 윤두수가 낸 복안이었다.

신하들은 바쁘게 움직였지만 정작 광해군은 별다른 명령을 내리지 않고 하루하루를 소일하며 지냈다.

재작년 분조는 광해군이 원한 것이었으나, 이번에는 사정이 달랐다. 선조도 광해군도 분조할 필요성을 절감하지 못했던 것이다. 전세가 유리하여 장졸들이 속속 모여들고 있는 판에 조정을 둘로 나누는 것은 이치에 맞지 않았다. 조선 조정에 분조를 요청한 것은 명나라였다. 하삼도 장졸을 이끌 지주가 필요하다는 것이다. 조정에서는 그 일을 도원수 권율이 충분히 할 수 있다고 버텼고, 권율 혼자 힘들다면 조정 대신 중 한 사람이 책임자로 내려가면 된다고 했다. 그러나 명군 최고 책임자인 경략 송응창과 제독 이여송은 광해군을 보내라고 고집했다. 몇 달을 버티다 결국 명나라 요구를 따르기로 했다.

'놈들 속셈이 무엇일까.'

광해군은 작년 동짓달에 한양을 떠나면서부터 의문에 휩싸였고, 겉 다르고 속 다른 명군 언행을 접하면서 배신감은 증폭되었다. 왜군을 몰아붙이기 위해 분조가 필요하다고 했지만, 막상 부산포에 웅크린 왜군은 전혀 공격하지 않았다. 이여송 휘하에 있는 장수 담종인(譚宗仁)은 왜군 진영을 자유롭게 오갔으며 삼도 수군 통제사 이순신에게 왜선을 공격하지 말라는 내용의 금토왜적사패문(禁討倭賊事牌文)까지 보냈다.

이 와중에도 심유경은 계속 부산포 왜군 진영과 명나라 조정을 드나들었다. 무슨 말을 주고받는지 알아낼 방법이 없었다. 그러더니 이여송은 작년에 명나라로 돌아가고, 새해 들어 경략마저 송응창에서 고양겸(顧養謙)으로 바뀌었다. 명나라와 소통이 더더욱 단절되는 느낌이었다.

한양을 떠날 때 영의정 류성룡이 다음과 같이 귀띔했다.

"좌상은 틀림없이 부산포를 치자고 나설 것이옵니다. 하나 쉽사리 군사를 일으켰다가는 명나라와 우의가 깨어질 뿐만 아니라 그나마 모여 있는 관군과 의병들마저 한꺼번에 잃을 염려가 있사옵니다. 부디 자중하시옵소서. 군사들을 저하 품에 모으면서 때를 기다리시옵소서. 급한 일이 닥치면 권율과 이순신을 불러 대책을 간구하심이 좋을 것이옵니다. 두 사람은 육군과 수군의 기둥이오니 그 의견을 좇으시면 결코 잘못된 길로 빠지지 않을 것이옵니다. 세자 저하! 신에게는 또 한 가지 걱정이 있사옵니다. 주상 전하와 세자 저하께옵서 뜻을 달리하는 일이 벌어지지 않을까 하는 것이옵니다. 그런 일이 생긴다면 조선은 망국의 길로 접어들 수밖에 없사옵니다. 명나라는 어쩌면 이걸 노리고 있는지도 모르옵니다. 하오니 저하! 결코 주상 전하 뜻을 거스르지 마시옵소서. 어떠한 경우라도 먼저 어명을 따르고 후일을 기약하시옵소서."

광해군은 류성룡 충고대로 지금까지 어심을 충실히 받들었다. 도원수 권율과 수군 통제사 이순신에게 부산포를 치라는 명령을 가감 없이 전달했을 뿐만 아니라 직접 분조 대신들을 이끌고 진주 근처까지 내려갔다 오기도 했다. 그러나 선조가 종용하듯 전면전을 벌일 의도는 없었다. 명나라도 광해군의 모나지 않은 행동을 묵인하였다.

"세자 저하! 좌의정과 병조 판서 입시이옵니다."

"들라 하라!"

방 앞에서 들고나는 신하들을 고하는 대전 내관 윤환시가 마음에 걸렸다. 대전 내관이라면 당연히 한양에 남아 군왕을 모셔야 하는데도 선조가 특별히 대엄(大閹, 지위가 높은 환관)을 분조에 딸려 보낸 것이다. 광해군 일거수일투족을 살필 뿐만 아니라 대신들 동정도 파악하겠다는 의도였다.

윤두수와 이항복이 나란히 들어왔다. 하삼도 군정(軍政)은 지금 이 방에 모인 세 사람이 결정하고 있었다. 이항복이 먼저 입을 열었다.

"분조에서 훈련 중인 군사 수를 조사하여 보낸 지 닷새도 채 지나지 않았사온데 다시 증원된 군사 수를 파악하여 올리라는 전갈이 왔사옵니다. 이는 너무 지나치고 번거로운 일이라 사료되옵니다."

'아바마마께서 나를 믿지 못하시는 게야.'

광해군은 가볍게 고개를 끄떡였다. 선조는 광해군이 사사로운 군사라도 숨겨 두지 않았을까 의심하고 있는 것이다.

"포병은 어느 정도나 모였소?"

"아직 쉰 명을 넘지 못하옵니다."

"권 도원수는 전라도를 지키기 위해서 족히 200명은 필요하다고 했는데……."

좌의정 윤두수가 고개를 들고 이야기를 시작했다.

"포병을 모으는 것은 화급한 문제가 아니옵니다. 세자 저하! 나무만 살피지 마시고 숲을 보시옵소서."

광해군은 양 볼을 실룩였다. 꼬장꼬장한 윤두수가 마음에 들지 않았던 것이다. 어떨 때는 왕실을 능멸하는 것이 아닌가 하는 의

심마저 들었다. 유연하고 자상한 류성룡에 비한다면 윤두수는 한없이 곧고 날카로웠다.

피 끓는 청년 광해군은 아직 철고(鐵餻, 쇠로 만든 떡, 굳세고 강직해서 부정을 저지르지 않는 사람을 비유함)를 능숙하게 다루는 법을 몰랐다. 눈에는 눈, 이에는 이로 맞서야 한다는 생각뿐이었다.

'숲을 보라? 그렇다면 지금까지 내가 사소한 일에만 집착하고 있었단 말인가? 건방지기가 이를 데 없구나. 윤두수! 언젠가 내 꼭 그대에게 왕실의 위엄을 가르쳐 주겠노라.'

"좌상! 하면 무엇이 더 급하단 말이오?"

윤두수가 쩌렁쩌렁한 목소리로 대답했다.

"부산포를 치는 일이옵니다. 권율이 전라도 관군과 의병을 통솔하고 이순신이 삼도 수군을 출정시켜 수륙으로 협공하면 왜군을 멸할 수 있사옵니다."

이항복이 반대 의견을 개진했다.

"명나라 사신이 부산포에 왕래하고 있사옵니다. 한데 지금 부산포를 치면 우리 입장만 곤란해지옵니다."

윤두수가 이항복 말을 잘랐다.

"곤란해지기는 뭐가 곤란해진다는 말이오? 우리가 왜군을 모조리 멸하면 자연히 이 전쟁도 끝이 나오. 부산포를 치는 것 외에는 다른 길이 없소이다. 주상 전하께서도 속히 부산포를 치라고 하시지 않습니까?"

광해군이 끼어들었다.

"권율은 군사를 일으킬 때가 아니라고 했고 이순신도 같은 입장이에요. 좌상은 두 사람 의견이 틀렸다고 보오?"

"두 사람은 지금 왕실과 조정을 업신여기고 있사옵니다. 도원수 권율은 행주에서 자그마한 승리를 거둔 후 한 번도 나가 싸운 적이 없사옵니다. 진주에서 백성들 수만 명이 죽어 갈 때 곁에서 구경만 한 장수가 바로 권율이옵니다. 또한 이순신은 임진년에 거둔 몇몇 승리 외에는 이렇다 할 공이 없사옵니다. 삼도 수군통제사가 된 후로는 왜 선단과 싸우는 척 잔꾀만 부릴 뿐 정작 수군을 이끌고 부산포를 치기는 주저하고 있사옵니다. 두 사람이 왜군과 맞서기를 두려워한다면 마땅히 장수를 바뀌야 할 것이옵니다. 조선에는 두 사람을 대신할 장수가 얼마든지 있사옵니다."

광해군이 집요하게 윤두수를 붙들고 늘어졌다.

"그러하오? 좌상이 마음에 두고 있는 장수들이 있는가 보지요? 누군지 궁금하군요."

윤두수는 조금도 주저하지 않았다.

"우선 대장군 이일이 있사옵니다. 비록 임진년에 패한 적은 있으나 그 후로 군사들을 이끌고 연전연승을 거두고 있음은 세자 저하께서도 잘 아실 것이옵니다. 특히 평양성을 탈환할 때는 관군과 의병, 승병들을 훌륭히 통솔하여 왜군들을 일시에 몰아내었사옵니다. 임진년 치욕을 씻기 위해 남행을 자천(自薦)한다고 하니 권율 대신 불러 쓰는 것이 마땅하옵니다. 수군에서는 경상 우수사 원균이 으뜸가는 장수이옵니다. 원균은 임진년 이후 단 한차례도 경상 우수영을 벗어난 적이 없사옵니다. 이순신과 이억기가 전공을 세울 수 있었던 것도 원균이 경상도 바다를 확실히 지키고 앞장서서 싸웠기 때문이옵니다. 원균 역시 죽기를 각오하고 부산포를 치겠다는 뜻을 여러 차례 신에게 전하였사온즉, 이 두 장수를 앞세우면 단숨에 승전을 거둘 수 있을 것이옵니다. 통촉하시옵소서.”

광해군은 잠시 윤두수 주장을 정리해 보았다. 류성룡은 권율과 이순신을 중용하라고 충고했고, 윤두수는 이일과 원균을 새롭게 내세우라고 권한다. 류성룡은 민심이 회복되기까지 기다려야 한다는 입장인 데 반해, 윤두수는 속전속결로 전쟁을 마무리짓는 것이 급선무이고 민심을 다독거리는 것은 다음으로 미루어도 늦지 않다는 것이다. 누구 입장이 옳은 것일까. 솔직히 광해군은 명백하게 어느 쪽이 옳은지를 가리기 힘들었다.

‘부산포 왜군을 쳐서 전멸 시킬 수만 있다면 마땅히 그 길을 가야 하리라. 그러나 왜군 저항이 심하여 별다른 성과를 내지 못한다면 전세가 역전될 빌미를 스스로 만들어 주는 꼴이다.’

광해군은 일단 윤두수 주장도 한 가지 가능성으로 열어 두기로 했다. 며칠 더 여유를 가지고 전황을 살핀 뒤 마지막 결심을 해도 늦지 않을 것이다.

“좌상 뜻을 깊이 헤아려 보겠소.”

윤두수와 이항복이 물러간 후, 광해군은 김덕령이 보낸 서찰을 받았다. 광주를 중심으로 의병을 일으킨 김덕령은 약관인데도 전라도 백성들 사랑을 한 몸에 받고 있었다. 구척 거구인 데다가 사람들을 휘어잡는 솜씨가 남달랐던 것이다. 광해군도 그 용맹을 높이 사서 여러 차례 분조로 불러 칭찬을 아끼지 않았다. 김덕령 역시 윤두수처럼 지금 당장 부산포를 치자고 주장했다.

"세자 저하! 도원수와 순천 부사 입시이옵니다."

'순천 부사? 전라 좌수영 장수가 홍주까지 무슨 일일까?'

"들라 하라."

권율이 앞서고 권준이 뒤를 따랐다. 광해군은 권준 모습을 유심히 살폈다. 피부가 희고 깡말라 장수라기보다 책 속에 파묻혀 사는 서생에 가까웠다.

"순천 부사 권준이옵니다."

권율이 권준을 광해군에게 소개했다. 광해군이 고개를 끄덕이며 물었다.

"그대 이름은 들어 알고 있소. 통제사를 도와 임진년에 큰 승리를 거두었으니 참으로 장하오."

"감사하옵니다. 세자 저하!"

광해군이 권율에게 시선을 옮기며 물었다.

"한데 순천 부사가 이 먼 곳까지 어인 일이오?"

권율이 고개를 들어 이야기를 꺼내려는 순간, 갑자기 광해군이 대전 내관 윤환시를 불렀다.

"윤 내관! 밖에 있는가?"

"예! 저하."

윤환시가 약간 굳은 얼굴로 문을 열고 들어왔다.

"지금 즉시 전주로 가서 좌찬성 정탁을 데려오도록 하라."

윤환시가 허리를 굽힌 채 잠시 머뭇거렸다. 윤환시는 밤낮 없이 세자 곁에 머물면서 시중드는 것이 책무였다. 전주에는 선전관이나 다른 내시를 보내도 무방한데 굳이 윤환시를 지목한 것은 잠시 그를 멀리 두겠다는 뜻이다. 눈치 빠른 윤환시가 이 점을 깨닫고 즉답을 피한 것이다. 광해군이 윤환시의 찢어진 눈매를 쏘아보며 매섭게 몰아붙였다.

"당장 떠나라! 촌각을 다투는 일이니라. 내 그대를 믿고 보내는 것이니 내일 아침까지는 무슨 일이 있더라도 정탁을 데려오도록 하라."

"알겠사옵니다, 저하!"

윤환시는 불호령에 하는 수 없이 전주로 떠났다. 윤환시가 자리를 비우자 광해군은 곧 다른 내시와 궁녀들도 멀리 물리쳤다. 이윽고 광해군이 권율과 권준에게 시선을 돌렸다. 권준이 소매에서 서찰을 꺼냈다.

"통제사가 보낸 비밀 서찰을 가지고 왔사옵니다."

광해군이 손수 받았다. 이순신과 사사롭게 서찰을 주고받는다는 사실은 철저하게 비밀에 부쳐야 한다. 만약 이 일이 조정에 알려지는 날에는 광해군이 이순신과 권율을 거느리고 반역을 꾀한다는 하리(남을 헐뜯어 윗사람에게 일러바치는 일)가 줄을 이을 것이다. 서찰을 펼치려다 말고 물었다.

"통제사가 많이 아프다 들었는데 지금은 어떤가?"

지난 정월 출정 명령을 내렸지만 이순신은 곧바로 따르지 않았다. 처음에는 어명을 거역하는 불충한 장수라는 생각에 울화가 치밀었다. 그러나 이순신은 삼월 사일 군선을 이끌고 당항포로 출정하여 큰 승리를 거두었다. 그리고 어제 도원수 권율로부터 놀라운 이야기를 들었다. 출정하고 이틀이 지난 삼월 육일부터 통제사가 심하게 아팠다는 것이다. 아픈 몸을 이끌고 하루 종일 신음하면서도 왜선을 대파하였다고 하니 이순신이란 장수가 다시 보였다.

"완쾌하진 못했습니다만 공무는 빠짐없이 보고 있습니다. 장수 된 자가 죽지 않았으니 어찌 누워 병을 앓을 수 있겠느냐고 하였습니다."

"혹시 돌림병에 걸린 건 아닌가?"

권준이 차분하게 답했다.

"통제사는 꼭 병을 이기고 다시 건강을 되찾을 것이옵니다. 심려 마시옵소서."

광해군이 심각한 표정으로 서찰을 펼쳐 읽었다.

삼도 수군 통제사 신(臣) 이순신 삼가 아뢰옵니다.

부산포에 웅크린 왜적을 몰아내고자 하는 마음이 어찌 신에겐들 없겠사옵니까. 하나 명군은 철군할 생각뿐이며 관군과 의병도 지치고 병들었나이다. 지금 전력으로 부산포에 있는 왜 대군과 싸워 결코 승리할 수 없사옵니다. 우선 군사들과 백성들을 먹이는 일이 급선무이옵니다. 양식이 떨어진 지 이미 오래일 뿐만 아니라 그나마 있는 양식도 모두 명군 차지입니다. 돌림병에 시달리고 허기진 군사들은 군선을 움직일 기운도 활을 쏠 힘도 남아 있지 않사옵니다. 이런 상황에서 전면전을 벌이면 힘써 싸우더라도 이기지 못할 가망이 크옵니다.

저하! 먼저 백성들을 어루만져 주시옵소서. 저들 상처를 살피시고 저들에게 왕실의 자애로움을 보여 주시옵소서.

광해군은 서찰을 쥔 채 한동안 말이 없었다. 이순신은 류성룡 주장을 반복하고 있었다. '지금은 때가 아니다. 백성들을 먼저 살핀 후에 왜적을 공격하자.'

광해군은 권율 의견을 물었다.

"통제사는 목민(牧民)에 주력하겠다고 하오. 굶주리고 병든 장졸들부터 보살핀 연후에 왜선과 맞서겠답니다. 도원수 뜻도 그러합니까?"

권율이 기다렸다는 듯이 답했다.

"싸우지 않고 이기는 것이 최선이옵니다."

'지나치게 몸을 사리는군.'

광해군은 통통증(일이 뜻대로 되지 아니하여 갑갑해하며 골을 내는 증세)을 놓듯 권준에게 물었다.

"권 부사 뜻은 어떠한가?"

권준은 야릇한 미소를 입가에 머금었다.

"싸우지 않고서는 왜적을 물리칠 수 없사옵니다. 당항포 싸움 직후에 명나라 선유 도사(宣諭都司) 담종인(譚宗仁)으로부터 명나라와 왜국이 강화 회담 중이니 왜군과 싸우지 말라는 금토패문(禁討牌文)을 받았으나, 왜군이 진을 친 곳이 모두 조선 땅이므로 싸울 수밖에 없다는 답신을 통제사, 경상 우수사, 전라 우수사가 연명으로 보냈사옵니다."

광해군이 고개를 갸웃거리며 권율과 권준을 번갈아 쳐다보았다. 권율은 싸우지 않고 이기는 쪽을 택하자고 했는데 권준은 싸워야지만 이길 수 있다고 답한 것이다.

　　"계속 이야기하여 보라."

　　"조선은 싸우겠다고 나서야 하옵니다. 그렇지 않으면 명나라와 왜의 말놀음에 앉아서 당할 뿐이옵니다. 왜가 종전(終戰) 조건으로 하삼도를 요구한다는 것이 헛소문만은 아닌 듯하옵니다. 이때 조선 역시 싸울 의사가 없다면 명나라는 주저하지 않고 왜에 하삼도를 떼어 줄지도 모르는 일이옵니다."

　　"명나라가 왜에게 하삼도를 준단 말인가?"

　　"명나라는 저울질할 것이옵니다. 조선 땅덩어리를 떼어 주고 전쟁을 끝낼 것인가 아니면 군사들이 피 흘리며 죽는 한이 있더라도 조선과 의리를 지킬 것인가. 세자 저하! 지금 조선은 명나라가 저울질을 못하도록 강경 입장을 취할 필요가 있사옵니다. 그래야만 명나라가 왜와 협상에서 우위에 설 수 있사옵고 조선 조정이 말하는 바에도 귀를 기울일 것이옵니다."

　　"그건 좌상 말과 같지 않은가?"

　　"하오나 결코 왜적을 먼저 공격하여서는 아니 되옵니다. 왜적은 지금 배수진을 친 것과 다름없사옵니다. 우리가 승리를 거두더라도 적지 않은 피해를 입게 되옵니다. 자고로 궁지에 몰린 쥐는 단번에 물어 죽이는 것이 아니라고 했사옵니다. 그러므로 저하께서는 육군과 수군의 장수들에게 왜군을 치라는 명령을 계속 내리시옵소서. 장졸들로 하여금 곧 전투를 시작한다는 생각이 들도록 엄히 군율을 세우시옵소서. 이렇게 장졸들 사기를 진작한 후 도원수와 수군 통제사가 서로 연통을 취하며 때를 기다리는 것이 최선이옵니다."

"통제사도 그대와 생각이 같은가?"

"그러하옵니다."

광해군은 권준 얼굴을 찬찬히 뜯어보았다.

'전쟁 분위기는 이어가면서도 선공(先攻)은 피하자!'

참으로 묘책이 아닐 수 없었다. 그렇게 하면 원조와 분조가 각기 다른 의견을 낼 가능성이 없으며, 또 패전 책임을 질 위험도 없는 것이다. 그러면서도 왜적을 부산포에서 몰아내려고 노력한 흔적을 공문으로 남길 수 있으니 광해군으로서도 이보다 더 좋은 계책은 없었다.

"도원수 생각은 어떻소?"

"신도 통제사와 같은 생각이옵니다. 지금으로서는 전라도를 지키면서 왜군에게 위협을 가하는 것이 적당하옵니다."

광해군은 권율과 이순신 쪽으로 무게 중심을 옮겼다. 윤두수 의견이 명쾌하기는 하나 옥좌를 걸고 모험할 수는 없는 일이다.

"경상 우수사 원균과 관계는 어떠한가? 원균이 만에 하나 출병하면 통제사가 제지할 수 있겠는가?"

권준이 자신 있게 말했다.

"걱정 마시옵소서. 그 누가 삼도 수군 통제사 군령을 어길 수 있겠사옵니까. 원 수사가 군령을 어긴다면 죽음만이 있을 뿐이옵니다."

광해군이 고개를 끄덕였다.

"그동안 나는 조선 수군이 왜 연전연승을 거두는지 참으로 궁금했다. 한데 오늘 그대를 만나니 궁금증이 눈 녹듯 사라지는구나. 그대처럼 사리에 밝은 장수가 전라 좌수영에 있으니 어찌 이순신 함대가 패할 수 있겠는가. 그대는 돌아가서 통제사에게 전하라. 세자인 나 광해군도 그대들 우국충정을 깊이 헤아리고 있으며 그대들 뜻에 따르겠다고."

十一, 진중에서 과거를 치르다

갑오년 사월 오일 저녁.

한바탕 소나기라도 뿌릴 듯 찌뿌드드한 하늘이었다. 낮게 내려 앉은 먹구름은 좀체 움직일 줄 몰랐고 날렵한 귀제비는 들별꽃에 닿을 만큼 저공비행을 하며 간간이 몸을 뒤챘다. 고욤나무를 돌 아들자 이영남은 흑마 엉덩이를 채찍으로 더 세게 후려쳤다. 전 주를 출발한 후부터 점심도 거른 채 한달음에 달렸지만 오늘 중 으로 한산도에 닿으려면 시간이 부족했다. 울긋불긋한 원경(遠景)이 휙휙 등 뒤로 사라져 갔다. 말을 타고 이렇듯 신나게 달린 적이 드물었다. 수군에 배속된 후로는 늘 좁은 군선에서 탁한 공 기를 마시며 지내 왔던 것이다.

이영남은 왼손을 돌려 허리춤에 감춘 도원수 권율이 준 밀서를 다시 한 번 확인했다. 이순신이 세 녹명관(錄名官, 과거 시험을 관

155

장하는 관리) 중에서 이영남을 권율에게 보낸 데는 이유가 있었다. 한산도 별시(別試) 준비 현황을 보고하면서 따로 밀서를 교환할 필요가 있었던 것이다. 이영남은 마음이 훈훈하고 뿌듯해졌다. 자신을 분신처럼 믿는 통제사 마음이 다시 한번 입증된 것이다. 검붉은 빛이 도는 권율의 두툼한 입술이 떠올랐다.

"활쏘기만으로는 부족하니 병법을 묻게 해 달라? 허허허. 역시 이 통제사는 빈틈이 없구먼. 장수들이 절대적으로 부족한 이 마당에도 격식을 갖추겠다 이 말이렷다? 좋지 좋아! 세자 저하께서도 새로 뽑힌 무과 급제자들이 제 이름자 하나 쓰지 못한다고 한탄하셨어. 한데 과제(科題, 과거 문제)에 병법까지 넣는다면 합격자 백 명을 낼 수 있을까? 지금 같은 전란 중에 누가 병서를 제대로 읽겠는가? 어쨌든 수군 장수 선발은 이 통제사에게 전권을 주겠다. 다만 너무 엄격하게 시험을 봐서 급제자를 적게 내는 일이 없도록 유념하라고 전하라."

이영남 역시 권율과 같은 생각이었다. 수장(水將)을 뽑는 시험이므로 말을 타고 달리면서 활을 쏘는 과제는 없애는 것이 타당하지만 과거를 나흘이나 치른다거나 마지막 날에 병법을 묻는 것은 지나친 듯했다. 그러나 이순신 생각은 요지부동이었다.

"올해만 해도 벌써 무과 급제자를 1,000명이나 냈다. 1,000명이 한꺼번에 등과한다는 것이 말이나 되는 소리인가? 그중 절반 이상은 장수 자질이 부족할 터. 그런 자들에게 군졸을 맡기는 것은 자살 행위와도 같다. 특히 수군은 장수 한 사람 잘못으로 소중한 군선 한 척이 사라질 수도 있다. 200여 명에 이르는 장졸들이 한꺼번에 수장되는 것이지. 나는 통제영에 꼭 필요한 사람들만 뽑겠다. 녹명관들은 일체 부정이 없도록 특별히 감찰하라. 내 말뜻 알아듣겠는가?"

장수를 뽑는 과거에서는 특히 부정 행위가 많았다. 시험을 대신 치른다든가, 녹명관과 짜고 성적을 올려서 등재한다든가, 과제를 미리 알아내는 방법으로 많은 이들이 합격했던 것이다. 이순신도 이영남도 그런 소문을 진작부터 듣고 있었다.

100명을 선발하는 이번 별시에는 2,000명이 넘는 장정들이 모였다. 임진년에 수군이 거둔 연승 소문이 널리 퍼졌던 까닭이다. 더군다나 이순신이 전라도와 경상도 해안을 직접 순시하면서 백성들 고통을 자상하게 보살핀 결과 지원자가 예상외로 늘었다.

이영남은 먼지잼이 조금씩 흩날릴 즈음 고성 앞바다에 도착했다. 나대용이 판옥선 한 척을 이끌고 마중 나와 있었다. 두 사람은 서로 어깨를 가볍게 맞잡으며 인사를 나누었다.

"오늘도 못 오나 했소이다."

"내일부터 과거가 시작되는데 녹명관이 빠져서야 쓰나요? 새로 만들기 시작한 판옥선은 어떻습니까?"

그 물음에 나대용은 두 눈을 반짝였다.

"뱃머리를 완전히 되돌려도 군졸들이 어지러움을 느껴 무기나 노를 놓치지 않도록 이것저것 궁리 중입니다. 갑조(甲造, 배의 침수나 부식을 막기 위하여 판자와 판자 사이에 다시 판자를 이중으로 붙이는 조선법)와 단조(單造)의 차이도 다시 검토하고 있소이다. 과거가 끝나면 한번 보시겠소?"

이영남이 웃으며 답했다.

"얼마든지요. 나 선마 솜씨라면 이번에도 걸물이 하나 만들어지겠군요. 판옥선을 만드는 일뿐만 아니라 아침저녁으로 사대에도 선다고 들었습니다만……."

"통제사께서 말씀하시길, 자기를 이길 때까지 활을 쏘고 또 쏘라고 하십니다. 내가 어떻게 통제사 활솜씨를 따라잡을 수 있겠소이까? 배 만드는 일이라면 모를까."

"하하하! 그래도 나 선마 활솜씨가 통제사 다음이라는 풍문이 돌고 있습니다. 그동안 무예를 닦기 위해 얼마나 노력하였는가를 소장은 잘 압니다."

"날 놀리는 게요?"

나대용은 계속되는 칭찬에 조금 부끄러운 듯 머리를 살래살래 흔들어 댔다.

두 사람을 실은 판옥선이 높은 물살을 헤치며 한산도로 나아갔다. 굵은 빗방울이 후드득후드득 상갑판을 두드렸지만 배는 조금도 흔들리지 않았다.

"통제사께서는 이제 완쾌하셨겠지요?"

이순신은 삼월 내내 시름시름 앓았다.

"그렇소이다."

나대용이 고개를 끄덕였다.

한산도로 본영을 옮긴 계사년 여름부터 번지기 시작한 돌림병은 갑오년에 접어들며 더욱 기승을 부렸다. 그사이 병에 걸린 조선 수군은 5,600명을 헤아렸고 그중 1,900명 가까이가 아까운 목숨을 잃었다. 전체 조선 수군 중 약 삼분의 일 정도가 돌림병에 걸린 것이다. 부족한 군량과 겨울 혹한이 사망자를 더욱 늘렸다.

"어 조방장(助防將)께서는?"

나대용이 천천히 고개를 저었다. 조방장으로 자리를 옮긴 어영담 역시 돌림병에 걸렸다.

"이달을 넘기기 힘들 듯하오. 워낙 고령인 데다 몸에 핏기가 하나도 없다오. 참으로 큰일이 아닐 수 없소. 우리가 지금까지 승전할 수 있었던 것은 어 조방장이 미리 뱃길을 살폈기 때문인데……."

어영담은 경험이 얼마나 인생을 살찌우는가를 단적으로 보여 준 인물이었다. 그는 하삼도 뱃길은 물론이고 해류와 해저의 깊이, 철에 따라 바뀌는 어류들까지도 손바닥 보듯이 알고 있었다. 출정에 앞서 장수들은 어영담 설명을 통해 전투를 벌일 바다를 속속들이 이해했고, 그만큼 자신감에 넘쳐 왜선과 맞설 수 있었다. 어영담은 걸쭉한 농담과 구수한 이야기로 장수들 마음까지 풀어 주었다. 장졸들은 이순신에게서 치밀함을, 원균에게서 용맹스러움을, 이억기에게서 우직함을, 권준에게서 총명함을, 신호에게서 엄격함을 배웠을 뿐만 아니라 어영담에게서 여유와 넉넉함을 배웠던 것이다. 어영담을 잃는 것은 삼도 수군으로서는 두 눈이 뽑히는 것과도 같았다.

이영남은 자정이 가까워서야 운주당에 당도했다. 횃불을 밝힌 운주당에는 늦은 시각인데도 장수들로 가득했다. 시험관(試驗官)

인 통제사 이순신을 비롯하여, 전라 우수사 이억기, 충청 수사 구사직이 중앙에 자리를 잡았고 참시관(參試官)인 장흥 부사 황세득(黃世得), 고성 현감 조응도(趙凝道), 삼가 현감 고상안(高尙顔), 옥포 만호에서 웅천 현감으로 자리를 옮긴 이운룡(李雲龍), 녹명관인 여도 만호 김인영(金仁英), 남도 만호 강응표(姜應彪) 등이 좌우에 앉아 있었다. 이들 중 삼가 현감 고상안은 도원수 권율이 특별히 파견한 장수였다.

이영남은 먼저 권율이 준 공문을 내밀었다. 이순신은 단숨에 읽어 내려갔다. 곁에 앉은 이억기가 궁금한 듯 물었다.

"어떻게 되었소이까?"

이순신이 천천히 좌중을 둘러보았다.

"도원수께서 우리 뜻을 받아들이셨소. 마지막 날에 병법을 물어도 좋다고 하셨소."

장수들 표정이 밝아졌다. 도원수가 통제사 청을 거절하면 어떻게 할까 걱정했던 것이다. 고상안이 헛기침을 하며 끼어들었다.

"수군만을 위해 특별히 별시를 응낙하신 도원수이십니다. 어찌 통제사 청을 거절할 수 있겠소이까? 이달 초에는 수군들을 위해 탁주를 500동이나 보내시지 않았소이까? 허허허."

수군을 위유(慰諭, 위로하고 타일러 달래 줌)하기 위해 분조에서 술이 전달된 것은 사월 삼일 새벽이었다. 그날 삼도 수군들은 코가 비뚤어질 때까지 만취했다. 나대용 보고에 의하면 장졸들이 1,000동이가 넘는 탁주를 마셨다고 한다. 이운룡이 맞장구쳤다.

"맞소이다. 이렇게 이심전심으로 육군과 수군이 서로를 믿는다면 좋은 결과가 있을 것이외다."

고상안이 양손을 소리 나게 맞부딪혔다. 고상안은 발걸음이 가볍고 모든 일에 사사건건 간섭하는 인물로 소문이 자자했다.

"한데 궁금한 점이 하나 있소이다."

이순신이 고상안과 눈을 맞추었다.

"말씀해 보시오."

"수군 장수를 뽑는 별시 시험관에 어찌하여 경상 우수사 원균 장군께서 빠지셨소이까? 통제사를 비롯하여 전라 우수사, 충청 수사, 경상 우수사가 함께 시험관이 되어야 구색이 맞는 것이 아닐는지……."

운주당 분위기가 갑자기 싸늘해졌다. 장수들도 진작부터 그걸 묻고 싶었다. 그러나 이순신과 원균의 반목을 잘 아는 장수들로서는 쉽게 이야기를 꺼낼 수가 없었는데, 자세한 사정을 모르는 고상안이 정면으로 거론한 것이다. 이억기가 수염을 쓸면서 고상안을 거들었다. 그 역시 이 문제는 반드시 짚고 넘어가야 한다고 생각했다.

"고 현감 말이 옳습니다. 마땅히 원 장군도 시험관이 되어야 하오이다. 원 장군이 이 자리에 참석지 않은 이유가 무엇인지 나도 궁금하오이다. 자초지종을 듣고 싶소이다."

이영남이 목소리를 깔면서 침착하게 대답했다.

"여러 장수들 오해를 피하기 위해 소장이 자세히 말씀드리겠습니다. 애초에 별시를 준비할 때부터 통제사께서는 여기 계신 이 장군, 구 장군과 함께 당연히 원 장군도 시험관으로 정하셨고,

소장이 지난달에 원 장군을 뵙고 통제사 뜻을 전했습니다. 한데 원 장군께서는 한사코 시험관을 거절하셨습니다."

구사직이 물었다.

"거절했다? 그 까닭이 무엇이오?"

"원 장군께서는 이렇게 말씀하셨습니다. 경상 우수영은 왜 선단과 이마를 맞대고 있는 형국이므로 한시도 마음을 놓을 수 없다. 수군 장수들이 모두 한산도에 모인다면 왜 선단은 이때를 노려 급습할 것이다. 그러므로 나는 경상 우수영을 떠나지 않겠다. 원 장군 결심이 워낙 확고해서 어쩔 수 없었습니다. 여러 장수들께서 널리 이해하시기 바랍니다."

이억기가 이영남 설명에 의문을 제기했다.

"원 장군 말에도 일리는 있소. 하나 지금은 왜 선단 움직임이 미미하다고 들었소이다. 전라 좌도 판옥선단을 거제도로 전진 배치한 후 원 장군이 통제영으로 온다면 큰일이야 있겠소? 지금이라도 원 장군을 모시고 옵시다."

이영남이 이순신과 이억기를 번갈아 바라보았다.

"이미 도원수께 시험관과 참시관, 그리고 녹명관을 보고하였습니다. 과거가 바로 내일인데 지금 다시 시험관을 추가함은 불가하오이다. 더구나 원 장군이 지금 어디에 계신지 알 수 없는 노릇 아닙니까? 지금 이대로 별시를 치르고 나서 따로 원 장군을 만나 그동안 자세한 경과를 설명하면 될 것이오이다."

잠자코 장수들 대화를 듣고 있던 이순신이 나섰다.

"우리 모두 원 수사 마음을 헤아리도록 하십시다. 별시에 불참하겠다는 것은 그만큼 우리를 믿겠다는 뜻이 아니겠소? 자, 그 문제는 이쯤에서 접고 나흘 동안 어찌할 것인지 일정이나 잡아 보도록 합시다. 이 현감! 준비는 되었소?"

"예, 장군!"

이운룡이 자리에서 일어섰다.

"다들 아시겠지만 이번 별시는 지난번 홍주 분조에서 시행된 무과에 삼도 수군이 참여하지 못했기에 특별히 시행되는 것입니다. 다시 말해 수군 장수만을 뽑는 시험이오이다. 따라서 그 과제도 기존 과제와는 차등을 두어야 하겠습니다. 첫째 날에는 철전(鐵箭)을 쏘고 둘째 날에는 편전(片箭)을 쏘겠소이다. 셋째 날에는 판옥선에서 바다로 뛰어내리기와 바다 속에서 오래 버티기를 시험할 계획이오이다. 그리고 마지막 날에는 무경칠서 중에서 한 대목씩을 뽑아 병법을 묻는 것이외다. 초아흐레 오후쯤이면 급제자가 가려질 것입니다."

이억기가 고개를 끄덕였다.

"철전이나 편전을 쏘는 것은 예전과 마찬가지이니 별 문제가 아닐 것이고, 판옥선에서 바다로 뛰어드는 것과 오랫동안 헤엄치는 것, 그리고 병법을 얼마나 알고 있느냐 하는 것이 등락을 결정짓겠군. 이 사실을 장정들에게도 널리 알렸소?"

"헤엄을 못 치는 장정들과 까막눈인 장정들은 이미 돌려보냈습니다."

이순신이 만족스러운 미소를 지으며 회의를 마무리했다.

"이대로 별시를 시행토록 합시다. 내일 진시(아침 7시)부터 시작할 터이니 모두 편히 눈을 붙이도록 하시오. 소비포는 나를 따르게."

이순신은 운주당을 오른쪽으로 끼고 돌아 숙소인 별채로 향했다. 더 이상 비는 내리지 않았다. 별채 마당에 태구련(太九連)과 이무생(李茂生)이 기다리고 서 있었다. 그들은 단단하고 날카로운 검을 만들기로 이름이 높았다. 이순신이 마루에 걸터앉자, 두 사람은 그 앞에 무릎을 꿇고 비단으로 싼 것을 양손으로 높이 들었다. 이순신이 받아서 비단을 벗겨 냈다. 환도(環刀) 한 쌍이 번뜩였다. 이순신이 그중 한 자루를 양손으로 쥐고 머리 위까지 곧게 들어올렸다.

옆면에 모란을 상감한 칼머리(칼자루의 맨 아래에 달려 있는 철물, 병두(柄頭)라고도 함)에서부터 주칠(朱漆)한 어피(魚皮)로 씌운 후 흑칠(黑漆)한 가죽 끈으로 단단히 묶은 칼자루, 국화 문양이 투각된 둥근 코등이(칼날과 칼자루의 경계 부분에 부착하여 손에 대한 공격을 막는 장치)를 지나 평평한 칼등과 오각형 칼날을 세심하게 살폈다.

두 사람은 숨도 쉬지 못하고 이순신 안색만 살폈다. 불호령이라도 떨어질까 걱정하는 빛이 역력했다. 이윽고 이순신이 입을 열었다.

"수고했다. 아주 잘 만들었구나."

두 사람 표정이 밝아졌다.

"이런 환도를 만들 준비를 항상 하고 있어라."

"예, 장군!"

"그만 물러가라."

두 사람이 물러간 후 이순신은 환도 하나를 이영남에게 내밀었다. 이영남이 환도를 들고 칼날과 무게, 모양 등을 살폈다. 최상품이었다.

"먹을 좀 갈아 주게."

이순신은 문방사우를 가지런하게 놓은 후 허리를 곧게 펴고 눈을 감았다. 이영남이 먹을 다 갈자 이순신이 중필(中筆)을 들어 먹을 듬뿍 바른 후 단숨에 써 내려갔다.

　　　三尺誓天 山河動色(석 자 칼로 하늘에 맹세하니 산하가 떨도다.)

　　　一揮掃蕩 血染山河(한 번 휘둘러 쓸어버리니 피가 산하를 물들이도다.)

"검명(劍名)이라네. 어떤가?"

환도 칼 뿌리에 금으로 입사(入絲)할 예정이라고 했다.

"웅혼하군요. 왜놈들이 이 검명을 들으면 절로 오금이 저려 달아날 겁니다. 한데 환도를 더 만들 준비를 시키신 이유는 무엇입니까?"

이순신이 오른편에 놓은 환도를 슬쩍 살피며 답했다.

"전공이 큰 장수들에게 한 자루씩 주려고 그런다네. 자네 말대로 웅혼한 검명을 새겨 한시도 왜군에 대한 울분을 잊지 않도록 했으면 좋겠거든. 나중에 자네에게도 한 자루 줌세."

"감사합니다."

이영남은 재빨리 허리춤에 숨겨 왔던 밀서를 꺼냈다.

"도원수께서는 안녕하시고?"

"장군 안부를 물으셨습니다. 병을 앓으면 아니 된다고 신신당부하셨습니다."

"난 아무렇지도 않아. 어 조방장이 큰일이지……."

이순신은 권율이 보낸 서찰을 빠른 속도로 읽어 내려갔다. 좋지 않은 소식이 적힌 듯 표정이 차츰 어두워졌다. 서찰을 다 읽고서는 끄응끙 신음까지 내뱉었다.

"무슨 일이온지요?"

"좌상 대감과 원 수사가 무엇인가 일을 꾸미고 있다는군."

"일을 꾸민다고 하면?"

"부산포를 치려는 것이겠지."

"좌상 대감이 도체찰사까지 겸하고 계시니 세자 저하 응낙만 있으면 곧바로 군령이 떨어질 것이 아닙니까?"

"도원수가 단호하게 반대하고 있고 세자 저하께서도 도원수에게 힘을 실어 주고 계시니 쉽게 일을 벌이지는 못할 거야. 하나 상황이 어떻게 변할지 모르니 이 소식을 서애 대감께 아뢰는 편이 좋겠어."

"소장이 다녀올까요?"

"아니야. 녹명관이 어딜 움직인다는 겐가. 날발을 보내면 돼. 자넨 걱정 말고 어서 가서 잠이나 청하게. 내일부터는 눈코 뜰

새도 없을 거야."

이순신이 류성룡에게 보낼 서찰을 쓰기 위하여 붓을 들 즈음 이영남은 자리에서 물러났다. 아닌 게 아니라 전주에서 한달음에 달려오느라 매우 지쳐 있었다. 그러나 오늘따라 정신이 유난히 맑아서 잠이 오지 않았다. 이런저런 생각을 하면서 어두컴컴한 운주당 뒤뜰을 잠시 거닐기로 했다. 원균이 내일 별시에 불참한다는 사실이 자꾸 마음에 걸렸다.

'원 장군은 별시에 불참함으로써 이 통제사 권위를 다시 한 번 깔아뭉개려는 것이다. 내가 만약 재삼 권고했다면 원 장군 뜻을 돌릴 수 있지 않았을까?'

이순신과 원균 사이가 점점 더 벌어지는 것이 안타까웠다. 조정에서도 원균이 시험관에서 빠진 것을 알면 두 사람 갈등을 정식으로 거론할 것이다.

'결국 원 장군은 전출될까.'

인기척이 느껴졌다. 호리호리한 몸매에 구부정하게 어깨를 내린 사내가 뒤뜰로 곧장 들어섰다.

'왜놈 간자인가?'

이영남은 칼을 빼 들며 소리쳤다.

"누구냐?"

검은 사내가 그 자리에 멈추어 섰다. 이영남이 한 발 앞으로 다가서며 사내 얼굴을 유심히 살폈다. 사내가 먼저 말을 걸어 왔다.

"가서 자라고 일렀거늘 왜 여기 있는가?"

끝이 갈라지면서 탁한 목소리. 통제사 이순신이 분명했다.

"아니, 통제사께서 어인 일이시옵니까?"

"어 조방장에게 가는 길이다. 함께 가겠는가?"

이영남이 더욱 놀란 눈으로 만류했다.

"장군! 나은 지 며칠이나 되셨다고 어 조방장을 찾으십니까. 그곳에 가시면 절대로 아니 되옵니다. 장군께서는 삼도 수군의 중심이십니다."

이순신이 낮게 속삭였다.

"조용히 하게. 장졸들이 모두 깨겠네."

"장군!"

"어 조방장이 오늘내일 하는데 나만 편히 몸을 누일 수 있겠는가?"

이순신은 막아서는 이영남을 밀치고 산길로 접어들었다. 돌림병에 걸린 군사들만을 따로 모아 격리한 군막이 산 중턱에 있었다. 이영남은 하는 수 없이 이순신 뒤를 따랐다. 어영담 숙소는 군막들 중에서 제일 아래 자리 잡고 있었다. 이순신은 주저없이 휘장을 젖히고 안으로 들어섰다. 희미한 촛불 아래 뼈만 앙상한 어영담이 이순신을 보고 침상에서 일어나려고 했다. 그러나 상체를 제대로 일으키지도 못한 채 기침을 쏟아 댔다.

"그대로 있으시오."

이순신이 가만히 의자를 당겨 앉았다. 어영담이 가쁜 숨을 몰아쉬며 고개를 돌렸다.

"자, 장군! 어찌 또…… 이곳까지 오셨습니까? 이…… 늙은이, 여기서 죽으면 그만인 것을. 돌아가십시오."

이순신이 보자기에 싼 것을 풀었다. 국화주 한 동이가 들어 있었다. 삼도 수군 통제사에 오른 것을 축하하는 뜻에서 임금이 내린 어주(御酒)였다. 이순신은 은빛 잔에 국화주를 따르며 정답게 말을 건넸다.

"어 조방장. 언젠가 나랑 국화주 한 잔 하는 게 소원이라고 했지요? 자, 이렇게 가져왔소. 우리 이 밤이 새도록 국화주를 마십시다."

이순신은 어영담의 갈라 터진 입술로 술잔을 가져갔다. 어영담은 두 눈에서 눈물이 주르륵 흘러내렸다. 이순신이 왼손으로 어영담 머리를 안아 올렸다.

"자, 어서 입을 벌려요. 주상 전하께서 조선 수군을 위해 특별히 내리신 술이라오. 어 조방장은 당연히 이 술을 마실 자격이 있소."

이순신은 잔을 기울여 어영담 입에 술을 부었다. 국화주가 헝클어진 흰 수염을 타고 흘러내렸다. 이순신은 술잔을 내려놓고 오른손으로 어영담 수염을 닦아 냈다.

"장군! 그만하십시오. 돌림병이 옮습니다."

이영남이 뒤에서 이순신 어깨를 감싸 쥐었다.

"이것 놔!"

갑자기 이순신이 팔을 획 뿌리쳤다. 이영남은 균형을 잃고 엉덩방아를 찧었다. 이순신의 두 눈에서 불덩이가 이글거리고 있었다. 어영담도 이순신을 만류했다.

"소……, 소비포 말이 옳습니다. 이, 이제 가세요. 이 늙은이,

어주까지 마셨으니 여……한이 없습니다."

이순신이 다시 자리에 앉아 어영담 손을 꼭 쥐었다. 까칠까칠한 손등이 마른 모래와도 같았다. 그 위로 눈물 한 방울이 뚝 떨어졌다.

"어 조방장, 그대가 내 곁에 있어야 해요. 그대가 없으면 나는 눈먼 장님에 불과하오. 남쪽 바다 뱃길마다 묻혀 있는 사연들을 모두 일러준 후 눈을 감겠다고 하지 않았소? 아직 반도 듣지 못했는데 벌써 이렇게 세상을 버려서야 쓰겠소? 어 조방장! 그대는 꼭 살아야 하오. 정 만호가 죽은 지 몇 해나 되었다고 그대마저 내 곁을 떠나려는 것이오?"

"자……, 장군!"

어영담 고개가 왼쪽으로 떨어졌다. 잠시 혼절한 것이다. 이순신은 두 눈에서 눈물을 철철 흘리기 시작했다. 이영남은 아무 말도 못하고 그 울음이 잦아들기만을 기다렸다. 그러나 울음은 점점 끓어오르다가 마침내 폭발했다.

"보았느냐? 어영담은 곧 죽을 것이야, 죽는단 말이지. 왜적과 맞서 싸우다가 장렬히 전사하는 것도 아니고, 겨우 군막에서 골골거리다가 맥없이 픽 쓰러진단 말이다. 아, 어디에서 어떻게 죽든 죽음이란 영영 이별이 아닌가. 이제 어영담의 헛장(허풍을 치며 떠벌리는 큰소리)과 넉살도 보지 못하게 되겠구나. 이 전쟁이 끝난 후에는 과연 몇 명이나 내 곁에 남아 있을까. 모두 사지로 굴러 떨어질지도 모른다. 아, 내 곁에 사신(死神)이라도 앉아 있는 것인가. 내가 마음을 준 사람들은 모두 제 명을 누리지 못했어. 희신 형, 요신 형, 녹둔도에서 거느렸던 사랑스러운 부하들인 임경번, 오형, 그리고 정운. 이제 어영담까지. 다음엔 누구 차례일까. 놔라. 소비포, 다음엔 네가 죽을 수도 있어. 어서 내려가라. 내게 붙은 사귀(死鬼)로부터 멀어져! 가라, 어서 가!"

"장군, 진정하십시오. 저는 어디에도 가지 않습니다. 맹세합니다."

"맹세? 함부로 내 앞에서 맹세하지 마라. 네가 죽음 앞에 선 공포를 몰라서 하는 소리이다. 누군가 네 목에 비수를 들이댄 적이 있느냐? 누군가 네 심장에 창을 겨눈 적이 있느냐? 누군가 네 이름 석 자를 먹물로 지워 버린 적이 있느냐? 없을 것이다. 그러니 쉽게 맹세하는 것이지. 나는 안다. 지금 어영담이 가고 있는 그 어둡고 침침하고 외로운 길을, 끝을 알 수 없는 고통을. 아! 언제라도 되돌아 나오고 싶은 그 길. 나는 천향(泉鄕, 저승)에서부터 어영담을 빼내고 싶다. 하나 나 역시 어리석은 인간일 뿐. 내 몸 하나도 주체하지 못할 만큼 나약한 인간이다. 기껏해야 국화주 한 잔 입에 부어 주는 것이 전부로구나. 함께 보낸 그 많은 시간들 값이 고작 국화주 한 잔이란 말이더냐. 하나 나는 더 이상 줄 것이 없구나. 없어, 이제는……"

이순신이 그 자리에 털썩 주저앉았다. 간간이 어영담 목에서 가래 끓는 소리가 들렸다. 그때마다 이순신은 생쥐처럼 다가가서 어영담 가슴에 귀를 대곤 했다.

이제 이영남도 이순신을 만류하지 않았다. 돌림병에 옮을지도 모른다는 걱정은 저만치 밀려났다. 이영남은 어영담을 조금이라도 이승에 붙들어 매려고 애쓰는 이순신을 멍하니 지켜보았다.

　이순신은 은잔에 국화주를 따라 입술에 붓기를 열 번이나 반복했다. 그 작은 술잔 하나마다 온 정성을 다 담아서. 이순신은 술잔을 기울이며 희미하게 웃었다. 어영담도 역시 가래 끓는 소리를 내며 웃었다. 골이 깊게 패인 웃음이었다. 이영남은 눈앞이 뿌예지는 걸 느꼈다. 이순신이 눈치 채지 못하도록 손바닥으로 눈자위를 재빨리 훔쳤다. 그리고 이순신처럼, 어영담처럼 입술을 벌리고 씨익 웃어 보았다.

　죽음 앞에서도 웃을 수 있다는 것, 이야말로 사내들만이 누릴 수 있는 진정한 특권이 아닌가.

　별시는 큰 탈 없이 진행되었다.

　사월 육일과 칠일에 있었던 활쏘기 시험은 이순신 통솔 아래 엄정하게 치러졌다. 시험에 들어가기에 앞서 이순신이 직접 철전과 편전을 한 순(巡, 다섯 발)씩 쏘았는데, 한 치 오차도 없이 모두 과녁에 꽂혔다. 삼도 수군 통제사가 모범을 보이자 장정들도 마음을 굳게 먹고 열심히 시험에 응했다. 2,000여 응시자 중에서 1,500명가량이 탈락했다. 사월 팔일에는 판옥선에서 뛰어내리기와 오랫동안 바다에서 버티는 시험이 있었다. 판옥선에 오르자마자 멀미를 하는 장정들 이십여 명이 먼저 탈락했고, 판옥선에서 바다로 뛰어들지 못한 장정들 십여 명이 뒤를 이었다. 바다에서 버티기는 경쾌선 네 척이 정사각형 모양을 사방을 막아선 가운데 한산도 앞바다에서 벌어졌다. 저마다 자신 있다며 바다로 뛰어든 장정들은 한식경도 지나지 않아 살려 달라고 아우성치기 시작했다. 정오부터 신시(3시~5시)가 끝날 때까지 견딘 200여 명에게 병법 문답 시험을 치를 자격이 부여되었다.

문답 시험은 사월 구일 오전부터 운주당 앞뜰에서 시작되었다. 시험관인 이순신과 이억기, 구사직이 장정들을 상대로 각각 한 문제씩 묻고 답을 들어 점수를 기록했다. 병서를 전혀 읽은 적이 없는 이들이 먼저 추려졌고, 왜적에 대한 불타는 적개심만 있을 뿐 군사를 다룰 줄 모르는 장정들도 탈락되었다. 탈락자 중 상당수는 전주에서 이미 한 번 고배를 마신 자들이었다. 그자들은 전주에서보다 훨씬 시험이 까다롭다면서 녹명관에게 돈을 건네려고 했다. 그때마다 이영남은 군령을 앞세워 잡아들인 다음 본보기로 곤장 열 대씩을 쳤다.

정오 무렵, 합격자 100명이 가려졌다. 이영남은 합격자들을 성적순으로 갑·을·병 세 등급으로 나눈 다음 이름과 나이, 직업, 부명(父名) 등을 자세히 적었다. 장정들은 나흘 동안 고된 시험을 치르느라 거의 탈진하였다. 지치기는 시험관이나 참시관, 녹명관들도 마찬가지였다. 사흘 밤낮을 별시에만 매달리느라 제대로 쉬거나 잠을 자지 못했다. 무사히 맡은 바 소임을 끝마쳤다고 생각하니 흡족했다. 장정들은 운주당 앞뜰에 옹기종기 모여서 최종 결과가 나오기만을 기다렸다. 이윽고 이영남이 장원을 발표했다.

"이번 별시 장원은 거제 사람 강덕수!"

뜰 가장자리에 서 있던 수염부리 사내가 앞으로 달려 나왔다. 구 척이 넘는 키에 힘이 철철 넘치는 장사였다. 이영남이 계속해서 등과자를 호명하려는데 갑자기 뒤뜰에서 나대용이 뛰어내려 왔다.

"장군! 어 조방장이……."

이순신이 눈을 질끈 감았다. 곁에 있던 이억기가 확인하듯 물었다.

"병사(病死)하였소?"

"그, 그러하옵니다."

이순신 몸이 휘청거렸다. 이억기와 나대용이 양쪽에서 이순신을 부축했다.

"녹명관! 계속 읽게."

이억기가 침착하게 말했다. 이영남은 다시 등과자 명단을 읽어 내려갔다. 그러나 이영남 마음은 장수들 부축을 받으며 나가는 이순신에게로 쏠려 있었다. 마침내 이영남은 함께 녹명관으로 일한 여도 만호 김인영에게 등과자 명단을 넘긴 후 득달같이 별채로 달려갔다. 나대용이 섬돌 위에서 이영남을 막아섰다. 절대 안정을 취하라는 의원 권고가 있었던 것이다. 이운룡이 다가와서 귓속말을 건넸다.

"통제사께서는 어젯밤에도 어 조방장에게 갔다는군. 혹시 병이 나 옮지 않았는지 걱정이오. 통제사까지 몸져눕는다면 그야말로 큰일이 아니겠는가?"

이영남이 고개를 세차게 가로저었다.

"이렇게 덧없이 쓰러지실 분이 아닙니다. 통제사는 하늘이 내셨어요. 지난 삼월에도 병을 이겨 내셨소이다."

이운룡은 냉정함을 잃지 않았다.

"하나 앞일은 누구도 예상할 수 없소. 방금 다녀간 의원도 돌림병일 가능성이 크다고 했고."

"그놈이 누굽니까? 누가 그런 허튼소릴 해요?"

이운룡이 눈을 부라리며 이영남을 나무랐다.

"조용히하오! 우선은 이 소식을 원 장군께 알리는 것이 급선무라오. 이억기 장군이나 구사직 장군께서도, 거제도 근해로 나가 있는 원 장군께 파발을 보내라고 방금 은밀히 내게 말씀하셨소. 그러니 소비포, 그대가 가 줘야겠소."

"왜 소장이 가야 합니까? 다른 사람을 보내면 아니 될까요?"

이운룡이 이영남을 노려보았다.

"통제영에서 거제까지 뱃길은 누구보다도 소비포 그대가 잘 알고 있지 않소? 그대가 늘 원 장군과 통제사의 연통을 담당했으니 이번에도 수고해 주시오. 다른 장수들도 모두 그대를 추천했다오. 지금 곧 떠나도록 하오."

섬돌 위에 서 있는 나대용과 눈길이 마주쳤다. 나대용 역시 속히 다녀오라며 오른손을 들어 보였다. 조방장 어영담이 죽은 게 문제가 아니었다. 자칫 잘못하다가는 삼도 수군을 통솔하는 통제사가 목숨을 잃을지도 모를 일이다. 만약을 대비해서 뒷일을 준비하는 것은 당연한 수순이었다. 통제사가 유고(有故)일 때는 삼도 수사들이 대책을 강구해야 한다.

十二, 원균, 홀로 분노에 갇히다

　이영남은 경쾌선에 몸을 실어 거제도 가배량 앞바다로 향했다. 갑자기 소나기가 쏟아지더니 파도가 거세어졌다. 산달도(山達島)와 추원도(秋元島) 사이를 지나자마자 날랜 군졸들을 먼저 가배량으로 보냈다. 심상치 않은 바다 기운이 마음을 더욱 불안하고 초조하게 했다.

　가배량 앞바다에 이르니 경상 우수영 판옥선 한 척이 빠르게 접근해 왔다. 이물에서 원사웅이 손을 흔들어 댔다.

　"형님!"

　이영남이 탄 경쾌선으로 건너온 원사웅이 반갑게 손을 맞잡았다. 원균이 경상 우수사로 내려온 후부터 원사웅은 이영남을 친형처럼 믿고 따랐다. 그러나 지금은 원사웅과 사사로운 정을 나눌 여유가 없었다.

"원 장군은 계시냐?"

"그렇습니다. 하나 오늘은 그냥 돌아가시는 게 좋을 듯합니다."

"무엇 때문이냐? 속히 원 장군을 통제영으로 모셔 가야 한다."

"형님! 형님께서 미리 보낸 전령들도 제가 다시 데리고 왔습니다. 아버님께서는 아직 형님이 가배량으로 오신 것을 모르시니 그냥 돌아가십시오. 통제영 소식이야 이억기 장군님 명을 받은 전령만 하나 남겨 두면 그만입니다. 지금 형님이 가배량에 내리면 아버지 칼에 죽습니다. 매우 진노하고 계십니다."

"원 장군이 날 죽인다고? 그 이유가 무엇이냐?"

원사웅이 어색한 웃음을 보였다.

"그거야……, 형님께서 더 잘 아시는 일 아닙니까? 어쨌든 지금은 상황이 좋지 않습니다. 잠시 몸을 피하셨다가 다른 날에 다시 오십시오."

이영남은 뜻을 굽히지 않았다.

"삼도 수군이 무너질지도 모르는 판국이야. 사사로운 앙금 때문에 일을 그르칠 수는 없어. 지금 꼭 원 장군을 뵈어야겠다."

원사웅은 여러 말로 이영남을 설득했으나 소용없었다. 순풍을 등에 업은 경쾌선이 더욱 빠르게 가배량으로 접근했다. 배에서 내린 이영남은 경상 우수영을 감싸며 펄럭이는 대오방기(大五方旗, 진 바깥쪽에 세우는 다섯 깃발. 곧 청룡기, 백호기, 주작기, 등사기, 현무기)를 잠시 바라보았다. 그러고는 원균 군막으로 지체 없이 달려갔다. 군막 앞에 서 있던 호위병들이 이영남을 막아섰다.

"비켜라! 내가 누군 줄 모르느냐? 소비포 권관 이영남이니라."

호위병 중 하나가 이죽거렸다.

"누군 줄 잘 알고 있습죠. 원 장군을 배신하고 통제영에 붙어먹은 소비포 권관이 아니오이까?"

"이놈이!"

이영남이 호위병 턱을 갈겼다. 다른 호위병들이 일제히 이영남에게 달려들었다. 뒤늦게 따라온 원사웅이 싸움을 말렸다.

"물러서! 이게 무슨 짓들인가?"

그제야 원균이 휘장을 걷고 천천히 밖으로 걸어 나왔다. 그 뒤를 우치적이 따랐다. 원균은 마당 한가운데 서 있는 이영남을 발견하고 도끼눈을 떴다. 이영남은 왼 무릎을 꿇고 인사를 건넸다.

"소비포입니다. 그간 안녕하셨사옵니까?"

원균이 벼락같은 명령을 내렸다.

"저놈을 묶어라! 곤장을 치리라."

호위병들이 달려들어 이영남을 포박했다.

"원 장군! 소장 말을 먼저 들어 보십시오. 촌각을 다투는 일이옵니다."

어느새 날비가 그치고 사포백홍(四抱白虹, 네 가닥의 반원으로 된 흰 무지개)이 해를 잠시 꿰뚫었다. 그리고 잠시 후 핏빛 노을이 서쪽 하늘을 물들이기 시작했다. 원균이 심문하기 시작했다.

"통제영에서 별시가 있었다지?"

이영남이 고개를 치켜들며 답했다.

"그러하옵니다. 지난 초엿새부터 오늘까지 과거를 치렀습니다."

"네놈도 물론 참여했으렷다?"

"녹명관으로 뽑혔습니다."

"호오, 녹명관이라! 하면 별시를 치르는 데 중추에서 역할을 했겠구먼."

"장군! 지금은 그 일이 중요한 것이 아니옵고……"

"닥쳐라! 묻는 말에 대답만 하렸다! 날 제쳐 두고 과거는 잘 치렀느냐?"

"장군을 제쳐 둔 것이 아닙니다. 장군께서 스스로 시험관을 거절하지 않으셨습니까?"

"그랬지. 내 분명히 시험관을 맡지 않겠다고 네게 일렀느니라. 하나 그것은 한가하게 삼도 수사들이 한산도에 모여 술잔치를 벌릴 시간이 없다는 뜻이었어. 왜놈들이 지척에 웅크리고 있는데 술이 목구멍으로 넘어가겠느냐? 한데도 이억기와 구사직은 사흘 전부터 통제영에 모여 술판을 벌였다지?"

"그것은 권 도원수께서 특별히 수군을 생각하셔서……"

원균이 코웃음을 쳤다.

"수군을 생각해서 술을 내렸다? 이영남, 이노옴! 아직도 정신을 못 차렸구나. 권 도원수가 어떤 사람인지는 네가 더 잘 알고 있는 않느냐? 도원수는 결코 수군을 위해 술을 내릴 위인이 아니다. 제 휘하 장졸들밖에 생각할 줄 모르는 좀생원이지. 진주성이 무너질 때도 뒷짐만 지고 있었느니라. 그렇다면 왜 술을 내렸겠는가? 왜군을 치지 않으려고 이 통제사와 뜻을 합치려는 수작이 아닌가. 나 원균을 막으려는 음모야. 제깟 놈들이 아무리 그래도 나는 부산포를 친다. 나는 꼭 부산포에서 왜놈들 피 맛을 봐야겠다. 도원수 아니라 그 누구라도 내 뜻을 꺾진 못해."

"아닙니다, 장군. 오해이십니다."

"오해? 아직도 통제사를 편드는 것이냐? 이영남! 내가 너를 좌수영에 보낸 까닭을 아느냐?"

"……"

"통제사에게 내 뜻을 분명하게 전하고 설득하기 위해 보낸 것이다. 한데 오히려 통제사에게 설득되어 나를 배신하고 경상 우수군을 배신했어."

이영남은 울분을 참을 수 없었다.

"원 장군! 장군께서 어찌 제게 이러실 수가 있사옵니까?"

이영남 머릿속에 원균과 함께 보냈던 행복했던 순간들이 스쳐 지나갔다. 갓밝이 공기를 가르며 검법을 배웠고, 밤을 꼬박 새우며 육진의 무용담을 들었으며, 남해 바다를 함께 누비면서 맹장의 진면목을 확인했다. 이제는 그 모두가 끝이었다. 원균은 더 이상 자신을 신뢰하지 않았다. 두 눈이 뻘게지더니 볼을 타고 눈물이 주르륵 흘러내렸다.

"장군! 차라리 소장 목을 베십시오. 하나 먼저 한 말씀만 들으십시오. 이 통제사 병환이 중하십니다. 오늘 오후에 조방장 어영담이 돌림병으로 죽었사온데 그 직후 통제사께서 혼절하셨습니다. 급히 통제영으로 가셔야만 합니다."

"닥쳐라! 저놈이 또 나를 기망하려 드는구나. 매우 쳐라!"

"예이!"

퍼억퍽, 살이 찢어지고 피가 튀었다. 곤장을 치는 군졸들의 양손에 더욱 힘이 실렸다. 이영남은 아랫입술을 힘껏 깨물었지만 고통을 참을 수 없었다.

"아악!"

원균이 짧게 명령했다.

"그만!"

스무 대도 넘게 곤장을 맞고 축 늘어진 이영남 얼굴에 찬물을 끼얹었다. 원균은 싸늘한 음성으로 말했다.

"나는 이 통제사를 잘 알아. 육진에서도 약골인 것처럼 행세했지만 전쟁터에서는 언제 아팠냐는 듯이 싸우곤 했지. 이번에도 또 노림수가 있는 게야. 새로 뽑은 장수들 백 명을 거느리고 부산포를 치자는 제안을 하기 전에 앓아누워 버린 게지. 한 열흘만 지나면 이 통제사는 아무렇지도 않게 툴툴 털고 일어날 것이고 그땐 또 내게 술이나 한잔 하자며 청하겠지. 이영남, 이놈아! 제발 정신을 차려라. 이 통제사 꼭두각시 노릇을 그만두란 말이다. 아직도 무엇이 참이고 거짓인 줄 모르겠느냐? 누가 너를 지켜 줄 장수이고 누가 너를 이용할 장수인 줄 구별하지 못하겠어? 바보 같은 놈!"

이영남이 힘에 겨운 듯 겨우 고개를 들었다.

"통제사를 향한…… 노, 노여움을 푸십시오. 장군! 통제사 마음, 마음을 헤아리십시오. 통제사께서는 늘…… 장군을 위하고 계십니다."

"도저히 안 되겠구나. 옛정을 생각해서 곱게 다루려 했는데 끝까지 통제사 편을 들다니. 오늘로 너와 나의 인연은 끝이니라.

또다시 경상 우수영을 넘본다면 왜놈 간자와 똑같이 취급하여 목을 베겠다. 에잇! 저놈이 잘못을 인정할 때까지 매우 쳐라!"

"예이!"

군졸들이 다시 곤장을 휘둘렀다. 이영남은 고통을 이기지 못하고 끝내 정신을 잃고 말았다.

우치적은 혼절한 이영남을 자신의 판옥선으로 옮겨 실었다.

"소비포! 왜 그렇게 매를 버는 짓을 하는 겐가?"

우치적은 엎드려 끙끙 앓고 있는 이영남을 안쓰러운 듯 바라보았다.

"소장……은 통제사의 부름에 따랐을 뿐이오이다. 진중 과거 시험에 녹명관으로 일하는 것이…… 어찌 잘못이란 말입니까?"

"원 장군도 시험관으로 나아가지 않는데 경상 우수군에 속한 소비포가 녹명관으로 갔으니 문제가 된 것일세."

"소, 소장은 경상 우수영의 장수이기에 앞서 조선 수군의 장수입니다. 앞으로도 통제사의 명을…… 받들 것이외다."

"소비포가 그런다고 통제사가 우릴 거들떠보기라도 하겠는가? 원 수사와 반목이 큰 만큼 경상 우수영 장수들도 탐탁지 않게 여기고 있겠지. 나도 작년에 몇 번 부름을 받고 전라 좌수영에 다녀온 적이 있어. 따뜻한 환대를 받긴 했으나 그게 어떻게 통제사의 본심이겠는가?"

이영남이 고개를 들고 우치적과 눈을 맞추었다. 그리고 피딱지가 앉은 입술을 혀로 한 번 훑은 다음 말했다.

"통제사께서는 우 만호를 크게 칭찬하셨소이다."

"나를?"

"녹도 만호 정운이 부산에서 장렬하게 전사하였으니 이제 조선 수군에서 돌격장을 맡아 선봉에 설 장수는 영등포 만호 우치적 뿐이라 하셨소이다. 통제사의 진심을 깊이 유념하십시오."

우치적의 두 눈이 왕방울만큼 커졌다. 놀라움 속에 어느샌가 자신을 알아준 통제사에 대한 고마움이 눈물로 고였다. 이영남은 그 눈물을 보며 정신을 잃었다.

멀리서 끼룩 끼루룩 울어 대는 갈매기 떼가 보였다. 흰 물보라를 일으키며 거대한 파도가 갈매기 떼를 따르고 있었다. 색색 물고기들이 동시에 수면으로 튀어 올랐다. 겹겹이 늘어선 섬 사이로 고기잡이배들이 숨바꼭질했다. 아픔이 느껴지지 않았다.

갑자기 고막을 찢을 듯한 굉음과 함께 머리를 풀어헤친 사내가 동쪽 하늘 끝에서 나타났다. 사내는 서쪽 하늘로 미친 듯이 달렸다가 다시 뒤돌아 동쪽 하늘을 향해 달려가기를 반복했다. 헝클어진 머리카락 때문에 얼굴을 확인할 수 없었다. 정신없는 질주에 넋을 잃고 있을 때 누군가가 왼쪽 어깨를 짚었다. 뒤돌아보지 않았지만 이영남은 그 사내가 누구인지 알 수 있었다. 뒤에서 왼 어깨를 짚으며 이야기를 푸는 사람은 어영담뿐이다. 이영남은 손을 들어 그때까지도 질주하는 사내를 가리켰다.

"저 사람이 누구죠?"

어영담은 특유의 넉살 좋은 웃음을 흘린 뒤 대답했다.

"허허허허! 누구긴 누구야, 미친놈이지. 어떤 날은 제 마누라를 잃어버렸다고 달리고, 그 다음 날은 제 이름을 잃어버렸다고 달리고, 또 그 다음 날은 제 나이를 잃어버렸다고 달린다네. 매일 달려도 잃어버린 것을 찾을 수 없는데도 말이야. 나 같으면 그냥 자빠져서 잠이나 자겠네. 아등바등 오간다고 무슨 뾰족한 수가 있겠는가. 자네도 이참에 마음을 정하게. 왔다갔다할수록 자네만 미친놈 취급을 받는 거야. 지금까지 자네가 공들여 쌓아온 탑들이 다 무너지는 게지. 아무도 자넬 붙잡지 못하네. 설령 자네 어머니라고 해도 말일세. 더 이상 질주하지 말고 정착해. 그게 우리네 인생이지, 알겠는가?"

"차라리…… 어 조방장을 따르면 안 될까요?"

어영담이 등을 찰싹 때렸다.

"늙은이 앞에서 못하는 소리가 없군. 죽음과 어울려 놀 마음이 생기면 그때 오게나. 죽는 게 두려울 땐 열심히 살아야지. 안 그런가? 허허허허."

十三, 장문포 혈전

갑오년 시월 일일 어둑새벽.

거제도 장문포(場門浦) 앞바다에는 조선 수군들이 탄 판옥선과 협선이 깔려 있었다. 전라 우수사 이억기와 경상 우수사 원균의 연합 함대였다. 두 사람은 장문포에 정박한 왜 선단을 치라는 도체찰사 윤두수 명을 받고 이곳으로 왔다. 왜적은 장문포 모래사장에 군선을 정박하고 뗏목으로 방책을 친 후 꼼짝도 하지 않았다. 삼도 수군 통제사 이순신은 구월 이십구일 장문포 앞바다 전투를 지휘한 후 칠천도로 물러났지만 원균과 이억기는 그대로 장문포 앞바다에 머물렀다. 겁먹은 왜군들은 배를 타고 바다로 나와 싸울 생각을 하지 못했다. 날이 밝자마자 이억기가 원균이 탄 지휘선으로 왔다.

"원 장군! 적을 치는 일이 쉽지 않겠습니다. 도대체 바다로 나오지 않으니."

"놈들이 오지 않는다면 우리가 먼저 상륙합시다."

원균이 잘라 말했다. 이번 기회를 놓칠 수 없었다.

명나라와 왜국의 강화 회담을 지켜보자던 방침이 바뀐 것은 지난 팔월, 홍주에 있던 분조가 한양으로 돌아가면서부터였다. 도원수 권율을 지지하던 광해군이 상경한 후 하삼도 군권은 도체찰사 윤두수 수중으로 들어갔다. 그때부터 윤두수는 원균에게 밀서를 보내 결전을 준비시켰고, 김덕령 곽재우 등 의병장들에게 수군과 합동으로 거제도에 상륙할 채비를 갖추라고 일렀다. 드디어 구월 초 도체찰사 책임 아래 왜선을 격퇴하라는 어명이 내려왔다.

원균은 고개를 돌려 칠천도 쪽을 바라보았다. 아직 이순신 함대는 모습을 보이지 않았다. 저도 모르게 긴 한숨이 흘러나왔다.

"이 수사! 좀이 쑤시지 않소? 우리가 왜선을 통쾌하게 격파한 적이 언제였소?"

이억기가 맞장구쳤다.

"그러고 보니 참으로 오래되었습니다. 통제사와 원 장군을 모시고 함께 싸웠던 임진년 해전들도 벌써 희미한 옛 기억이 되어 가는군요."

원균이 고개를 끄덕였다.

"그렇소. 하나 우리는 이곳 장문포에서 또 한 번 대첩을 이룰 것이오. 거제도 왜군을 몰아내고 나면 곧 가덕도 왜군을 칠 수 있을 것이고, 그 다음에는 부산포로 진격하는 일만 남소. 왜장들 수급을 거두어 주상 전하의 한과 설움을 씻어 드립시다. 육진에서처럼만 싸우면 쉽게 승리할 수 있을 것이오. 그땐 여진족 백 명과 우리 군사 한 명의 싸움이 아니었소? 그래도 우린 이겼소."

감회에 어린 듯 이억기 목소리가 촉촉하게 젖어 들었다.

"그랬지요. 그땐 정말 모든 것을 잊고 오직 이기겠다는 일념만 으로 싸웠소이다. 지금 생각해도 참으로 자랑스러운 나날이지요."

원균이 기회를 놓치지 않았다.

"통제사는 장문포 왜적들을 몰아낼 생각이 없는 듯하오. 권 도 원수도 마찬가지인 것 같고. 시간을 끌다가는 적이 내습할지도 모르오. 그러니 우리만이라도 김덕령, 곽재우와 힘을 합쳐 적을 밀어붙이는 것이 어떻겠소?"

이억기가 이의를 제기했다.

"통제사와 도원수를 그리 말씀하지 마십시오. 이번 전투에서 주장(主將)은 어디까지나 권 도원수이십니다. 또한 해전은 이 통제사 군령을 따라야 합니다. 우리끼리 임의로 처결할 수 없소 이다."

원균이 바짝 당겨 앉으며 이억기 얼굴을 뚫어져라 쳐다보았다. 원균 눈은 육진에서 종종 출몰하던 백두산 호랑이 눈 같았다. 이 억기는 헛기침을 하며 그 눈길을 피했다.

"나 원균이 목숨을 걸겠소. 이 수사는 뒤를 따르기만 하시오. 도와주오."

잠시 침묵이 흘렀다. 이억기가 갸름한 턱을 치켜들며 답했다.

"아니 됩니다. 소장은 통제사 군령을 따르겠소이다."

"이 수사!"

"원 장군께서 먼저 이 통제사께 화해를 청하십시오. 조선 수군을 대표하는 두 장수가 다투어서야 어찌 승리를 거둘 수 있겠소이까? 통제사의 곧은 인품이야 원 장군도 잘 알지 않습니까? 원 장군께서 먼저 굽히십시오."

원균이 혀를 끌끌 찼다.

"이제 보니 이 수사 그대도 싸우기를 원치 않는구려. 그렇다면 좋소. 지금이라도 당장 통제사에게 돌아가시오. 나 혼자서라도 왜놈들과 대적하겠소. 거제도는 경상 우수영 관할이니 전라 우수사가 끼어들 까닭이 없지. 이곳까지 와서 죽을 이유가 없어."

"무슨 말을 그렇게 하십니까?"

이억기가 화를 벌컥 내며 자리에서 일어섰다. 그대로 자기 배로 돌아갈 기세였다. 그 순간 기효근이 급히 달려와서 아뢰었다.

"통제사 전령이 오고 있사옵니다."

"오려거든 직접 올 일이지 전령은 무슨 전령이야?"

원균이 짜증을 냈다. 전령을 실은 통제영 경쾌선이 빠르게 원균이 탄 판옥선으로 접근했다. 소비포 권관 이영남이 이물에 서 있었다.

'소비포!'

원균 눈에서 불똥이 튀었다. 이영남은 지난번에 맞은 곤장으로 두 달 넘게 병석에 누워 있었다. 그런 이영남을 전령으로 보낸 것은 아직도 불편한 그 걸음걸이를 보고 지난 일을 반성하라는 뜻이 담겨 있었다.

몰라보게 야윈 이영남이 지휘선으로 건너왔다. 이억기가 걱정스러운 듯 물었다.

"괜찮소? 아직 누워 있어야 할 터인데."

"원 장군께서 오래전에 말씀하시길 장수가 있을 곳은 전쟁터라고 하셨지요. 소장은 그 말씀을 따를 뿐입니다."

원균은 숨이 턱 막혀 왔다.

'이따위 비아냥거림도 이순신에게 배운 것이더냐.'

이영남은 그가 가장 아끼고 위하던 경상 우수영 장수였다. 한데 이제 이순신 전령이 되어 이순신 말투까지 흉내 내고 있다. 원균은 이영남이 내민 서찰을 낚아챘다.

　　전라 우수사와 경상 우수사 보시오.
　　나는 충청 수사와 함께 영등포로 가오. 속히 뒤를 따르시오.

"군령을 따르겠다고 전하라!"

이영남은 아무 말도 덧붙이지 않고 휑 하니 돌아섰다. 원균은 표표히 멀어지는 경쾌선을 보며 자신도 모르게 한숨을 내쉬었다. 눈에 넣어도 아프지 않은 아들을 잃은 기분이었다.

시월 일일과 삼일, 조선 수군은 계속 왜군을 바다로 끌어내려 노력했다. 그러나 왜군은 겁을 내어 해안에 배를 대 놓고 나아올 줄을 몰랐다. 칠천량에서 밤을 지낸 이순신은 시월 사일 새벽 이억기, 원균, 충청 수사 이순신(李純信)과 의병으로 합류한 호익 장군(虎翼將軍) 김덕령, 홍의 장군 곽재우를 불러 모았다.

둥둥둥둥.

결전을 알리는 북소리와 함께 김덕령과 곽재우를 태운 판옥선이 이순신이 있는 지휘선으로 다가왔다. 이순신이 반갑게 두 사람을 맞아들였다. 김덕령은 스물여덟 살로 동안(童顔)이었지만 키가 구 척에 힘이 장사였다. 분조에 가서 광해군으로부터 직접 호익 장군이란 군호까지 받은 그가 이번 전투에 참여하는 의병의 주장(主將)이었다. 부장(副將)으로 참가한 곽재우는 홍의 장군이란 별명답게 붉은 두루마기를 입고 있었다. 불혹을 넘긴 나이에도 사흘 밤낮 쉬지 않고 말을 달리는 체력을 지녔다. 키는 크지 않았으나 짙은 눈썹 아래 안광(眼光)이 남달리 형형했다. 이순신이 먼저 김덕령과 곽재우를 보고 말했다.

"세 차례나 장문포에 있는 왜군을 공격했으나 물러나 숨을 뿐 싸우려고 하지 않소. 오늘은 상륙해서 숨어 있는 적을 섬멸합시다. 군선들이 좀 더 해안 가까이 접근하여 총통을 쏘겠으니 두 분은 의병들을 거느리고 상륙하오."

원균이 헛기침을 두 차례 뱉어 이목을 끈 후 이순신 말을 자르고 끼어들었다.

"자, 이제 때가 왔소. 의로운 군사들이 섬나라 오랑캐를 싹 쓸어버릴 절호이니 하늘의 뜻을 좇아 반드시 왜적을 섬멸하도록 합시다. 우선 판옥선과 협선들이 좌우로 벌려 서서 적이 뗏목으로 방책을 세운 이리로 접근하겠소. 뗏목과 최대한 가까운 양쪽 만에 배를 댈 테니 김 장군과 곽 장군은 즉시 의병을 이끌고 상륙하시오."

원균 역시 이순신처럼 본격적인 수륙 합공책을 낸 것이다. 곽재우가 침착하게 물었다.

"왜놈들이 조총이나 대포를 쏘지는 않겠소이까?"

곽재우는 수기치인(修己治人)과 출처의리(出處義理)를 중시하는 남명(南冥) 조식(曺植)의 외손서(外孫壻)로 문무에 두루 능한 위인이었다. 전투 전체를 읽어 내는 안목을 지녔고, 각 전투마다 왜적을 제압할 수 있는 다양한 전술을 선보였다. 섣불리 나아가 적을 치기보다 물러나서 기회를 엿보는 것이나 필승할 자신이 서고서야 군사들을 이끄는 성품이 통제사 이순신과 닮았다.

"걱정 마시오. 총통들을 모조리 발사하여 엄호하겠소."

원균이 자신만만하게 대답했다. 김덕령이 거들먹거리며 원균을 거들었다.

"곽 장군, 너무 걱정 마시오. 내가 선봉에 설 터이니 곽 장군은 내 뒤만 따르시오."

곽재우 표정이 싸늘해졌다. 나이가 한참이나 아래인 김덕령이 주장이고 자신이 그 휘하 부장이라는 것이 처음부터 마음에 들지 않았다.

"왜군들은 방책까지 쌓은 언덕 위에서 아래를 내려다보며 조총을 쏠 것이외다. 잘못하면 크게 당할 수도 있소."

원균이 곽재우를 다독거렸다.

"곽 장군 말씀이 옳아요. 신중함을 잃어서는 아니 되오. 하나 너무 걱정 마시오. 그대들이 상륙하면 나도 곧 뒤를 따르겠소."

"우수사께서 직접 상륙하시겠다 이 말씀이십니까?"

곽재우가 확인하듯 물었다.

"그렇소. 경상 우수군은 남김없이 장문포에 내릴 것이오. 그러니……"

충청 수사 이순신(李純信)이 원균 말을 잘랐다.

"조선 수군이 상륙할 것인가 말 것인가 하는 명령은 통제사께서 내리시는 겁니다. 경상 우수사가 마음대로 할 일이 아닙니다."

원균이 눈을 번뜩이며 충청 수사를 노려보았다.

"감히 내게 시비를 거는 것인가?"

"시비가 아닙니다. 조선 수군은 그 누구든 통제사 군령에 따라 움직여야 합니다."

분위기가 얼음장처럼 차갑게 식었다. 김덕령과 곽재우는 두 눈을 끔벅이며 통제사 이순신과 경상 우수사 원균을 차례차례 살폈다. 두 장수가 다투고 있다는 풍문은 의병들에게까지 퍼져 나가고 있었다. 이순신이 좌중을 둘러보며 입을 열었다.

"곽 장군 말씀대로, 쉽지 않은 전투가 될 겁니다. 의병들이 조총과 왜검에 겁을 먹지 않도록 각별히 용기를 북돋아 주십시오. 조선 수군 중 일부 장졸도 해안에 내리도록 하겠소이다. 경상 우수사가 자원하였으니 장졸을 이끌고 가오. 나는 중군을 맡아 후방을 든든히 지키리다."

원균은 거 보라며 충청 수사에게 오른 주먹을 들어 보였다.

"왜놈을 싹 쓸어버립시다. 소장이 선봉에서 달려가겠소."

김덕령이 주먹을 쳐들어 화답한 후 자리를 떴다. 곽재우는 다시 한 번 해도를 꼼꼼히 쳐다보며 질문을 던졌다.

"퇴로는 어딥니까?"

원균 얼굴이 크게 일그러졌다.

"퇴로라니? 우리가 패하기를 바라는 것이오?"

"하나 만약을 대비해서……"

원균이 핀잔을 주었다.

"배에서 내려 왜놈들과 맞서다가 물러설 일이 있으면 다시 배로 돌아오면 그만이오. 장군은 그것도 모르시오?"

곽재우가 원균을 쏘아보았다.

"곧이곧대로 물러서서는 아니 되오이다. 조총은 가공할 무기요. 우왕좌왕 후퇴하다가는 쏟아지는 탄환에 몰살당하기 십상이오."

이순신이 곽재우 편을 들었다.

"곽 장군 말씀이 옳소. 둔덕을 끼고 배를 비스듬히 대어 부챗살을 펴듯 군사들이 이동하는 게 좋을 듯하오."

원균이 시큰둥하게 대답했다.

"좋을 대로 하시오. 어차피 오늘 해가 넘어가기 전에 장문포는 우리 차지가 될 테니까."

장수들이 모두 떠난 후 충청 수사가 물었다.

"원 수사를 그냥 두면 아니 되겠습니다. 자기가 통제사라도 된 양 큰소리를 치는군요. 왜 원 수사가 상륙하는 것을 허락하셨습니까?"

이순신이 답했다.

"지금은 장문포 왜군을 패퇴시키는 것이 더 급하다. 월권은 전투가 끝난 후에 따져도 늦지 않아. 의병장들까지 모인 자리에서 조선 수군이 찢어져 다투는 모습을 보여야 하겠나."

마침내 출정을 알리는 북소리가 드높게 울려 퍼졌다.

김덕령이 이끄는 의병을 실은 경상 우수영 군선들이 앞장을 서고, 곽재우가 이끄는 의병을 실은 전라 우수영 군선들이 그 뒤를 따랐다. 장문포 입구에 진 친 뗏목들이 시야에 들어오자 하늘을 뚫을 듯한 괴성을 울리며 천자총통, 현자총통, 지자총통이 일제히 불을 뿜었다. 포탄이 흙먼지를 일으키며 양쪽 언덕으로 날아갔고, 곧이어 화살이 빗발치듯 쏟아졌다.

의병들은 구 척 장신 김덕령을 필두로 판옥선이 해안에 닿기도 전에 바다로 뛰어들었다. 수군들이 환호성을 지르며 그 기운을 북돋웠다. 곽재우가 이끄는 의병들도 뒤따랐다. 모래사장을 달려 솔숲으로 뛰어들 때까지 왜군은 보이지 않았다.

"이상하오이다, 장군! 아무 저항도 없습니다."

기효근과 우치적이 꺼림칙한 표정으로 말했으나 원균은 그 염려를 간단히 무시했다.

"겁먹은 모양이지. 자, 우리도 상륙한다. 상륙!"

갑옷과 투구를 고쳐 쓴 원균이 배에서 내렸고 첩개(貼箇, 화살통)와 활을 어깨에 두른 궁수들이 우르르 뒤를 따랐다. 원균이 이끄는 궁수들 500여 명이 솔숲으로 들어서는 것과 동시에 장문포 왼쪽 언덕에서부터 총성이 들려왔다. 소나무로 완전히 뒤덮인

곳으로, 천자총통에서 발사된 포탄도 미치지 못할 만큼 거리가 멀었다. 조총 탄환도 원균이 상륙한 곳까지는 이르지 못했다.

"겁먹지 마라. 저 총탄은 참새 한 마리도 잡지 못하느니라. 돌격!"

원균은 총성을 듣고 뒷걸음질치는 군사들을 독려했다. 바로 그 순간 오른쪽 언덕에서 감여(堪輿. 하늘과 땅)를 뒤흔드는 대포 소리가 연달아 터져 나왔다. 왼쪽에서 조총으로 시선을 끈 후 오른쪽에 숨겨 두었던 대포를 발사한 것이다. 순식간에 솔숲은 아수라장으로 변했다. 조선 장졸들이 측면에서 날아오는 포탄을 피해서 이리저리 몸을 놀리는 사이, 칼을 빼어 든 왜병들이 수풀에서 불쑥 모습을 드러냈다. 활로 맞서기에는 너무 가까운 거리였다. 왜병들이 칼을 휘두르며 달려들자 의병과 궁수들이 추풍낙엽처럼 쓰러졌다.

"퇴각, 퇴각하라!"

곽재우가 후퇴 명령을 내렸다. 원균이 더욱 큰 소리로 외쳤다.

"물러서지 마라. 두려워 마라!"

그러나 왜검에 놀란 의병들은 해안을 향해 달아날 뿐이었다. 우치적과 기효근이 원균 팔을 붙들고 늘어졌다.

"장군! 속히 배에 오르십시오. 이대로 있다간 목숨이 위태롭습니다."

"우선 솔숲을 벗어나야 하오이다. 곳곳에 왜놈들 암수(暗數)가 가득해요. 어서 몸을 피하십시오."

원균은 눈을 크게 뜨고 솔숲을 훑어보았다. 기효근 말대로 솔숲은 적들이 만들어 놓은 거대한 함정이었다. 곳곳에 웅덩이가 패었고 곰이나 노루를 잡는 덫이 깔려 있었다. 왜병들은 공중 그네를 즐기는 원숭이 무리처럼 칼을 휘돌리며 자유롭게 솔숲을 획획 옮겨 다녔다.

원균이 정신없이 솔숲을 벗어나 모래사장을 가로지르는 동안에도 왜병들은 솔숲에 숨어 계속 조총을 쏘아 댔다.

잠시 배로 돌아와 숨을 돌린 원균은 김덕령, 곽재우에게 연통을 넣어 다시 상륙했다. 그러나 나아가는 것이 더욱 더뎠다. 총소리만 들려도 의병들은 몸을 움츠리며 주저앉았다. 해가 뉘엿뉘엿 지기 시작하자 이순신은 칠천량으로 물러나라는 명령을 내렸다. 힘껏 싸웠으나 매복한 왜군을 섬멸할 수는 없었던 것이다.

며칠 더 장문포를 살피던 조선 수군은 시월 팔일 한산도로 귀영했다. 다른 수군에 비해 장문포에서 큰 전공을 세우고 싶었던 원균과 경상 우수군은 더욱 지치고 힘이 들어 보였다.

十四, 군왕의 의심은 점점 자라고

갑오년 시월 이십구일 밤. 대청에서 퇴궐 준비를 서두르던 영의정 류성룡은 편전과 동궁으로부터 동시에 의논할 일이 있으니 퇴궐하지 말고 속히 오라는 전갈을 받았다. 류성룡은 지친 내색도 않고 먼저 편전으로 향했다.

몸이 열 개라도 모자랄 지경이었다.

조정이 환도한 직후에는 불타 버린 궁궐을 대신하여 월산대군 (月山大君)과 양천 도정(陽川都正) 이성(李誠)의 옛집을 중심으로 선조가 묵을 행궁(行宮)을 꾸미느라 바빴다. 그런 뒤엔 군사들을 체계적으로 양성할 훈련도감(訓練都監)을 설치하고 장정들과 그들을 훈련시킬 장수들을 직접 선발하였다. 그뿐만 아니라 심유경과 고니시 사이의 강화 내용을 알아내기 위해 계속해서 간자를 부산포에 파견했으며, 명군 비위를 맞추기 위해 군량미와 옷, 때로는 무기까지 구하러 뛰어다녔다. 그에 더하여 이순신과 원균의 반목이 날이 갈수록 심해지고 보니 이제 대신들도 공공연하게 두 사람을 모두 쫓아낸 후 새로운 인물로 수군을 이끌자고 주장했다. 류성룡은 이 모든 일에 직접 개입하고 있었다. 새벽에 등청하자마자 시작된 공무는 밤이 늦도록 끝날 줄을 몰랐다.

"아뢰어 주게."

대전 내관 윤환시가 류성룡 얼굴을 빤히 쳐다보며 기분 나쁜 웃음을 흘렸다.

"영의정 입시이옵니다."

"들라 하라."

선조는 읽고 있던 서책을 덮고 옥잔에 담긴 냉수로 목을 축였다. 몸에 열이 있는지 밤만 되면 갈증이 더했다.

"좌상 일을 의논하기 위해 영상을 불렀다."

선조는 곧바로 본론을 꺼냈다. 류성룡도 이미 예상했던 일이다. 사헌부, 사간원, 홍문관 대간들은 별 성과 없이 끝난 장문포 전투 책임을 물어 윤두수를 파직하라는 상소를 지난 이십일일부터 하루가 멀다하고 올리고 있었다. 류성룡은 이십삼일 비변사에서 이 상소들을 검토한 후 그 책임을 좌의정 윤두수에게만 물을 수 없다는 뜻을 밝혔다. 그러나 대간들은 윤두수가 독단으로 일을 벌여 거제도에서 크게 패했다며 뜻을 굽히지 않았다.

"그 일이라면 오늘 오시에 이미 살피지 않으셨나이까?"

점심을 먹기 전에 윤두수에 관한 논의가 있었던 것이다. 그 자리에서 류성룡은 문관 출신 도체찰사가 반드시 필요하다는 것,

도원수 권율 혼자서는 하삼도 관군과 의병들을 적절하게 지휘할 수 없다는 것 등을 지적했다.

"그때 영상은 제대로 의견을 내지 않았다. 과인은 영상 속마음을 듣고 싶다. 말해 보라. 좌상을 어찌해야 하겠는가?"

"……"

'전하께서는 내게 어떤 말을 듣기를 원하시는 것일까?'

류성룡은 어디서부터 이야기를 풀어야 할지 갈피를 잡지 못했다. 선조는 답답한 듯 고개를 들며 눈을 꾸욱 감았다.

"시월 팔일에 올라온 경상 우수사 장계에 따르자면, 이순신과 권율이 장졸들을 제대로 통솔한 것 같지 않다. 영상은 원균이 올린 장계를 읽고 이상한 점을 발견하지 못했는가? 그동안 올라온 이순신 장계에는 원균이 늘 전공을 탐내면서도 연합 함대 후미에서 관망만 하였다고 되어 있다. 한데 이번에 원균 장계를 보니, 원균이 선봉에서 싸웠고 오히려 이순신이 미적거린 듯하다. 도대체 어느 게 실상인가? 만약 원균 장계대로 이순신이 이렇게 행동했다면 어명을 어긴 것이다. 어명을 무시하는 장수는 결단코 살려 둘 수 없다."

류성룡은 이마에서부터 팥죽 땀이 흘러내렸다.

'살려 둘 수 없다? 이순신을 잡아들이기라도 하시겠다는 것인가?'

"이순신과 원균 둘 다 조선 수군에 꼭 필요한 장수이옵니다."

"영상! 다시 말해 보라. 장문포를 친 것 자체가 잘못인가? 지난 이십삼일 비변사에서 낸 글을 보니, 육지에 둔거하고 있는 적은 쉽게 움직일 수 없으므로 거제에 있는 왜적부터 번갈아 교란하여 물리친 후에 부산포까지 해로(海路)를 뚫는 것이 옳은 일이라고 하지 않았는가?"

"그러하옵니다. 장문포를 치는 것은 결코 잘못된 일이 아니었사옵니다. 한산도에 결집한 수군 장수들은 원수를 갚을 결심을 하고 하루하루 최선을 다하고 있으나, 왜군은 극히 험한 곳에 소굴을 만들어 웅거하며 전투를 피하옵니다. 적을 알고 나를 알면 백 번을 싸우더라도 위험에 빠지지 않을 터인데, 전황을 충분히 살피지 못한 것이 잘못이옵니다."

선조가 집요하게 따지기 시작했다.

"전황을 살피지 못했다? 누가 전황을 살피지 못했단 말인가? 윤두수인가?"

"좌상은 명령만 내렸을 뿐 실제 전황은 몰랐을 것이옵니다."

"하면 고성에 틀어박혀 나오지 않은 권율인가? 수군을 이끌고 나아간 이순신인가? 장문포에 상륙 작전을 편 김덕령, 곽재우인가?"

"전투를 관장한 장수는 도원수 권율이니 가장 책임이 크옵니다. 다음으로는 군선들을 일사불란하게 지휘하지 못한 수군 통제사 이순신에게도 책임이 있사옵니다."

"원균은?"

"상륙 작전에 성공하지 못한 경상 우수사 원균에게도 책임이 있사옵니다."

"나서서 싸운 자에게도 책임이 있고 물러나서 살핀 자에게도 책임이 있다면, 영상이 말하는 그 전황을 충분히 살핀다는 게 도대체 무엇이란 말인가?"

류성룡은 할 말을 잃었다. 쏟아지는 질문은 류성룡을 벼랑 끝으로 내몰았다.

'윤두수가 벌을 받아야 한다면 권율이나 이순신도 그냥 둘 수 없다고 생각하시는 것일까? 아니 될 일이다. 권율과 이순신이 물러나면 전라도 방어선은 무너지고 만다.'

"전하! 지금까지 수군이 거둔 승첩에 비하자면 이번 장문포는 지극히 작은 일이옵니다. 중벌을 기다리는 저들을 격려하여 주시옵소서."

"그냥 묻어 두고 지나가잔 말인가?"

"그러하옵니다."

선조는 잠시 말을 끊고 생각에 잠겼다. 잘잘못을 가리기 힘들 때는 감싸고 지나가는 것도 방편이다. 그러나 장문포 패전이 명나라에까지 소식이 전해졌으니 그 책임을 묻지 않을 수 없다.

"대간들이 벌써 아흐레나 계속 상소를 올리고 있다. 이를 그냥 덮어 두는 것은 옳지 않다. 좌상에게 책임을 물을 수밖에 없다."

"좌상을 내치셔서는 아니 되옵니다. 좌상은 몽진을 이끌었고 흩어진 조정 공론을 하나로 모은 공이 크옵니다."

류성룡은 윤두수의 굳게 다문 입술과 날카로운 눈빛을 그렸다.

환도를 마친 조정은 분란 조짐이 보이기 시작했다. 동인과 서인의 갈등에 더하여 동인이 다시 남북으로 갈라졌다. 이산해를 중심으로 뭉친 북인(北人)은 서인을 조정에서 몰아낸 후 당장 부산포를 치자는 입장이었고, 류성룡을 중심으로 모인 남인(南人)은 서인과 협력하고 국정을 안정시킨 다음 왜와 명나라의 강화 회담을 천천히 살피면서 앞날을 계획하자는 입장이었다. 윤두수가 삭탈관직을 당해 위리안치(圍籬安置)라도 된다면 서인은 한순간에 무너질 수 있다. 그렇게 되면 명분을 앞세우는 북인 세력이 힘을 얻어 걷잡을 수 없는 일이 벌어지리라.

"내치지 마라? 하면 그대로 좌의정에 앉혀 두란 말인가?"

"아니옵니다. 마땅히 좌의정과 도체찰사 직은 거두셔야 하옵니다. 하나 비변사에 참여할 수 있고 조정 대소사를 살필 수 있는 벼슬을 새로 제수하시옵소서."

"품계를 낮추어서 과인 가까이에 두란 말인가?"

"그러하옵니다. 도체찰사 경륜을 살려 군정과 군기를 관장할 수 있는 종일품 판중추부사가 적당할 듯하옵니다."

선조도 윤두수를 내칠 뜻은 없었다. 류성룡이 일을 부지런히 찾아서 하는 신하라면, 굵직굵직한 일을 과감하게 추진하는 신하가 윤두수였다. 두 사람 중 하나라도 없으면 조정이 제대로 움직일 것 같지 않았다. 정일품 좌의정에서 종일품 판중추부사로 품계를 낮추면 패전 책임을 묻는 것도 되고 여전히 군정(軍政)을 살피게 하여 지난날 과오를 씻을 기회를 주는 것이니 일거양득이 아닐 수 없었다.

"권율은 어떻게 한다?"

"부족한 점이 많사오나 지금 우리에겐 그만한 장수가 없사옵니다."

"이순신과 원균은?"

"두 사람 역시 꼭 필요한 장수들이옵니다."

"이순신과 원균도 그냥 두란 말인가? 참, 영상은 두 사람과 어린 시절부터 함께 어울렸다고 했던가?"

"그, 그러하옵니다."

"그렇다면 두 사람에 대해 누구보다도 잘 알겠구나. 세상 소문처럼 그 둘이 서로 상극인가?"

"두 사람 품성과 전략이 다른 것은 사실이옵니다. 하나 전하에 대한 충성심은 모두 바위처럼 단단하고 바다처럼 깊사옵니다."

"이순신을 정읍 현감에서 전라 좌수사로 보낸 것은 영상이 천거했기 때문이다. 과연 이순신은 임진년에 힘써 싸웠다. 하나 지금은 수군 통제사가 된 지 일 년이 넘었는데도 작은 승리 하나 거두지 못하고 있다. 벼슬에 만족하여 전의를 상실한 것은 아닌가? 원균이 이순신에 버금간다고 하니 한번 그 자리를 바꾸어 볼 수도 있지 않겠는가?"

류성룡이 바닥에 닿을 듯이 고개를 숙이며 아뢰었다.

"전하! 원균은 임진년 사월에 경상 우수군 군선들을 모두 흩어 버린 죄가 크옵니다. 월족(刖足, 발뒤꿈치를 베는 형벌)을 당하고도 남을 죄를 지은 자를 어찌 수군 통제사로 올릴 수 있겠사옵니까? 지금은 때가 아닌 줄 아옵니다."

"영상은 또 때를 살피라고 하는구나. 과인이 보기에 원균 잘못이 크다 할 수 없다. 박홍은 경상 좌도 바다에서 달아나 한양으로 올라왔지만 원균은 끝까지 경상 우도 바다에 머무르지 않았는

가. 경상 우수영 군선들을 흩어 버린 죄가 있다 하더라도 임진년 여러 바다 싸움에서 이순신과 힘을 합쳐 전공을 올렸으니 그 죄만 계속 탓할 수는 없느니라. 상주에서 패한 이일은 물론 박홍까지 용서하고 다시 장수로 썼는데 어찌 원균에게 계속 그때 일을 추궁한단 말인가. 원균이 삼도 수군 통제사였다면 이렇게 제대로 싸워 보지도 못하고 물러났겠는가. 지난날 육진에서 원균은 후퇴를 모르는 맹장이었다지. 이제 원균이 지금까지 경상 우수사로 세운 전공도 크니 삼도 수군 통제사 자리가 어찌 아깝겠는가. 과인은 글 잘하고 말 잘하는 이순신보다 과묵한 원균이 더 믿음직스럽다. 영상 생각은 과인과 다른가?"

"전공이 있는 장수 벼슬을 높이는 것은 마땅한 이치이옵니다. 하나 지금은 장문포에서 큰 승리를 거두지 못한 아픔을 지울 때이옵니다. 좌상으로 본보기를 삼으시고 도원수와 수군 통제사에 대한 질책은 다음 기회로 미루시옵소서."

"그건 그렇게 하고…… 도성으로 돌아왔으니 대궐 살림이 무척 어렵다는 보고를 받았다. 영상도 알고 있는가?"

"그러하옵니다. 임진년 몽진을 나선 후 불이 나 대궐 곳곳에 쌓아 두었던 재물들이 한 줌 재로 바뀌었나이다. 이제 곧 겨울이 온데 재물이 넉넉하지 못하여 큰일이옵니다."

류성룡이 솔직하게 답했다. 우물쭈물 말끝을 흐렸다가는 오히려 호된 질책을 당할 것이다.

"팔도에 영을 내려 대전상고(大殿廂庫, 궁중 창고)를 채우는 것이 어떻겠는가?"

세금을 더 거두어들이자는 뜻이다. 류성룡이 허리를 깊이 숙이며 반대하는 뜻을 분명히했다.

"아니 되옵니다. 왜군들이 비록 경상 좌도로 물러났다 하나 아직 조선 팔도는 전쟁 속에 있나이다. 백성들은 추위와 배고픔에 하루하루를 연명하고 있사옵니다. 이러한 때에 세금을 더 거두는 것은 성왕의 올바른 도를 펼치는 것이 아니라 사료되옵니다. 통촉하시오소서."

"백성들이 굶주리는 것은 과인도 가슴이 아프도다. 하나 대궐 살림이 궁색해지면 나라 체통이 서지 않는다. 영상은 내명부 관솔들이 이 모양으로 겨울을 나도 좋다는 뜻인가?"

류성룡이 머리를 깊게 숙이며 답했다.

"아니옵니다. 신은 다만 공맹의 바른 대분(大分, 변하지 않는 도덕)을 말씀 올렸을 뿐이옵니다. 세금을 걷어 백성들을 더욱 힘들게 만들지 않고도 대궐 살림을 윤택하게 할 방책이 하나 있사옵니다만……"

류성룡이 말꼬리를 흐리자 선조가 황급히 다시 물었다.

"그 방책이 무엇인가?"

"큰 장사꾼에게 잠시 재물을 빌리는 것이옵니다."

"재물을 빌린다? 대궐 겨울 살림을 모두 대 줄 만큼 큰 장사꾼이 있단 말인가?"

선조가 다시 허리를 뒤로 젖히며 실망스러운 표정을 지었다.

"임천수를 기억하시옵니까?"

"임…… 천……수! 의주까지 곡물과 의복을 싣고 왔던 그 꼽추 말인가?"

"그렇사옵니다. 임천수라면 이 일을 능히 감당할 수 있으리라 사료되옵니다."

선조가 자리에서 벌떡 일어섰다가 다시 앉았다.

"그렇지. 첩첩이구(喋喋利口, 거침없이 수다스럽게 말을 잘하는 사람) 임천수가 있었구나. 왜 그 생각을 못했을꼬. 임천수라면 능히 대궐 겨울 살림을 맡고도 남음이 있을 것이다. 한데 임천수에게 너무 큰 부담을 지우는 것은 아닌가? 임진년에도 돈 한 푼 받지 않고 선단을 움직였는데 이번에도 값을 제대로 치를 수 없는 형편이로구나. 어찌하면 그 사진(私進, 개인이 임금에게 사사로이 바침)에 대한 보답을 조금이라도 할 수 있겠는가?"

류성룡이 조금 뜸을 들인 후 아뢰었다.

"북삼도에서 왜군들이 물러난 후 그곳 상술이 아주 혼탁하다 들었사옵니다. 곡물 값이 터무니없이 올라 백성들은 나무껍질이나 풀뿌리로 주린 배를 채운다 하옵니다. 북삼도에 의복과 곡물이 원활히 돌 수 있도록 시장을 만드는 것이 급선무이옵니다. 나라에서 시장을 세운 후 그곳에 물건을 대는 일을 임천수에게 맡기시옵소서. 임천수라면 풍부한 물건을 융통할 뿐만 아니라 공명정대하게 이 일을 하리라 사료되옵니다."

"그리하면 임천수 사탁(私橐, 개인이 사사로이 모아 둔 돈주머니)을 채워 줄 순 있겠군."

선조가 갑자기 말머리를 돌렸다.

"영상은 임천수와 언제부터 교분이 있었는가?"

'아차!'

류성룡은 지나치게 임천수를 칭찬한 것을 후회했지만 이미 늦었다.

"교분이라 할 만한 것이 없사옵니다. 임진년에 의주로 그가 왔을 때 잠시 만나 본 게 전부이옵니다. 그 후론 한 차례도 만난 적이 없사옵니다."

"서찰 왕래도 없었고?"

"그러하옵니다."

"이상한 일이군. 통제사 이순신과는 그리 자주 서찰을 주고받으면서 통제사가 추천한 임천수와는 연통을 끊고 지냈다 이 말인가? 하면 지금 다시 임천수를 과인에게 추천하는 까닭은 무엇인가?"

"오직 그이만이 이 일을 감당할 그릇이라 보았기 때문이옵니다. 임천수가 그 일에 적합지 않다고 생각하오시면……"

"아니야. 임천수가 적임자지. 한데 과인이 이상하게 여기는 건 뭔고 하니……, 영상은 너무 대답을 잘한다는 게야. 기다렸다는 듯이 과인이 묻자 적당한 답을 찾아내거든. 젊어서는 더러 당황하기도 하고 답을 못한 적도 있었건만 이제는 전혀 그런 기색이 없군. 오히려 과인에게 이런 걸 묻도록 유도하는 건 아닐까……"

"전하! 신을 죽여 주시오소서."

"허어, 괜한 소리 마라. 영상이 있기에 그래도 답을 찾아 가는 게 아니겠는가. 임천수를 찾아서 데려올 수 있는가?"

"통제사를 통하면 찾을 수 있사옵니다. 하오면 임천수에게 꼭 필요한 물품부터 먼저 모아 보도록 서찰을 띄우겠나이다."

"지도(知道. 알았다)!"

편전에서 물러난 류성룡은 잠시 뜰에 서서 숨을 골랐다. 날카로운 물음에 답하느라 정신이 없었던 것이다. 긴장이 풀리면서 어지럽기까지 했다.

"영상 대감! 몸이 불편하시옵니까?"

대전 내관 윤환시가 어느새 달려와서 그 파르족족한 안색을 살폈다. 류성룡은 눈을 질끈 감았다 뜨면서 빙긋 웃어 보였다.

"괜찮네. 바람이 찬데 자네나 몸조심하게."

류성룡은 말을 덧붙이려는 윤환시를 물리치고 발걸음을 재촉하여 광해군 처소로 갔다. 밤하늘에 별이 총총한 것을 보니 자시(밤 11시)는 족히 넘은 듯했다. 자루 달린 그물 모양 별자리 필수(畢宿)가 유난히 넓어 보였다. 장졸들 사냥과 훈련을 주관하는 별자리다. 필수에서 가장 밝은 별인 필대성(畢大星)을 지나 부이성(附耳星) 쪽으로 시선이 옮겨갔다. 이름 그대로 세상 민심이나 정치의 잘잘못을 귀에 대고 말하는 별이다.

광해군과 만나는 걸 내일 아침으로 미룰 수도 있지만, 부이성을 본 후 오늘 꼭 만나고 싶어졌다. 섣불리 움직이지 말라는 충고를 하기 위함이었다.

광해군도 잠자리에 들지 않은 채 기다리고 있었다.

두 사람은 국화차를 앞에 두고 마주 앉았다. 내시와 궁녀들을 멀리 물리쳤다. 팔월에 광해군이 분조를 이끌고 상경한 후 독대한 건 처음이다. 류성룡이 눈코 뜰 새 없이 바빴던 탓도 있지만 광해군이 선조 눈을 의식하여 몸조심을 했던 것이다. 사람을 보내 그를 찾은 것은 뭔가 긴히 의논할 일이 생겼기 때문이리라.

"좌상 일은 어찌하기로 했습니까?"

광해군은 역시 눈치가 빨랐다. 류성룡이 편전으로 불려 갔다는 소식을 접한 순간 장문포 패전과 무관하지 않음을 알아차린 것이다.

류성룡이 간명하게 답했다.

"판중추부사로 옮기기로 했사옵니다."

"잘 되었군요. 좌상처럼 신료들 공론을 묶을 수 있는 분이 조정에 있어야 하오. 다른 말씀은 없으셨소?"

"도원수 권율과 통제사 이순신, 그리고 경상 우수사 원균에 대한 논의도 하였사옵니다. 하나 그에 대한 문책은 다음으로 미루었사옵니다."

광해군이 목소리를 낮추며 물었다.

"영상 대감! 아바마마께서 이순신과 원균의 불화에 대해 언급하지 않으셨소?"

"크게 걱정하셨사옵니다."

"아바마마께서 어떻게 두 사람 불화를 그리도 소상히 알고 계실까요?"

류성룡이 말을 더듬었다.

"무, 무슨 말씀이시온지……. 두 사람 불화는 편전에서도 여러 차례 논의된 바 있사옵고, 각자 올라온 장계를 통해서도……"

"영상 대감! 어찌 그리 어리석은 말씀을 하시는 겝니까? 오늘 아침 문안을 여쭈었을 때 아바마마께서는 장문포에서 전과를 내지 못한 책임이 이순신에게 있다 하시었소."

"……"

"아바마마는 원균과 권율의 장계보다도, 대신들이 편전에서 논의하는 것보다도 더 많은 것을 알고 계시오. 두 장수간 불화를 눈으로 직접 본 것처럼."

"하오면?"

"그렇소. 아바마마는 장문포 패전을 다른 경로를 통해 살피셨음이 분명하오. 누군가 직접 거제에 다녀온 것이지요."

"누가 장문포에 다녀왔단 말이옵니까?"

광해군이 기가 막힌다는 듯이 이마를 두드렸다.

"어허! 정말 모르신단 말씀이오? 대전 내관 윤환시가 진작부터 사람을 풀어 장수들을 은밀히 감찰하고 있어요. 권율이나 이순신에겐들 가지 않았겠소?"

"아아!"

류성룡은 저도 모르게 신음 소리를 냈다. 선조가 지나치게 자신감을 갖고 이순신과 원균의 쟁공을 논하는 것이 마음에 걸렸다. 그러나 그 먼 곳까지 사람을 보내 두 사람을 감시하리라고는 생각지 않았다.

"아바마마께서는 권율이나 이순신이 사표(四表. 나라 사방의 바깥 이라는 뜻으로 천하를 가리킴)에서 민심을 얻는 것을 경계하고 계시 오. 민심을 얻는 것은 힘이 생기는 것이며. 힘이 생기면 딴마음을 먹을 수 있다 이 말씀이오. 권율과 이순신이 힘을 합쳐 반역을 꾀한다면 조정으로서도 속수무책이 아니겠소?"

류성룡은 고개를 들고 광해군을 쳐다보며 간곡하게 아뢰었다.

"저, 저하! 도원수와 통제사는 역심을 품을 인물이 아니옵니다."

"알아요. 나도 두 사람을 믿소. 하나 아바마마께서는 그 누구도 믿지 않으시오. 특히 전라도를 관장하는 장수들을 늘 의심하고 계시다오. 정여립 잔당이 남아 있다고 믿으시는 게지. 그리고 아바마마께서는 권율과 이순신이 영상 대감과 서찰을 은밀히 주고받는다는 사실도 감지하셨을 것이오. 밤늦게 영상 대감을 청한 것은 아바마마 진노를 피하시라고 말씀드리기 위함이오."

"알겠사옵니다. 세자 저하! 명심, 또 명심하겠사옵나이다."

류성룡은 목소리가 촉촉하게 젖어 들었다. 자신을 위하는 광해군 진심이 느껴졌던 것이다. 광해군은 이제 세상을 읽는 눈을 지녔다. 호기만 앞세우며 감정에 좌지우지되던 임진년 광해군이 아닌 것이다. 냉철하게 사태를 파악하고 분석할 힘을 지녔으니 당장 보위에 오르더라도 큰 어려움은 없으리라.

"지난 사일에 순천 부사 권준을 삭탈관직 하라는 사간원 상소가 있었고 권준은 곧 벼슬에서 쫓겨났소. 기억하시오?"

"알고 있사옵니다. 탐관오리인데다 감여설(堪輿說. 풍수지리설)로 민심을 어지럽힌다고……."

"영상 대감! 순천 부사 권준은 통제사 이순신에게는 심복 중의 심복이오. 나도 그 사람을 만나 보았지만 결코 재물이나 탐할 위인이 아니오. 창녀까지 거느리고 음탕한 짓을 했다는 말을 대감은 믿으십니까? 이 일은 단순히 권준을 탄핵한 게 아니오. 아바마마께서 이순신 수족을 치기 시작하신 것이라오. 아마도 분조까지 찾아왔던 권준을 첫 재물로 삼도록 대전 내관 윤환시가 나불거렸을 테지."

"……"

"영상 대감! 이참에 잠시 이순신을 딴 곳으로 돌리고 원균을 수군 통제사로 앉히는 것이 어떻겠소? 아바마마 의심도 풀고 또 원균에게도 기회를 주는 편이 좋을 듯하오. 사실 그동안 대감께선 지나치게 이순신만 감싸셨소. 그게 대간들 눈에 곱게 비칠 리만무하고, 무엇보다 이순신에게도 몸을 추스르고 마음을 닦을 여유를 주어야 하지 않겠소?"

이순신을 위해서라도 잠시 삼도 수군 통제사를 바꾸자는 의견이었다. 그건 광해군만 그러는 건 아니었다. 요즈음 부쩍 원균에게 기회를 주자는 대신들이 늘어났다. 윤두수 입김이 작용해서이기도 하겠지만, 이순신이 지나치게 몸을 사린다는 비난이 거세어진 것이다. 여수에서 한산도로 영(營)을 옮긴 것은 왜군을 좀 더 가까운 거리에서 공격하기 위함이었다. 그러나 이순신은 오히려 길목만을 지킬 뿐 부산포로 진격할 채비를 갖추지 않았다. 분조를 따라 홍주까지 다녀온 이항복도 수군 분위기를 바꿀 필요가 있다고 역설했다. 분위기를 바꾸자는 주장은 통제사를 교체하자는 것에 다름 아니었다.

"이순신 외에는 그 누구도 지금 형세를 유지할 수 없사옵니다."

류성룡은 끝까지 이순신을 두둔했다. 광해군 목소리가 날카로워졌다.

"그래요? 하나 영상 대감! 이것만은 명심하세요. 이순신은 통제사 자리에 오래 있을수록 더욱 아바마마 눈 밖에 날 것이오. 표적이 된다 이 말씀입니다. 눈앞에 닥친 작은 일에 집착하다가 정작 큰 화를 입을 수도 있어요. 아바마마는 권율과 이순신, 둘 중 하나를 쳐서 왕실 위엄을 드러내려 하실 것이오. 말하자면 희생물이 필요한 것이지요. 지금으로선 이순신이 권율보다 더 위험합니다. 권율을 치면 대안이 없지만 이순신에게는 원균이라는 대안이 있지 않소?"

"그렇다면 원균을 끌어내리면 되옵니다."

광해군이 가볍게 웃어넘겼다.

"허허! 그렇군요. 그도 한 방법이겠소. 하나 원균을 죽이지 않는 이상 언제나 어심에는 이순신과 원균이 함께 들어가 있어요. 이순신도 사람인 이상 실수를 범하겠지. 이순신이 자그마한 실수라도 하는 날이 곧 그 제삿날이 될 것이오. 난 그걸 염려하고 있습니다."

류성룡도 광해군과 같은 생각을 한 적이 있었다. 그러나 지금 수군 통제사 자리가 바뀐다면 조선 수군 지휘 체계는 크게 흔들린다. 권율과 원균 사이는 이순신과 원균만큼이나 나쁘지 않은가. 원균이 통제사가 되면 수군과 육군은 견원지간(犬猿之間)이

될 것이다.

'의심을 사는 한이 있더라도 지금으로서는 이 길밖에 없다. 권율과 이순신이 물러나는 날, 나도 관직에서 물러나면 그만이다. 내가 조정에 발을 붙이고 있는 동안에는 수군 통제사를 바꾸지 못한다.'

류성룡은 자정을 넘어서야 행궁을 벗어났다. 많은 별들이 밤하늘을 가득 메우고 있었다. 갑자기 한 무리 별똥별이 눈부신 빛을 발하며 하늘 북동쪽 오거성(五車星)을 가로질러 남서쪽으로 떨어졌다. 추락한 자리를 가늠하며, 류성룡은 이순신의 깡마른 얼굴을 떠올렸다.

十五, 통제사를 배신하여 부모의 원수를 갚다

갑오년 십이월 십오일 새벽.

협선 한 척이 가덕도를 벗어나 빠르게 다대포로 붙었다. 왜선도 아니고 조선 수군 척후선도 아니다. 수상한 배를 가덕도까지 따라왔던 판옥선 두 척은 멀리서 총통만 두 방 쏘고 돌아갔다.

날리는 눈발 사이로 동쪽 바다가 서서히 밝아 오고 있었다. 갑판 위로 나온 천무직이 양손에 들었던 도끼를 다시 등에 걸머진 후 서쪽 바다를 바라보았다. 추격선이 돌아가는 척하고 다시 따라오는 것이 아닌가를 살핀 것이다. 다행히 더 이상 추격은 없는 듯했다.

"강화도로 가야 할 참에 왜 갑자기 또 이 고생을 시키는 거유?"

류성룡과 이순신이 보낸 서찰을 잇달아 받은 후부터 임천수 선단은 전라도와 강화도 사이를 바삐 오갔다. 물품을 구하여 강화

217

도까지 옮겨 놓으면 도성에서 나온 관리들이 일일이 확인한 후 도성으로 가져갔다. 한 번 더 쌀과 보리를 구해 신고서, 어제 점심나절까지만 해도 다시 황해 바다를 거슬러 오르려던 참이었다. 그런데 해가 뉘엿뉘엿 지기 시작할 즈음 임천수가 갑자기 협선한 척을 따로 내라고 했다. 부산포로 가겠다는 것이다.

먹구름이 잔뜩 긴 데다 날씨도 차고 맞바람까지 불어 잠행이 쉽지 않았다. 다행히 이순신에게 들키지는 않았지만, 이런 날 함부로 거제도를 지나 가덕도로 나아갔으니 주목을 받기 십상이었다. 강화도에서 기다리는 관원들도 이상하게 생각할 것이다. 전라도에서 올라오는 배에 천무직과 임천수가 타고 있지 않은 적은 지금껏 없었으니까.

"윤 도주를 잡았단다."

임천수가 갑판 위로 고개만 비쭉 내민 채 건성으로 답했다. 천무직이 왼 무릎을 꿇고 다시 물었다.

"뭐라 하셨우? 누굴 잡아?"

"귀가 먹었어? 윤 도주 말이야. 우릴 잡아 죽이려고 했던, 나를 꼼추로 만든 바로 그 윤 도주! 와키자카 장군이 기별을 주었네. 당장 와서 사 가라는군."

"그랬군. 하면 통제영을 벗어날 때 귀띔을 하지 그랬우."

천무직이 볼멘소리를 하자 임천수가 왼손으로 새우눈을 비비며 답했다.

"그럼 여기까지 빠져나오지도 못했을 게다. 네 급한 성미에 암초를 찾아가서 뱃머리를 처박았을 걸."

"형님도, 참! 윤 도주를 잡았으면 강화도에 다녀온 후 찾아가도 늦지 않을 텐데, 왜 이리 서두르는 거유?"

"와키자카 장군을 믿을 수가 없어. 궁지에 몰린 윤 도주가 또 어떤 파격 제안을 할지도 모르고. 일이 꼬이기 전에 윤 도주를 넘겨받는 게 상책이지. 정신 똑바로 차리게. 이번엔 피를 볼지도 모르니."

"와키자카 장군이 윤 도주를 사로잡았다고 기별했다면서요? 하면 가서 값을 후하게 치르고 데려오면 그뿐 아니우?"

임천수가 답답한 듯 갑판으로 나왔다.

"함정일지도 모르니까. 와키자카 장군과 윤 도주가 짜고 우릴 잡으려고 이러는 것일 수도 있어."

천무직이 깜짝 놀랐다.

"정말 그렇다면 큰일이우. 차라리 지금 돌아갑시다."

"가덕도에서 판옥선들이 우릴 기다리고 있을 게야. 지금은 함정이든 뭐든 한쪽 발을 넣는 도리밖에 없어. 가장 나쁜 경우를 맞아 와키자카 장군이 윤 도주에게 넘어갔다 쳐도 다시 설득할 기회는 있지. 더군다나 우린 그동안 계속 왜군들이 필요한 물품을 댔고 윤 도주는 한 게 없어. 일단 배에서 내리자마자 도부수들이 우리 목을 가져가지 못하도록 무직이 네가 트릿하지(희미하여 똑똑하지 못함) 않게 확실히 주변을 챙겨. 와키자카 장군과 이야기를 나눌 수만 있으면 그 다음엔 내가 맡으마."

"알겠소. 걱정 붙들어 매시우."

협선이 부산포 앞바다에 이르렀다. 해안으로 다가가기도 전에 소선 한 척이 다가왔다. 임천수와 천무직만 그 배로 갈아타고 나머지는 바다 위에서 기다리라는 와키자카 명이었다. 임천수는 잠시 망설였지만 소선을 타기로 했다. 파도가 제법 높아서 자꾸 헛구역질이 나왔다. 천무직이 어깨를 잡아 주지 않았다면 엉덩방아를 찧었을 것이다. 천무직이 귓속말로 속삭였다.

"살기등등하우."

소선에 탄 왜병 다섯 명은 두 사람 일거수 일투족을 샅샅이 감시하고 있었다. 조금이라도 이상한 행동을 하면 당장 검을 들고 달려들 기세였다. 임천수는 말없이 고개만 끄덕이는 것으로 천무직을 안심시켰다.

"먼저 움직이진 마라. 그랬다간 모든 잘못을 우리에게 뒤집어씌울 테니까."

소선은 왜 군선들이 정박해 있는 해안이 아니라 언덕을 넘어 서쪽으로 뻗어 나간 곳을 돌아가 키 큰 곰솔 아래 바위옹두라지 삐죽삐죽 돋은 만에 닿았다. 재두루미 한 쌍이 천천히 날개를 저으며 날아올랐다. 왜병들 이십여 명이 미리 와서 기다리고 있었다. 천무직은 임천수를 품에 안듯 바로 앞에 세운 후 천천히 뭍에 내렸다. 검을 뽑아 든 왜장이 천무직 등을 가리켰다. 쌍도끼를 내놓으라는 것이다.

"형님! 어쩌죠?"

천무직은 벌써 쌍도끼를 뽑아 들었다. 스무 명을 단숨에 물리치는 건 어렵겠지만 순순히 목숨을 내줄 수는 없었다. 임천수가 왜말로 물었다.

"와키자카 장군은 어디 계십니까요?"

"저 도끼를 넘겨라. 그렇지 않으면 베겠다."

콧수염이 길게 뻗은 왜장이 짧게 답했다.

"와키자카 장군께서 부르셨기에 왔습죠. 장군 앞에 가서 쌍도끼를 내놓겠습니다."

"언제나 배에서 내릴 때면 쌍도끼를 비롯한 무기들을 우리에게 넘기지 않았는가?"

"그건 소인 놈이 묻고 싶은 말입니다요. 이런 곳에 내린 적은 한 번도 없었습죠. 또 검을 뽑아 들고 우리를 위협한 적도 없었다는 걸 아시죠?"

"베겠다!"

"와키자카 장군께서 그리 명하셨다면 우리들 목을 가져가십쇼. 하나 관례에 따라 빼앗겠다는 것이라면 이미 관례가 깨어졌으므로 그냥 내놓지는 못하겠습니다요."

"베겠다!"

"무직아! 아무래도 예서 한판 멋지게 싸워야 할까 보다. 한 번 휘두를 때마다 목 두 개씩 똑딱 떼어낼 수 있지?"

"염려 마시우. 그동안 사람 목을 베어 본 지 오래되었는데 이참에 몸 좀 풀지 뭐."

"정말 벤다!"

천무직이 임천수를 뒤로 돌리고 성큼 앞으로 나섰다. 쌍도끼를 부웅붕 휘둘렀다. 왜병들은 그 기세에 눌려 저도 모르게 뒷걸음질쳤다.

"자, 잠깐!"

왜장이 검을 내리며 왼손을 펼쳐 보였다.

"무직이, 참게."

임천수도 천무직이 더 나아가지 못하게 말렸다. 천무직이 도끼를 무릎까지 내리자 왜장은 잠시 다른 자들과 의논했다. 그런 후 임천수를 보며 한마디 던졌다.

"따라오너라. 도끼는 등에 얌전히 꽂고."

천무직이 쌍도끼를 등에 꽂은 다음 왜병들과 이십 보 거리를 유지하며 임천수와 함께 걸었다. 언덕을 돌아 넘으니 군막 하나가 나타났다. 군막을 삥 돌아 지키고 있던 왜병들이 장창을 높이 들었다가 디밀었다. 왜장이 오른손을 흔들자 대나무가 갈라지듯 길이 만들어졌다. 그 사이로 임천수와 천무직이 재빨리 나아갔다.

"왔는가? 그쪽으로 앉아라."

와키자카가 자리에서 일어서지도 않고 왼쪽 빈 의자 두 개를 턱으로 가리켰다. 임천수와 천무직은 읍하여 예의를 갖춘 후 의자에 앉았다. 왜장이 다가와서 귓속말을 하자 와키자카 시선이 천무직에게 향했다.

"도끼는 이리 내라."

"윤 도주부터 보여 주슈. 어디 있우?"

천무직이 버티자 와키자카의 두 눈이 점점 커졌다.

"윤 도주는 윤 도주고 도끼는 도끼다. 내놓지 않으면 목을 자르겠다."

임천수가 천무직의 왼 무릎을 오른손으로 감싸 쥐었다가 뗐다. 그러자 천무직도 천천히 쌍도끼를 등에서 빼내 와키자카의 발아래 가지런히 놓았다.

와키자카가 고개를 끄덕이자 왜장이 밖으로 나가서 늙은 사내를 끌고 들어왔다. 임천수는 한눈에 윤 도주를 알아보았다.

"저쪽으로 앉아라."

와키자카가 턱짓으로 임천수 맞은편 빈 의자를 가리켰다. 윤 도주가 공손하게 허리를 숙인 다음 엉덩이를 의자에 붙였다. 오라로 묶지도 않았고 양손엔 결박했던 흔적도 없었다.

"오랜만이야."

윤 도주는 먼저 인사를 건네는 여유까지 부렸다. 일이 확실히 잘못 되어 가고 있었다. 임천수는 불길한 예감을 지우며 물었다.

"얼마면 되겠습니까?"

와키자카가 임천수, 윤 도주가 앉은 자리와 정삼각형을 이루도록 의자를 옮겨 앉았다.

"얼마나 줄 수 있나?"

와키자카가 되묻자 임천수는 잠시 윤 도주와 눈싸움을 했다. 목숨을 구하는 대가로 이미 꽤 높은 값을 불렀으리라. 임천수가 지금 이 자리에서 더 높은 값을 부른다면 윤 도주는 또 많은 돈을 내겠다고 하리라. 이득을 보는 쪽은 와키자카뿐이다.

'값을 매기면 아니 된다. 윤 도주가 절대로 줄 수 없는 것을 제시해야 한다. 찾아라. 무엇이냐? 와키자카가 간절히 바라는 것, 윤 도주는 내놓을 수 없는 것, 값어치를 따질 수 없는 것……'

윤 도주의 옅은 웃음을 바라보며 임천수가 답했다.

"통제사 이순신 머리를 드리겠습니다요."

와키자카가 의자에서 벌떡 일어섰다. 놀란 것은 천무직이나 윤 도주도 마찬가지였다.

"이순신 머리라니? 형님! 지금 제정신이우?"

천무직이 긴 팔로 임천수 어깨를 감싼 것은 더 이상 헛말을 뱉지 않도록 막기 위함이었다. 그러나 와키자카가 그보다 더 빠르고 날카롭게 물었다.

"정말 이순신을 죽일 수 있느냐?"

"그렇습니다요."

임천수가 자신 있게 답했다.

"대장님 손에 피 한 방울 묻히지 않고 이순신을 통제사 자리에서 끌어내어 죽일 방책이 있습니다요."

"그 방책이 무엇이냐?"

임천수가 오른손을 들어 윤 도주를 가리켰다.

"먼저 저치 목을 자르는 것을 허락해 주십쇼."

윤 도주의 얼굴이 하얗게 질렸다.

"또 거짓말을 늘어놓는 겁니다. 제깟 놈이 무슨 방책으로 통제사 이순신을 죽입니까요? 새빨간 거짓부렁에 속지 마십시오. 어제 말한 값 두 배를 드릴 테니 저 두 놈을 넘겨주십시오."

임천수가 이번에는 여유를 부렸다.

"속고만 사셨나? 틀림없는 방책이 있으니 이제 그 긴 목을 앞으로 쭉 빼라고."

"거짓입니다."

윤 도주 목소리가 거의 절규에 가까웠다. 와키자카는 두 사람을 번갈아 쳐다보았다.

"네 방책이 별 게 아니라면 목을 내놓겠느냐?"

임천수가 간단히 답했다.

"그리합지요."

와키자카가 눈을 천무직에게 돌렸다.

"도끼를 들어라."

천무직은 제 귀를 의심하며 주춤거렸다.

"도끼를 들고 윤 도주 뒤에 가서 서라."

임천수가 고개를 끄덕이자 천무직은 쌍도끼를 양손에 들고 윤 도주 등 뒤로 갔다. 윤 도주는 온몸을 벌벌 떨며 두 눈에서 눈물을 쏟았다.

"자, 장군! 약조가 틀리지 않습니까? 임천수를 넘겨주시겠다고 하여 왔습니다."

와키자카가 입가에 미소를 머금은 채 말했다.

"너희 둘은 뱃속까지 장사꾼이니 장사 법칙을 잘 알 게다. 너희 둘 중 더 값진 것을 내놓는 손을 들어 줄 수밖에 없지. 그게 바로 장사 아니냐? 물론 윤 도주가 엄청난 거금을 내놓겠다고 했다. 고마운 일이다. 하나 그 어떤 거금보다도 이순신을 제거하는 것이 중요하다. 이보다 더 값진 것이 있다면 윤 도주, 어디 말해 보아라. 그러니 우선 임천수 방책을 들어 보는 것이 순서다. 그다음에도 윤 도주 네 목숨이 붙어 있다면 기회를 주마. 어떤가.

이 정도면 아주 공평한 거래인 듯한데. 윤 도주! 그래도 불만이 있나?"

윤 도주는 목이 메는지 말을 뱉지도 못한 채 캑캑거렸다. 이번에는 와키자카가 임천수에게 말했다.

"이제 그 방책이란 걸 내놓아 보아라. 내가 방책만 듣고 윤 도주 편을 들까 의심하는가 본데, 이렇게 하자. 네가 방책을 말하고 그게 내 마음에 들면 곧바로 천무직이 윤 도주 목을 베는 것이 어떻겠는가?"

"좋습니다. 그리합지요. 이 방책이 쉬운 건 아닙니다요. 하루 이틀에 효력이 나오지도 않습죠. 하나 꾸준히 노력하면 반드시 통제사에게 치명상을 입힐 수 있습니다요……."

와키자카가 말을 잘랐다.

"서설이 길구나. 방책을 말하라."

임천수가 마른침을 삼킨 후 윤 도주 쪽을 슬쩍 살피고 입을 열었다.

"경상 좌도에 모인 귀군 약점을 원균 장군에게 은밀히 계속 알리는 겁니다."

"원균에게? 조선 수군 제일 용장에게 우리 약점을 알리라?"

와키자카가 고개를 갸우뚱거렸다. 임천수가 이야기를 이었다.

"통제사 이순신에게 계속 부산포를 치라는 어명이 내려올 겁니다요. 하나 이순신은 결코 그 명을 따를 리 없습죠. 조선 수군을 부산포로 이끌고 온다면 군선과 군사를 크게 잃을 각오를 해야 하고, 자칫하면 판세가 뒤집힐지도 모르는 일이니 말입니다요.

사생결단을 원하는 쪽은 이순신이 아니라 원균입죠. 원 장군은 이 통제사에게 밀려 수군을 떠날지도 모르는 판국입니다. 으뜸 장수가 두 명이 될 수는 없는 노릇입죠."

"경상 우수사 원균이 떠난다면 이순신을 몰아내기가 더욱 힘들 어지는 게 아닌가?"

"짧게 보자면 그렇습죠. 하나 원균이 잠시 조선 수군을 떠나 있는 것이 이순신을 궁지로 모는 데 유리할 수도 있습니다요. 부 산포를 계속 치지 않고 버티는 사이에 온갖 잘못이 모두 이 통제 사 두 어깨에 쌓일 것입죠. 이순신은 부산포를 성급하게 칠 수 없는 이유를 조목조목 아뢸 것이 뻔합니다요. 이때 원균이 이 통 제사와 다른 입장을 고수한다면……."

"이순신은 알지 못하는 우리들 약점을 안다면……"

"그렇습죠. 그 약점을 앞세우며 이순신 대신 자신에게 기회를 달라고 거듭 상소를 올린다면 어찌 되겠습니까요?"

"통제사 자리가 바뀔 수도 있다! 그렇군. 일리가 있어. 하나 그렇다고 이순신이 죽기까지야 하겠는가?"

"벼슬이 높을수록 물러날 때 상처도 큰 법입죠. 통제사를 아무 이유도 없이 바꿀 수는 없으니까요. 광영이 크면 어둠도 깊습니 다. 이순신을 통제사 자리에서 끌어내릴 수 있는 죄명은 단 하나 뿐인 듯합니다만……. 바로 부산포를 치라는 어명을 따르지 않은 죄입죠. 어명을 어긴 자는 극형에 처하는 것이 이 나라 법입니다 요. 그렇게만 되면 장군께서는 남해를 차지하고 황해로 나아가실 수 있을 겁니다요. 지금 조선 수군을 무너뜨릴 수 있는 방법은 이

뿐입죠. 이 정도 방책이면 윤 도주 목을 가져도 되겠습니까?"

임천수가 고개를 돌렸다. 와키자카 오른손이 천천히 올라가자 윤 도주는 두려움을 이기지 못하고 눈을 질끈 감았다. 와키자카 손이 머리 위 정점에 서자 천무직이 든 쌍도끼도 날개를 펴듯 허공 위에 머물렀다. 와키자카 오른손이 무릎 위에 내려오는 것과 동시에 쌍도끼가 윤 도주 목을 베었다. 임천수의 바지와 저고리까지 피가 튀었다.

"잘 챙겨 가라."

와키자카는 무표정하게 일어나서 군막을 나갔다. 임천수는 천천히 걸음을 옮겨 천무직에게서 도끼 하나를 넘겨받았다. 팔과 다리를 잘라서 준비한 보자기에 쌌다. 윤 도주를 잡으면 소금에 절여 살점을 한 점씩 잘근잘근 씹어 먹으리라고 두 사람은 북삼도에서 늘 농담처럼 말했다. 그 말은 절대로 농담이 아니었다.

을미년(1595년) 오월 일일 아침.

비바람이 몰아쳤다. 한꺼번에 꽃을 피운 애기양지꽃, 털딱지꽃, 좁은입딱지꽃 잎들이 떨어지거나 뿌리부터 뽑히기도 했다.

이순신은 군선 출항을 금지한 채 새벽부터 서책을 읽고 있었다. 오늘은 급히 처결할 공문도 없었다. 쉴 새 없이 찾아오던 삼도 수장(水將)들도 오늘따라 발길이 뜸했다. 서애 류성룡이 보내온 으름덩굴잎차를 한 잔 마시며 천천히 책장을 넘기는 동안 천둥번개가 치고 바람 방향이 수시로 바뀌었다.

이순신은 어려서부터 책읽기를 좋아했고 특히 사서(史書)와 『소학』을 늘 가까이 두었다. 공자의 『춘추』와 사마천의 『사기』는 수십 번을 읽어도 물리지 않았다. 수많은 인물들을 통해 인생은 유한하지만 그 행적은 수천 년을 이어온다는 것을 배웠다.

오늘도 이순신 손에 들린 것은 『사기』였다.

열전(列傳) 중에서 노자와 공자가 만나는 대목이 눈길을 끌었다. 두 성인이 만나서 무슨 이야기를 나누었는지는 알 수 없으나, 노자의 인간됨을 묻는 제자들 질문에 공자는 다음과 같이 대답했다.

달리는 들짐승은 그물로 잡을 수 있으며, 헤엄치는 물고기는 낚시로 낚을 수 있고, 날아가는 새는 화살로 잡을 수 있다. 그러나 용은 구름과 바람을 타고 하늘로 올라가니, 나는 용에 대해서 아무것도 알 수가 없구나. 오늘 내가 노자를 만나 보니 그는 마치 용과 같은 사람이었다.

'용과 같은 사람!'

서책에서 눈을 떼고 처마에서 떨어지는 빗소리에 귀를 기울였다. 새처럼 물고기처럼 들짐승처럼 아등바등 살아가는 것과는 전혀 다른 삶도 있으리라. 공자가 천하를 주유하며 요순의 도를 설파할 때 노자는 주나라 장서실(藏書室)에 틀어박혀 나름대로 도를 깨우쳤다. 공자에게는 공자의 길이 있고 노자에게는 노자의 길이 있듯이, 백면서생의 길이 따로 있고 장수의 길이 따로 있다. 사람들에게는 저마다 자기 길이 있는 것이다. 그 길로 들어서기까지는 여러 가지 이유가 있겠으나 한번 발을 들여놓으면 돌이킬 수 없다. 그것이 바로 인생의 묘미가 아니던가.

'공자는 결코 노자의 삶을 따를 수 없고, 새나 물고기는 용의 승천무(昇天舞)를 배울 수 없다. 청운(靑雲)의 길과 백운(白雲)의 길이 있다지만 나의 생은 과연 어떤 빛깔일까.'

노자와 공자의 만남과 헤어짐처럼 『사기』에는 수많은 위인들이 서로 만나 우애를 나누거나 어깨를 겨룬 후 쓸쓸하게 때론 잔혹하게 헤어지는 이야기가 들어 있었다. 유방과 항우의 겨룸은 유방이 항우를 죽임으로써 끝이 나고, 소진과 장의의 겨룸은 장의가 소진의 합종책(合縱策)을 붕괴시킴으로써 마무리된다.

'나 이순신과 원균의 만남은 결국 어떻게 끝날 것인가.'

지난 이월 이십칠일, 이순신은 원균을 통제영으로 불렀다. 새로 경상 우수사에 임명된 배설(裵楔)에게 우수영 업무를 인계하게 하기 위함이었다.

충청 병사로 옮겨가게 된 원균은 눈물까지 내비쳤다. 울분을 삭일 수 없었던 것이다. 곁을 지킨 원균의 모사 승려 월인을 필두로, 기효근과 우치적을 비롯한 경상 우수영 장수들도 하나같이 이순신을 노려보았다. 당장이라도 난투극이 벌어질 분위기였다.

이순신이 원균에게 위로를 건넸다.

"원 장군! 정삼품 경상 우도 수군 절도사에서 종이품 충청도 병마 절도사로 옮기는 것이니 승진을 경하하오."

원균은 두 주먹을 불끈 쥐며 울분을 토했다.

"통제사! 이게 끝이라고 착각하진 마시오. 나는 돌아오겠소. 반드시 돌아오고야 말겠소."

이순신은 언성을 높이지 않고 또박또박 말했다.

"왜군을 이 나라에서 완전히 몰아내기 위해 힘을 합칩시다. 충청, 전라 장졸과 삼도 수군이 힘을 합쳐 경상 좌도를 치면 부산 포에 웅크린 적들을 쓸어버릴 수 있소이다. 수륙 병진만이 유일한 길임을 부디 도원수를 비롯한 충청, 전라 여러 장수들에게 알려 주시오. 수군 사정을 잘 아는 원 장군이 충청도를 맡으니 참으로 든든합니다."

"허튼 소리 마오! 통제사 그대가 날 험담하는 장계를 계속 올렸기 때문에 이런 날이 온 게요. 한데 무엇이라고? 충청 병사로 내가 가게 되어 든든하다고? 마음에도 없는 소리 하지 마오."

이언량이 두 눈을 부라리며 앞으로 나서려는 것을 이순신이 왼손을 들어 막았다. 아름답게 만나는 것만큼이나 앙금을 털어 버리고 좋게 헤어지는 것도 중요했다. 이순신은 다시 한 번 원균을 감싸고자 했다.

"원 장군! 미우나 고우나 지난 삼 년 동안 우린 전우(戰友)로 힘을 합쳐 왜군과 싸웠소. 위기도 있었고 기쁨도 있었소. 사람과 사람이 만나 하는 일이니 어찌 작은 오해와 다툼이 없을 수 있겠소. 하나 나도 원 장군도 남해 바다를 지키기 위해 사력을 다해 싸운 것이 중요할 뿐이외다. 나머지는 시간이 지나면 허허 웃으며 지나칠 것들이라오. 섭섭한 일들 있거든 다 저 바다에 버리고 가오. 더욱 단단히 힘을 합쳐 왜군과 싸워 나갑시다."

"에잇!"

분을 참지 못한 원균은 이순신이 마련한 주안상을 엎어 버리고 협선에 의지하여 쓸쓸히 통제영을 떠났다. 이순신은 떠나가는 원균을 바라보며 씁쓸한 웃음을 지었다.

열전 중 회음후 한신을 다룬 대목을 찾아서 펼쳤다. 한신은 유방을 도와 천하를 손에 넣은 일등 공신이면서도 끝내 유방에게 버림받았다.

"교활한 토끼가 죽고 나면 훌륭한 사냥개를 삶아 죽이고, 높이 나는 새가 없어지면 훌륭한 활도 치워 버린다. 적국을 깨뜨리고 나면 지모가 있는 신하를 죽인다고 하였으니……."

지난밤 도착한 서찰에서 류성룡은 새삼 이 대목을 인용하였다. 선조가 그를 버릴 수도 있음을 경계한 것이다.

'간자들을 조심하라고? 왜국 간자뿐만 아니라 조정에서도 사람을 보내 나를 은밀히 살피고 있다고? 이미 각오했던 일이다. 이 핑계 저 핑계로 어명을 따르지 않았으니 전하께서는 나를 믿지 못하시겠지. ……그러나 섣불리 나섰다가는 장문포에서처럼 낭패를 당하기 십상이다. 도원수도 나와 뜻이 같고, 서애 대감께서 조정 대론(大論, 국가의 큰일을 논의하는 일)을 이끌고 계시니 아직 당분간은 내치지 못하시리라.'

그러나 군왕이 의심하는 장수는 최후가 비참하기 마련이다.

'나는 한신처럼 죽고 싶지 않다. 이 전쟁이 끝나면 어머니와 아내, 조카와 자식들을 거느리고 행복하게 살고 싶다.'

끝내 선조가 전황을 바로 살피지 못한다면 어찌 될까. 왜군과 싸우는 것보다도, 원균과 다투는 것보다도 더욱 힘든 것은 군왕 마음에 드는 것이었다. 군왕이 마음을 바꾸어 장수에게 채찍을 휘두른다면 그 장수는 어찌 될까.

'아! 나는 삶기는 줄 알면서도 뜨거운 솥으로 걸어 들어갈 수 있을까. 군왕과 장수가 서로 대립하면 십중팔구 장수 목이 달아난다. 전하께서는 내 목을 원할지도 모른다. 누구에게도 지지 않을 자신이 있지만, 장수가 어찌 군왕과 겨룰 수 있겠는가.

어심으로부터 멀어져 화를 당하기는 문반과 무반의 구별이 없구나. 일찍이 정암 선생도 이 나라를 더욱 강건하고 바르게 만들기 위해 나서셨다가 어심으로부터 멀어져 사약을 받지 않았던가. 그 아득한 절망이 이제 내게도 다가오는 것인가.

원 수사는 부산포 진격을 미루는 나를 겁장(怯將)이라 매도했다. 그러나 내 안위만을 위해 장졸들과 백성들을 죽일 수는 없다. 장졸과 백성을 위해 어명을 어기는 나를…… 역사는 무엇이라 평할 것인가.'

"장군! 류용주이옵니다."

"들어오게."

이순신은 류용주에게 답장과 비단 보자기를 내밀었다.

"무엇입니까, 이것이?"

류용주가 호기심에 어린 눈으로 물었다. 간혹 과일이나 어물을 전하는 경우는 있었지만 비단 보자기를 내민 적은 없었다.

"산삼이라네. 반드시 영상 대감이 드시도록 자네가 신경 좀 써주게. 몸이 아파서야 어찌 나랏일을 제대로 살피겠는가."

"알겠습니다."

류용주는 선선히 그 부탁을 받아들였다. 그렇지 않아도 격무에 시달리는 류성룡 건강이 염려되었던 것이다.

"비바람이 심한데 꼭 오늘 가야만 하겠는가?"

"도원수께도 들러야 합니다. 시간이 부족하지요."

이순신이 고개를 끄덕이며 소매에서 무엇인가를 꺼내 류용주 손에 쥐어 주었다. 금반지였다.

"가지고 가게. 급히 쓸 때가 있을 거야. 천릿길을 오르내리느라 힘들 테니 그걸 팔아 약 첩이나 지어도 좋고…….."

"아닙니다. 장군! 지난번에 주신 노잣돈도 많이 남았는걸요."

"가져가라니까. 내 마음일세."

류용주는 금반지를 품에 넣고 자리에서 물러났다. 이순신은 서애 류성룡 건강을 살펴 달라고 거듭 당부했다.

류용주를 배웅하고 다시 서책을 잡으려는데 낙안 군수에서 조방장으로 자리를 옮긴 신호가 찾아왔다. 어영담이 죽은 후로는 항상 신호와 여러 문제들을 의논했다. 환갑에 가까운 신호는 풍부한 경륜과 대쪽같은 인품으로 이순신을 충직하게 보좌했다. 어영담처럼 분위기를 즐겁게 만들거나 여유롭게 만드는 재주는 없었으나, 공무 처리나 장졸들에게 상벌을 내리는 일은 따로 신경 쓸 필요가 없을 만큼 꼼꼼하고 명확했다. 그 검무(劍舞)는 여전히 삼도 수군에서 제일 윗자리를 차지하고 있었다.

"이영남에게서 작별 인사차 오겠다는 전갈이 왔습니다."

"소비포가 왜? 이별주는 초아흐렛날에 마시기로 하지 않았소?"

"충청 병영에서 당장 부임하라는 전갈이 왔다고 합니다."

"무엇이?"

이순신 얼굴이 말할 수 없이 어두워졌다.

소비포 권관 이영남은 그동안 세운 전공을 인정받아 충청도 태안 군수(泰安郡守)로 옮겨가게 되었다. 종구품 권관 자리에서 종사품 군수로 오른 것이니 파격적인 승진이었다. 이순신은 못내 허우룩했으나(마음이 텅 빈 것같이 허전하고 서운함) 격려를 아끼지 않았다. 어차피 인생은 만났다 헤어지고 헤어졌다 다시 만나는 것. 어디서든지 자기 직무에 충실하면 재회할 날이 있을 것이다.

다만 한 가지, 마음에 걸리는 일이 있었다. 태안 군수라면 충청 병영에 배속되는 것인데 지금 충청 병사는 전날 이영남을 곤장까지 쳤던 원균이 아니던가. 이영남이 다시 그 밑으로 가서 곤욕을 치르지나 않을까 걱정이었다.

"송별연은 못할 것 같습니다."

"그렇군. 그렇다면 우리끼리라도 한잔 해야 하지 않겠소? 술은 그걸로 합시다."

이영남이 탄 판옥선이 폭우를 뚫고 와 통제영에 닿았다. 정오 가까운 대낮이건만 주위는 일몰 무렵처럼 어두컴컴했다. 이순신은 대청마루에 서서 기다리고 있다가 손수 이영남의 젖은 갑옷을 닦아 주었다.

"장군!"

이영남이 황급히 몸을 움츠렸다.

"가만있게. 이러는 것도 오늘이 마지막일 듯하이."

이영남은 고개를 숙인 채 쏟아지려는 눈물을 애써 참았다. 이순신은 천천히 이영남의 손과 발, 배와 등을 훔쳐 냈다.

두 사람이 자리를 잡고 앉자 조방장 신호가 술상을 내왔다. 이영남은 상 위에 놓인 국화주를 발견하고 다시 고개를 숙였다. 조방장 어영담 입에 흘려 넣어 주던 어주, 바로 그 국화주였다. 따뜻한 마음이 전해졌다.

"자, 한잔 하지."

이순신이 잔에 그득 술을 따랐고 이영남은 단숨에 술잔을 비웠다. 침묵 속으로 기와지붕을 두드리는 굵은 빗방울 소리가 더욱 크게 울렸다. 이영남이 먼저 입을 열었다.

"기 현령을 참(斬)하실 것인지요?"

원균이 충청 병사로 떠난 후 남해 현령 기효근은 사사건건 새 수사 배설이 내린 명령을 어겼을 뿐만 아니라 통제사 이순신과 도원수 권율을 비방하는 장계를 조정에 보내려다가 발각되었다. 배설은 이를 직접 도원수 권율에게 알렸고 권율은 기효근을 엄히 벌해 달라는 장계를 조정에 올려 보냈다. 이순신 역시 그동안 기효근이 범한 잘못들을 낱낱이 장계에 적었는데, 사안이 중대했던지라 이영남이 직접 그 장계를 몸에 지니고 한양까지 다녀온 터였다. 기효근을 참하라는 조정 회답을 가지고 돌아온 지도 열흘이 지났다. 그동안 이순신은 회답을 극비에 부친 채 아무 조처도 취하지 않았다.

"아직도 기 현령은 임진년 남해가 불탄 일 때문에 장군께 앙금이 남아 있을 것입니다. 하나 왜적을 만나면 누구보다도 용감하게 싸우는 장수이니 대벽(大辟, 다섯 가지 죄 중에서 가장 무거운 죄인

사형)을 잠시 늦추고 목숨을 구할 방도를 찾으십시오. 원 장군이 떠난 마당에 기 현령마저 철질(鐵鑕. 죄인 머리를 자르는 데 쓰이는 쇠로 된 모탕)에 당한다면 경상 우수영 장졸들은 사기가 땅에 떨어질 것입니다."

"염려 말게. 기효근을 죽일 생각은 없어. 곧 처벌을 재고해 달라는 장계를 올리겠네."

이순신은 경상 우수영 장졸들을 모두 포용할 작정이었다. 원균이 떠난 후 경상 우수영은 분위기가 을씨년스럽기 그지없었다. 새 수사 배설은 억센 장수들을 휘어잡기에는 너무 겁이 많고 여렸다. 원균이 떠난 공백을 메울 사람은 수군 통제사 이순신뿐이었다. 이순신은 아량을 베풀 첫 대상으로 기효근을 점찍었다. 기효근만 머리를 숙인다면 경상 우수영 장수들도 순순히 복종할 것이다.

신호가 이영남에게 술을 권했다.

"이제 그대 나이도 서른이구려. 자기 자리를 확실히 찾게 되었으니 부디 이곳에서 세운 뜻을 만천하에 펴도록 하오. 군수라는 직책은 군사뿐만 아니라 백성들 삶도 살펴야 하니, 늘 눈을 크게 뜨고 지내도록 하오."

"감사합니다."

이영남은 신호에게 꾸벅 머리를 숙였다. 이순신이 쌓여 있는 서책들 중에서 한 권을 꺼내 왔다.

"이걸 가져가게.「유협 열전(遊俠列傳)」이야. 머리맡에 두고 읽도록 하게. 태안 생활도 쉽지 않을 거야. 힘들 때마다 이 책을 읽으며 나와 조선 수군을 생각해 주게. 강호의 도리가 땅에 떨어졌어도 우리들 의리는 영원하네. 알겠는가?"

"명심하겠습니다."

이영남은 그 서책을 갑옷 속에 쑥 집어넣었다.

"장군! 떠나기 전에 한 가지 궁금한 것을 여쭤 봐도 되겠습니까?"

"그래. 무엇이든지!"

"사람은 누구나 자기 앞에 거울 삼을 인물을 둔다고 합니다. 원 장군께서는 여러 차례 항우를 당신의 귀감으로 삼는다고 언급하셨지요. 한데 장군은 단 한 차례도 그런 말씀을 아니 하셨습니다. 장군이 우러르는 인물은 누구인지요?"

이순신은 술잔을 비우며 잠시 호흡을 골랐다.

"귀감이라……! 맞는 말이야. 누구나 자기 귀감을 갖게 마련이지. 지금은 비록 장수의 길을 가고 있지만 다시 생을 산다면 문신이 되지 않았을까 한다는 말은 언젠가 자네에게도 했던 것 같군. 문신 중에서도 사관(史官)이라면 좋겠지. 사마천을 닮고 싶다고 생각한 적이 여러 번 있었네."

"왜 하필 사마천이옵니까? 죽음 대신 치욕적인 궁형(宮刑)을 선택한 사람을."

이영남은 대답이 뜻밖이었는지 고개를 갸우뚱거렸다. 문신이라는 것만 해도 예상을 벗어난 일인데, 궁형을 당한 사관을 우러른다니 얼른 이해하기 힘들었다. 신호 역시 그 진의를 파악하지 못해 어리둥절한 표정이었다.

"치욕은 말일세……, 치욕은 한평생 살면서 누구나 맛보게 마련이네. 문제는 그 치욕을 얼마나 훌륭하게 참고 일어서는가지. 사마천 심정을 헤아려 보게. 궁형을 당하고 나서 얼마나 부끄러웠겠는가? 평범한 사람이라면 얼굴을 들고 다니지도 못했겠지. 하나 사마천은 당당하게 『사기』를 써서 자기 이름을 후대에 전했네. 『사기』를 쓴 이로서뿐만이 아니라 궁형을 당한 치욕까지도 말이야. 나는 가끔씩 치욕을 곱씹으며 골방에서 글을 쓰는 사마천을 상상한다네. 참으로 아름다운 모습이 아닌가! 그 눈물, 그 의지, 그 부끄러움, 그 분노, 그 사랑이 고스란히 『사기』에 녹아 있지. 나도 사마천처럼 내 결핍과 불행을 극복하고 싶네."

"사마천은 한뉘 그 결핍과 불행으로부터 벗어나지 못했습니다. 장군께서도 그런 삶을 원하시오이까?"

신호가 걸걸한 목소리로 물었다.

"물론 나도 행복을 원하오. 하나 장수의 길은 고통으로 이어지는 길이 아니겠소? 내가 장수의 길을 걷는 동안에는 결코 범부(凡夫)의 행복이 찾아들지 않을 것이오. 나는 글이 짧아 『사기』와 같은 탁월한 책을 쓰지 못하니 내 인생 자체로 책을 쓸 작정이라오. 나 같은 장수가 하나쯤 있는 것도 재미있지 않겠소? 허허허."

이영남에게는 그 웃음이 공허하게 들렸다. 결핍과 불행을 자기 운명으로 받아들이고 궁형을 당한 사람처럼 평생을 사는 것, 그게 어찌 사람이 사는 것이라 할 수 있겠는가. 『사기』가 아무리 칭송을 받았다 한들 사마천이 세상을 떠난 후의 일이다. 한 번뿐인 인생을 눈물과 한숨으로 보낼 수는 없다.

'해를 등지고 어둠만을 주시하는 인간이라니!'

이순신 얼굴이 더욱 핼쑥하게 보였다.

술자리는 무거운 침묵으로 빠져 들었다. 신호도, 이영남도 이순신이 귀감으로 삼는 인물이 사마천이라는 데 적잖이 충격 받은 기색이었다.

빗방울이 잦아들고 서쪽 하늘이 붉게 물들 무렵 이영남은 돌아가겠다는 뜻을 내비쳤다. 국화주는 이미 바닥이 났고 세 사람은 얼큰하게 취했다. 이순신은 만류도 물리치고 기어이 이영남을 배웅 나왔다. 높은 파도가 판옥선들을 심하게 흔들어 댔다.

마지막으로 이순신이 이영남을 가볍게 끌어안았다.

"못 견디겠거든 언제든지 돌아와. 부끄러워할 필요는 없네. 자넨 내 아들이니까."

"장군!"

굵은 눈물이 뺨을 타고 흘러내리기 시작했다. 이영남은 서둘러 배에 오른 후 통제영이 아스라이 멀어질 때까지 고개를 돌리지 않았다. 폭포수처럼 흘러내리는 눈물을 차마 이순신에게 보일 수 없었던 것이다.

소비포로 돌아온 이영남은 간단하게 행장을 차린 후 충청 병영이 있는 청주로 떠났다. 오월 이일 자정까지 충청 병사 원균이 거처하는 청주 산성에 도착하라는 군령이었다. 삼가, 초계, 고

령, 성주를 지나 상주까지 한달음에 달렸다. 고령에서 왜군 척후
와 부딪쳤으나 왜군 둘을 베고 재빨리 자리를 피해 화를 면할 수
있었다.

충청도로 넘어서니 군데군데 산성을 짓느라 분주한 백성들이
눈에 띄었다. 다음달 말까지 산성 보수와 중축을 완료하라는 군
령이 내렸던 것이다. 충청 병사가 고된 노역을 피해 청주 산성에
서 도망친 일가족 다섯 명을 붙잡아서 직접 참(斬)했다는 풍문도
돌았다. 그중에는 아홉 살 먹은 계집애도 끼여 있었다 했다. 백
성들은 그 잔혹한 형벌에 혀를 내둘렀다.

오월 이일 해시(밤 9시)가 되기도 전에 청주 산성에 닿았다. 성
문을 지키던 문지기에게 사령장을 보이며 충청 병사가 있는 곳을
물었다. 문지기는 퉁명스럽게 횃불 하나를 쥐어 주고 왼편에 불
쑥 솟아난 언덕을 가리켰다.

"쩌어기를 넘어가 보시유."

이영남은 말에서 내려 고삐를 끌며 천천히 언덕을 올랐다. 주
위가 어두컴컴해서 조심스러울 수밖에 없었다. 사방에서 활활 타
오르는 횃불로 산성 규모를 짐작할 수 있었다. 진주성과 맞먹을
만큼 크고 넓다. 언덕을 넘었으나 아무것도 눈에 띄지 않았다.
진흙과 돌무더기가 황량하게 쌓여 있을 뿐이다. 겨우 등 뒤에서
비쳐 나오는 작은 불빛을 발견했다. 반딧불이만큼이나 작고 흐릿
한 불빛이었다. 그 빛을 향해 열 걸음쯤 걸어 들어갔다. 거기 사
람 하나가 겨우 들어갈 작은 토굴이 있었다. 소나무와 참나무를
꺾어 위장한 것을 보니 누군가 일부러 만들었음이 분명했다.

'원 장군이 이곳에 계시단 말인가?'

토굴에서 육중한 체구의 사내가 휙 나섰다. 손에는 장검이 들려 있었다.

"누구냐?"

이영남이 횃불을 앞으로 들이밀며 사내 얼굴을 살폈다. 넓고 둥근 얼굴, 밤송이 수염, 눈 밑의 흉터, 그리고 한없이 무거운 장검. 틀림없는 원균이었다. 원균 역시 이영남을 확인하고 웃음을 터뜨렸다.

"왔는가? 하하하, 그렇지 않아도 자넬 기다리고 있었어. 자, 어서 안으로 들어가세."

"이곳은⋯⋯?"

이영남이 머뭇거리며 토굴 입구를 살폈다.

"내가 기거하는 곳이야. 왜? 군막이 아니라서 놀랐는가? 난 이게 편해. 비록 토굴이지만 최소한 허발(체면 없이 함부로 먹거나 덤빔)은 면하며 하루 세 끼 제대로 먹고 있으니까. 육진에서도 이렇게 이 년을 버텼다네. 산성이 완성될 때까지는 나와 함께 묵도록 하세. 월인은 잠시 계룡갑사에 다니러 갔고 무옥도 동행했으니 아무도 찾을 사람이 없지. 자, 무엇 하는가, 어서 들어오지 않고."

이영남은 원균을 따라서 허리를 숙이고 좁은 토굴로 들어갔다. 입구는 좁았지만 토굴 안은 의외로 넓고 아늑했다. 장정 열 명이 족히 들어가 앉을 정도였다. 낡은 탁자 위에는 지도들이 어지럽게 펼쳐져 있었다. 방금 전까지 살펴보고 있었던 모양이다.

산성 축성도려니 생각하며 흘낏 훔쳐보고서 이영남은 화들짝 놀랐다.

"이, 이것은?"

원균은 이영남이 앉도록 마른 볏단을 내주며 반문했다.

"뭘 그렇게 놀라는가? 해도를 처음 보나?"

"장군께서 왜 해도를……"

"……보느냐고? 당연한 일이지 않은가? 부산포 왜적을 쓸어버리지 않는 한 이 전쟁은 계속될 것이야. 종전을 위해서는 삼도 수군이 움직여야 하는데, 이 통제사는 결코 그 일을 맡을 위인이 못 돼. 하면 누가 남는가? 바로 나 원균이 아니겠는가? 머지않아 조정에서는 다시 나를 찾을 걸세. 그때를 대비해서 미리 좀 보아 두는 게야. 월인이 최근 정황을 어렵게 알아다 주었다네."

이영남은 원균과 해도를 번갈아 쳐다보았다. 원균은 언제라도 수군 통제사로 복귀할 수 있도록 준비하고 있었다. 흐린 불빛 아래에서 해도를 살피며 장문포 패배를 반성했던 것이다.

'원 장군은 아무것도 포기하지 않았구나. 오히려 더욱 치밀해 졌어.'

당장 멱살을 쥐고 불호령이라도 내릴 줄 알았는데 함께 해도를 분석하자며 이영남을 회유했다. 그 변신이 놀랍고 두려웠다. 틀림없이 가슴 밑바닥에는 이순신을 향한 복수심이 불타고 있을 것이었다.

"시장하지? 우선 이걸로 요기나 하게."

원균이 탁자 밑에 놓아 둔 바구니를 꺼냈다. 시커멓게 그은 고기가 여러 덩이 담겨 있었다. 바구니로 손을 가져가던 이영남이 황급히 뒤로 물러섰다.

"이, 이것은 무슨 고기입니까?"

원균이 바구니에서 고기 한 점을 집어 질겅거리며 대답했다.

"쥐 고길세. 육진에서 쥐 고기는 소고기만큼이나 귀했지. 자, 어서 먹어 보게. 배고프지 않나?"

"쥐 고길 먹을 만큼 군량이 부족합니까?"

"아닐세. 쥐 고기만 먹고 어찌 힘을 쓰겠는가. 보리밥이긴 하지만 그래도 곡기를 끊지는 않고 있지."

"하면 왜 장군께서 쥐 고기를 드십니까?"

원균은 딱딱하게 굳은 살점을 씹어 대며 귀찮다는 투로 말했다.

"난 이게 좋아. 내 입맛에 딱 맞거든. 육진에서는 하루가 멀다 하고 쥐 고기 맛을 보았는데, 경상 우수사로 옮겨가서는 제대로 이 맛을 즐기지 못했어. 그래서 몸도 마음도 많이 약해졌던 게 사실이고."

이영남은 원균이 권하는 쥐 고기를 끝내 먹지 못했다. 쥐 고기를 씹는 원균에게서 꼭 이순신을 이렇게 씹어 삼키고야 말겠다는 의지를 읽어 냈던 것이다.

'누구보다도 술과 음식과 여자를 좋아하던 원 장군이 아닌가. 그런 사람이 시커먼 토굴에서 홀로 지내며 쥐 고기로 끼니를 때우고 있다. 무엇 때문인가. 말할 것도 없이 이 통제사에게 복수하기 위해서이다. 충청 병사 자리에 안주하며 대충대충 삶을 끝낼 수 없기 때문이다. 자신이 당한 굴욕을, 치욕을 되갚아 주기

위함이다. 아, 이 얼마나 무서운 인간인가.'

 그날 밤, 이영남은 토굴에서 원균과 나란히 누웠다. 새벽까지 뒤척이다가 겨우 잠들었을 때 이영남은 이순신과 원균이 나란히 끌려 나가 궁형을 당하는 꿈을 꾸었다. 비록 꿈속에서였지만 원균이 점점 이순신을 닮아 간다는 생각을 했다. 참으로 끔찍한 일이었다.

十七、석별의 잔을 드는 밤

을미년 구월 십사일 아침.

새벽까지 내리던 감주(甘澍, 단비)가 그친 후 높고 푸른 가을 하늘이 밝아 왔다. 오랜만에 멋쟁이(머리꼭지와 꽁지가 검은 되샛과 새)가 피리처럼 고운 울음을 울었다. 군사들은 비보라를 피해 무기고로 옮겨 두었던 활과 화살, 총통들을 상갑판에 올려놓느라 분주했다. 습기를 제거하고 곰팡이를 죽이는 데는 따가운 가을볕이 최고였다. 이제 곧 가을걷이에 들어갈 터이고, 그러면 햅쌀로 지은 밥을 먹을 수 있으리라. 군사들 얼굴에 웃음이 가득했다.

새벽어둠을 쫓으며 육지로 떠났던 경쾌선 한 척이 다시 한산도로 되돌아왔다. 이물에는 조방장 신호가 서 있었고, 갑판에는 송별연에 쓰일 음식들이 가득했다. 술은 물론이거니와 통째로 구워 먹을 새끼 돼지가 네 발이 꽁꽁 묶인 채 널브러져 있었고 길게 벼슬을 늘인 수탉과 귀를 쫑긋 세운 토끼도 있었다.

어젯밤, 이순신은 돈을 아끼지 말라고 신신당부를 했다. 이영남이 떠났을 때도 며칠 동안 침울함을 감추지 못했는데, 이번에는 그 도가 지나쳐 지난밤을 꼬박 술로 지새웠다. 만류해도 듣지 않더니 급기야 구토를 하며 피까지 뱉었다.

신호는 경쾌선을 타러 가면서도 마음 한구석이 꽉 막힌 듯 답답했다.

'무엇이 통제사를 저다지도 힘들게 하는 것일까. 조선 수군은 통제사 의도대로 빈틈없이 움직이고 있지 않은가. 전라 우수사 이억기가 믿음직스럽게 뒤를 받치고 있고, 충청 수사 선거이는 통제사와 의형제를 맺은 사이며, 배설 뒤를 이어 경상 우수사로 임명된 권준은 통제사 오른팔이 아닌가. 비록 선 수사가 병을 치료하기 위해 잠시 자리를 비우지만 충청 수사야 왜군과 싸우는 일에서 그 역할이 지극히 미미하다. 이억기와 권준을 좌우에 둔 통제사에게 부족한 것이 무엇일까. 기효근, 우치적, 이운룡 같은 경상 우수영 장수들이 통제사 군령을 충실히 따르기로 맹세하지 않았는가. 그런데도 통제사는 사소한 일에 상처 받고 술 취하고 눈물을 비친다. 정녕 문인 기질 때문일까.'

부두에 닿으니 경상 우수사 권준이 벌써 도착해서 신호를 기다리고 있었다. 두 사람은 반갑게 손을 맞잡았다. 순천 부사에서 파직된 후 근 여덟 달을 야인으로 지낸 권준은 이순신이 배려한 덕에 단숨에 정삼품 경상 우수사에 올랐다. 이순신으로서는 선택할 여지가 없었다. 원균에 대한 향수를 떨치지 못한 장졸들을 휘어잡아 이순신이 내는 계책을 충실히 따를 장수는 권준뿐이었다.

"수고가 많으시군요."

권준은 깍듯이 예의를 차렸다. 비록 벼슬은 권준이 윗자리이지만 조방장 신호는 여전히 장수들 존경을 받고 있었다.

"응당 해야 할 일이지요."

두 사람은 나란히 바닷가를 걸었다. 신호는 권준에게 이순신 근황을 자세히 알리고 대책을 마련할 작정이었다.

"어제도 과음하셨소. 새벽엔 피까지 토하시더이다."

권준이 알 듯 말 듯 한 미소를 입가에 머금었다.

"그래요?"

"어 조방장이 죽었을 때도 그랬고, 이 권관이 떠났을 때도 그랬고, 이제 선 수사 때문에 또 저러시니 이러다간 큰 화를 당하지나 않을까 걱정이외다. 권 수사께서 잘 좀 말씀드려 보는 것이 어떻겠소이까? 그래도 권 수사 충고는 들으시는 편이 아니오?"

"원래부터 정이 많은 분이니 그렇기도 하겠지요. 하나 단지 석별 때문만은 아닌 듯하군요."

"무슨 딴 이유라도 있단 말이오?"

권준이 고개를 돌려 하얗게 부서지는 파도를 바라보았다. 바다 건너 육지가 어렴풋이 눈에 들어왔다. 권준은 얼마 전 이순신이 지은 시 한 수를 떠올렸다.

큰 바다에 가을빛 저물었는데 　　　　水國秋光暮

찬바람에 놀란 기러기 높이 떴네 　　　驚寒雁陣高

가슴에 근심 가득 잠 못 이루는 밤　　　　憂心輾轉夜
새벽 달 활과 칼을 비추네　　　　　　　　殘月照弓刀

　이순신은 갈수록 근심을 홀로 부여안고 밤을 꼬박 새우는 날이 잦았다. 나대용이 전하는 말로는 몇 번인가 깊은 탄식과 함께 눈물을 글썽인 적도 있었다고 한다. 왕실과 조정에서 거는 기대와 휘하 장수들의 바람 사이에 치어, 단 한 차례 패전도 단 하나의 죽음도 없는 완벽한 승리를 준비하느라 더욱 큰 고통이 이순신을 휩싸고 도는 것이다. 패배할 조짐들을 하나씩 하나씩 지워 가며 승기를 틀어쥐기 위해 밤을 꼬박 새우는 것이다.
　"조정에서 선전관들은 계속 오고 있나요?"
　"그렇소이다. 한 달에 한 번 꼴로 오고 있소."
　"물론 부산포를 치라는 어명을 가지고 오는 것이겠지요?"
　"그 외에 또 무슨 일이 있겠소이까?"
　"신 장군! 장군은 조방장 직무를 끝내면 어디로 옮겨 갈 것 같으십니까?"
　신호가 눈을 크게 뜨고 되물었다.
　"난데없이 그딴 건 왜 물으시오? 낸들 알겠소? 나라에서 가라는 대로 갈 뿐이지. 그것이 우리네 장수들 본분이 아니겠소?"
　"지당하신 말씀입니다. 소생도 순천 부사에서 경상 우수사로 자리를 옮겼고 신 장군도 낙안 군수에서 조방장이 되었지요. 그리고 또 언젠가는 다른 벼슬자리로 옮겨 가게 될 것입니다. 하면 통제사는 어찌 되실까요? 어떤 자리로 옮겨 갈 수 있겠는가 이 말씀입니다."

"통제사께서 가시긴 어디로 가신단 말이오? 통제사가 아니 계신 삼도 수군은 생각해 본 적도 없소이다."

권준이 여전히 미소를 띠며 말했다.

"그렇지요. 우리는 모두 그렇게 생각하고 있습니다. 하지만 그건 우리들 생각일 뿐입니다. 어디 한번 주상 전하와 조정 대신들 입장에서 따져 볼까요? 수많은 장수들이 임지를 옮기고 있습니다. 경상 우수사였던 원 장군도 충청 병사로 갔지 않습니까? 한데 전혀 자리를 바꾸지 않고 붙박이처럼 박혀 있는 장수가 둘 있지요. 바로 권 도원수와 이 통제사입니다. 이렇게 시간을 질질 끌면서 부산포 왜군을 쓸어 내지 않으면 조정에서도 의론이 있겠지요. 책임을 물어야 한다는 말이 나올 테고, 비판의 화살이 이 통제사께 미친다면 그 일이 어떻게 될까요? 다른 자리를 얻어 갈 수 있을까요?"

"음!"

신호는 침묵을 지켰다. 폐부를 찌르는 날카로운 지적이었다. 설명이 이어졌다.

"통제사께서는 지금 이 세상에서 가장 힘든 싸움을 하고 계시답니다. 하늘과 힘겨루기를 하는데 몸과 마음이 성할 리가 있겠습니까?"

"하늘과 힘겨루기라……?"

신호가 메아리처럼 권준의 말을 따라 했다.

"통제사도 알고 계신 겁니다. 더 이상 오를 데가 없다는 것을.

단 한 번 추락이 그대로 죽음으로 이어진다는 것을."

"방금 죽음이라고 했소?"

"조선이 개국한 이래 통제사만큼 오랫동안 막강한 군권을 장악하고 있었던 장수는 일찍이 없었어요. 통제사만큼 민심을 얻은 장수도 없었고, 통제사만큼 어명을 거역한 장수도 없었지요. 그러니 시간을 끌면 끌수록 추락은 다가오는 것입니다. 주상 전하가 어떤 분이십니까? 정여립이 난을 일으켰을 때 전라도 위포(韋布, 벼슬하지 않은 선비)를 반 이상 잡아들여 참형에 처한 냉혹한 분이십니다. 통제사께서 전라도 민심을 얻고 있는 것이 어쩌면 주상 전하 결심을 재촉할 수도 있을 테고……"

신호가 언성을 높였다.

"그만하오. 우린 지금까지 수십 배나 많은 왜선들과 맞서서 훌륭히 싸워 왔소이다. 그런 우리가 어찌 버림받는단 말이오?"

"그렇지요. 장수로서 우리는 모든 것을 다해 싸워 왔지요. 하나 주상 전하와 조정 대신들이 통제사와 우리를 충직한 장수로만 봐 줄지 의문입니다. 정치하는 이들은 곧잘 과거를 잊어버리고 현재만 따지지요. 세 해 전에 우리가 거둔 빛나는 전과보다는 통제사가 삼도 수군을 총괄한 지 벌써 두 해가 흘렀다는 점을 주목한다, 이 말씀이에요."

"정치를 하는 데도 도의가 있지 않겠소?"

"공맹은 그렇게 말씀하셨지요. 그러나 정치에 도의란 요순 시절에나 찾을 수 있지 않을까요? 공맹이 천하를 주유하실 때도 도의는 땅에 떨어져 있었답니다. 지금 우리 조선 정치에 도의가 있을까요? 제 눈에는 이전투구로 보일 따름입니다. 이 나라는 결국 문신들이 장수들 힘을 법과 도덕으로 누르며 지금까지 버텨 왔는 지도 모릅니다. 문신들은 한 장수에게 모든 권력이 집중되는 것을 두려워하지요. 따지고 보면 위화도 회군도 고려 조정이 장수를 너무 믿었기 때문에 가능했던 일이 아니겠습니까? 통제사 명성이 높아질수록 조정 대신들은 당연히 옛일을 떠올릴 것이에요. 권 도원수야 문신 출신이니 어느 정도까지는 보호하려 들 테고, 결국 표적은 이 통제사가 될 겁니다. 그러니까 어찌 보면 이건 어명을 앞세운 문신들과 이 통제사로 대표되는 장수들의 힘겨루기라고 볼 수도 있겠군요. 지금으로서는 주상 전하를 감싸고도는 문신들이 백 번 유리하지요."

"그렇다면 속히 부산포를 치는 것이 좋겠소이다. 부산포를 쳐서 왜군을 싹 쓸어버리고 나면 저들도 통제사 전공을 인정할 게 아니겠소?"

권준이 천천히 고개를 저었다.

"글쎄요. 지금으로선 그렇게 할 수도 없지만 설령 그럴 기회가 온다고 해도 선뜻 내키지 않는군요. 부산포까지 쓸어버리면 통제사는 정말 이 나라를 구한 영웅이 됩니다. 문신들 두려움도 그만큼 커지겠지요."

송별연은 유시(오후 5시)부터 운주당에서 시작되었다. 이순신과 이억기, 선거이, 권준은 주안상을 앞에 두고 삥 둘러앉았다. 다른 장수들 술자리는 운주당 앞뜰에 따로 마련되었다. 선거이가 긴히 의논할 일이 있다며 수사들만 따로 자리하자고 부탁했던 것이다.

"몸은 어떠하시오?"

이억기가 걱정스러운 얼굴로 물었다.

"괜찮소이다. 물러나 쉬면 곧 나을 테지요."

선거이가 웃음 지어 보였다. 그러나 누구도 그 말을 곧이곧대로 믿지 않았다. 전라 병사였던 작년 초봄, 선거이는 합천 근처에서 왼쪽 허벅지에 총탄을 맞았다. 그 후로 치료를 소홀히해서 다리를 심하게 절었고 활을 잡을 수 없을 만큼 오른손까지 떨었다. 의원 말에 의하면 풍(風)이 이미 한 차례 지나갔다는 것이다. 긴장을 풀고 몸과 마음을 편히 가져야지만 목숨을 부지할 수 있다고 했다. 최전방 장수로 지내다가는 큰 화를 입을 것이다. 올해 마흔여섯, 세상을 버리기에는 아까운 나이였다.

"돌아오면 문전박대나 마시구려."

선거이 말에 나머지 세 사람도 따라 웃었다. 권준이 말했다.

"충분히 푹 쉬시다가 돌아오십시오. 선 수사께서 돌아오시면 그땐 소생이 휴가를 청해야겠습니다."

좌중이 떠들썩해졌다. 그러나 맥 빠진 웃음이었다. 선거이가 안색을 고치고 진지하게 이야기를 시작했다.

"명나라에서 도요토미 히데요시를 왜왕(倭王)으로 봉하는 책봉사가 온 것은 다들 알고 계시겠지요? 유격 대장 심유경은 여전히 부산포에 머물고 있고, 책봉 부사 양방형(楊方亨)이 이제 거창까지 왔다고 하오이다. 한양에 머물고 있는 책봉 정사 이종성(李宗城)도 곧 부산포로 내려올 것이오."

이억기가 물었다.

"소문대로 명나라 사신들이 왜국으로 가겠군요. 하면 이 전쟁도 끝나는 것이오이까?"

권준이 대답했다.

"히데요시는 명나라 책봉서나 받으려고 조선을 친 것이 아닙니다."

선거이가 술을 들이켰다.

"바로 보셨소. 히데요시는 최소한 조선 영토 반을 차지하고 명나라 공주와 조선 세자를 볼모로 잡아야지만 이 전쟁을 끝낼 것이오. 그렇지 않으면 전쟁을 일으킨 제 명분이 서지 않을 테니까. 명나라 사신들이 왜국으로 건너가면 강화 회담이 결렬될 것은 불을 보듯 뻔하오."

이억기가 다시 물었다.

"그렇다면 다시 전쟁이 시작된다 이 말씀이시오?"

선거이가 무겁게 고개를 끄덕였다.

"그렇소. 또다시 피비린내가 조선 산하를 뒤덮을 것이외다. 임진년보다 더욱 매섭게 몰아칠 것이오. 왜 수군은 몰라보게 강해졌소. 군선도 우리 판옥선만큼이나 크고 단단하며, 해안 왜성에 대포를 배치하여 수륙 협공 전술도 마련했소. 다시 해전을 벌인다면 지난 임진년처럼 우리가 쉽게 대승을 거둘 수는 없을 것이오. 미리미리 준비해야만 하오이다. 소장 당부를 잊지 마시오."

이억기와 권준은 크게 고개를 끄덕여 동감을 표시했다. 이순신은 습관적으로 술잔을 들이켤 뿐 침묵을 지켰다.

어느덧 둥근 달이 중천으로 떠올랐다. 권준과 이억기는 어색한 침묵을 피해 휘하 장수들이 있는 앞뜰로 가만히 내려갔다. 선거이와 이순신만이 덩그러니 남았다.

"형님! 이 아우 그렇게 쉽게 죽진 않아요. 걱정 마십시오."

선거이가 이순신을 위로했다. 이윽고 이순신이 입을 열었다.

"녹둔도에서 함께 낚시하자던 약속 기억하나?"

선거이가 너털웃음을 터뜨렸다.

"허허허허! 형님도 참, 기억력도 좋으십니다. 그때가 언젠데 아직……."

이순신이 그의 말을 잘랐다.

"전쟁이 끝나면 너랑 꼭 그곳에 가 보고 싶었어. 임경번이랑 오형의 무덤에도 가고."

"형님! 그때 일은 잊으십시오. 남해 바다에서 거둔 수많은 승리는 그 작은 패배를 깨끗이 씻고도 남습니다."

"나는 네가 부럽다!"

"허어, 삼도 수군 통제사인 형님이 제게 부러울 게 무엇이 있단 말씀입니까?"

"넌 물러나고 싶을 때 언제라도 물러날 수 있지 않으냐? 하나 나는 이 전쟁에 꼼짝달싹 못하게 매인 몸이다. 죽어서야 이 굴레에서 벗어날 수 있을지……."

선거이가 눈을 부라렸다.

"형님! 무슨 그런 약한 말씀을 하십니까? 형님 어깨에 이 나라 존망이 달려 있습니다. 다시 그딴 말씀을 하시면 의형제 연을 끊겠어요."

"아, 알았다. 내가 실없는 소릴 했구나. 어쩐지 예감이 좋지 않아. 이번에 헤어지면 다시는 널 보지 못할 것만 같다."

"사람 목숨이 어디 그렇게 쉽게 끊어집니까? 죽더라도 왜놈들을 모두 몰아낸 후에 죽어야죠. 그때까진 억울해서라도 이 아우 눈을 감을 수 없답니다. 형님도 마찬가지시겠죠?"

"그래, 그래! 네 말이 옳다."

이순신은 쓸쓸히 웃으며 선거이 말에 동의했다.

"형님! 떠나는 아우에게 술이나 한 잔 주십시오."

"그러자꾸나!"

선거이는 무심결에 풍을 맞은 오른손으로 술잔을 쥐었다. 역풍과 싸우는 돛단배처럼 술잔이 좌우로 흔들렸고 가슴께로 술이 마구 튀었다.

"저런!"

선거이가 입고 있는 융복을 허둥지둥 손바닥으로 훔쳐 내는 이순신 눈에 눈물이 그렁그렁했다. 선거이가 술잔을 내려놓으며 웃었다.

"형님! 그만두세요."

이순신이 선거이를 왈칵 껴안았다.

"아니, 형니임! 체통을 지키십시오. 장졸들이 봅니다."

"죽으면 안 된다, 안 된다, 안 된다, 안 된다."

이순신은 주문처럼 안 된다는 말을 반복했다. 회신과 요신이 일찍 세상을 버린 후 이순신은 선거이에게 친형제보다 더한 정을 두었다. 그런데 이제 선거이마저 그 곁을 떠나는 것이다. 눈물이 선거이 어깨를 촉촉하게 적셨다. 멋쩍어하던 선거이도 천천히 이순신 등을 감싸 안았다. 은은한 달빛 아래 두 사람은 오랫동안 포옹했다. 북풍 몰아치는 육진에서부터 바닷바람 매서운 한산도까지 함께했던 지난날들이 뇌리를 스치고 지나갔다. 곁에 없을 때라도 두 사람은 늘 서로를 느끼며 하루하루를 보냈다. 언젠가 꼭 만나리라는 믿음을 잃지 않았다. 오늘은 왠지 기약 없는 이별이란 생각이 들었다.

그날 이순신은 선거이를 위해 이별시를 한 수 읊었다.

북쪽에 갔을 때도 함께 일하고	北去同勤苦
남쪽에 와서도 죽살이를 같이했네	南來共死生
오늘밤 달 아래 한잔 하고는	一杯今夜月
내일이면 우리 서로 헤어져야 하리	明日別離情

十八、가장 처참한 인간 하나

병신년(1596년) 이월 오일 아침.

허균은 어제도 한호와 함께 밤새 감홍로(甘紅露, 평양에서 나는 술)를 마셨다. 한호가 조정에서 쓴 글품으로 주먹만 한 금덩이를 받아 왔기에 돈 걱정을 할 필요가 없었다. 인시(새벽 3시)가 다 되어 애랑을 끼고 별채로 나가면서, 한호는 허균에게 의미심장한 눈길을 보냈다. 그때까지 가야금을 뜯고 있던 청향을 여차하면 덮치라는 뜻이었다. 허균은 고개를 끄덕이며 알 듯 말 듯한 웃음을 흘렸다.

허균은 벌써 일 년 가까이 남산제비꽃보다 고운 청향에게 정성을 쏟고 있었다. 다른 기생들은 허균이 원하기도 전에 치마끈을 풀었지만 청향은 눈길 한 번 허투루 주지 않았다. 허균이 다른 기생들과 동침할수록 청향은 더욱 싸늘한 태도를 보였다. 돈이나

259

패물로도 청향 마음을 살 수 없었다. 평소였다면 콧방귀를 뀌며 딴 여자를 찾아가겠지만 어쩐 일인지 청향을 떠날 수 없었다.

'냄새 탓이로다.'

이제 갓 열여섯 살이 된 청향에게서는 어지러운 살 냄새가 아니라 꽃 냄새, 나무 냄새, 풀 냄새가 났다. 그 냄새는 청향이 뜯는 가야금 가락에 얹혀 허균을 송두리째 뒤흔들었다.

또 청향은 맑은 눈을 지녔다. 청향은 큰 눈을 똑바로 뜨고 허균 말에 또박또박 응답했다. 말씨름이라면 조선에서 제일간다고 자부하는 허균이지만 청향 앞에서는 할 말을 잃기 십상이었다.

청향은 허균을 피하지 않았다. 허균이 부르면 낮이든 밤이든 나아와서 가야금을 뜯고 춤을 추고 술을 따랐다. 그러나 마음만은 결코 열지 않았다.

"날 마다하는 이유가 무엇이냐?"

허균이 묻자 청향은 방긋방긋 웃으며 대답했다.

"오해는 마세요. 나리가 싫은 게 아니랍니다. 다만 소녀는 소녀가 사랑하는 분에게 첫정을 드리고 싶사와요."

"그 첫정을 내가 받을 수는 없느냐?"

"글쎄요. 나리 주위엔 꽃들이 너무 많아서 두렵답니다. 한번 꺾인 후론 다시 나비를 못 볼 것도 같고."

한호는 그런 허균이 측은했던지 애랑을 불러 청향을 강제로라도 허균에게 넘기라고 독촉했다. 애랑은 고개를 설레설레 저었다.

"재작년 그 애가 처음 왔을 때 밤골 김 판서가 눈독을 들였더랬죠. 흥정을 끝내고 머리 올리는 일만 남았는데 청향이가 끝까지 싫다고 고집을 부리지 뭐예요. 목을 매서 죽으려는 년을 겨우 살려 냈답니다. 그 후론 아무도 그 애에게 함부로 못 해요."

가야금 소리가 멎었다. 허균은 감았던 눈을 슬며시 떴다. 청향은 가야금을 저만치 밀어 두고 물러가려는 듯했다.

"벌써 가려고?"

청향이 다시 방긋 웃으며 주안상 앞으로 다가앉았다.

"주무시지도 않으면서 고목(古木)처럼 꼼짝 않고 계실 건 또 뭐예요? 남은 힘들여 가야금을 뜯는데 정성을 봐서라도 칭찬 몇 마디 해 주실 수 있잖아요?"

"보고 있었느니라, 네가 뜯는 가야금 소리를! 눈을 감고서야 볼 수 있는 것이 이 세상에 얼마나 많은 줄 아느냐?"

"……"

"나는 눈을 감고 많은 것을 보느니라. 핏덩이 아들, 가여운 아내, 병든 이웃, 까마귀밥으로 떠도는 시신들, 그 원통한 울음소리, 칼바람 소리. 나는 이런 것들을 모두 눈을 감고 보느니라."

허균이 한숨을 푸욱 내쉬는 것과 동시에 청향 눈에도 이슬이 맺혔다. 청향은 웃기도 잘하지만 슬픔의 강에도 곧잘 빠졌다.

청향은 전쟁이 나던 임진년 봄에 기방으로 왔다. 배고픔을 이기지 못한 부모가 막내딸을 팔아넘긴 것이다. 살아남기 위해서는 하늘이 정한 인륜도 무용지물이었다. 애랑 말에 따르자면 청향은 기방으로 올 때부터 곧잘 시를 외웠다고 한다. 양반 피가 흐르는 것만은 틀림없는데 성씨나 고향, 부모 이름은 끝까지 말하지 않았다. 이제 기생이 되었으니 그깟 뿌리가 무슨 소용이 있겠느냐고 했다.

"나리! 심화가 될 기억일랑 빨리 잊는 편이 낫지요."

"허허허, 그래서 이렇게 널 만나러 오는 게 아니야?"

청향이 고개를 가로저었다.

"아니죠. 나리께선 오히려 이곳에서 망부인(亡夫人)의 그림자를 찾고 계신 것이 아닌지요? 그러니 기생들 중 그 누가 나리 마음을 흡족하게 해 드릴 수 있겠어요? 나리는 조선 팔도 기생을 모두 품더라도 아쉬움을 채우지 못하실 거예요. 그럴 바엔 차라리 자결하세요. 부인 무덤 앞에서 말이에요."

참으로 당돌한 주장이었다.

"나보고 자진하라고?"

청향이 고개를 끄덕였다. 허균은 아내 김 씨 무덤을 작년 가을에 강릉으로 이장했다. 동해 푸른 물결이 가까이 보이는 양지 바른 언덕이었다.

"그럴 순 없다."

"……"

"내겐 아직 열 살도 되지 않은 딸아이가 있어. 그 앨 고아로 만들 수 없지. 설경이를 두고 나만 먼저 저세상으로 가면 아내가 용서치 않을 게야."

청향은 잠시 말을 잊고 술잔을 만지작거렸다.

"나리! 나리께서는 빈부귀천을 따지지 않으신다고 하셨지요?"

허균이 머리를 끄덕였다.

"백정과도 벗할 수 있고 비렁뱅이와도 술잔을 나눌 수 있다고 하셨고요?"

허균이 눈을 조금 더 크게 뜨고 청향을 바라보았다. 청향은 시선을 내린 채 계속 앙증맞은 술잔을 검지로 돌려 대고 있었다.

"하면 나리께서는 노류장화를 아내로 맞아들여 백년 고락을 함께하실 수 있으신지요?"

"……"

"설경이 새엄마가 기생이 되어도 괘념하지 않으실는지요?"

허균은 말없이 술잔을 들이켰다. 물음이 가슴을 헤집고 들어왔다. 일 년 동안 허균은 청향에게 많은 이야기를 해 주었다. 적자와 서자 구별이 없고 양반과 상놈 차별이 없는 세상, 군왕도 잘못하면 벌을 받고 노비도 훌륭한 일을 하면 상을 타는 세상, 그런 세상을 만들고 싶다는 포부도 밝혔다. 청향은 두 눈을 반짝이며 그 말을 끝까지 들었다. 한마디 질문도 하지 않은 채 그 분노, 그 자신감, 그 희망을 묵묵히 지켜보았다. 그리고 청향은 비로소 지금에야 허균에게 묻는 것이다.

'당신 신념을 보여 주세요. 만백성에 대한 당신 사랑을 우선 소녀에게 베풀어 주세요. 그럴 용기가 없다면 당신이 들려주신 미래는 공염불에 불과해요. 소녀 몸을 노리는 숱한 사내들이 늘어놓은 감언이설처럼 당신도 소녀를 속이신 건가요? 어서 당신 진심을 보여 주세요. 어서요.'

허균은 쉽게 대답할 수 없었다. 혼자라면 문제가 아니겠지만 허균에게는 어린 딸 설경과 완고한 어머니, 가문의 명예를 무엇보다도 중히 여기는 형 허성이 있었다. 어머니와 허성은 청향을 받아들이지 않을 것이다.

　침묵을 깨고 청향이 말했다.

　"알겠어요. 나리께서도 양반일 뿐이군요. 기생과 하룻밤 사랑
은 가능하지만 영원한 사랑은 두려운 거예요. 자책하진 마세요.
헛꿈을 품은 소첩이 잘못이지요."

　"청…… 청향아!"

　청향이 다소곳이 자리에서 물러갔다. 부끄러움이 온몸을 휘감
았다. 천하를 바꾸기 위해 품었던 생각들이 이다지도 나약한 것
들이었단 말인가. 당신도 결국 양반일 뿐이라는 질책이 귀에 쟁
쟁해 가시지 않았다. 만백성을 위한 나라를 만들겠다는 주장도
결국 몇몇 양반들을 위한 나라를 세우겠다는 것에 불과했는가.
인간과 인간의 진실한 만남을 갈구하였지만 허균에게는 청향을
품을 용기조차 없었다.

　가족이란 얼마나 질긴 끈인가. 타향을 떠돌며 자유롭게 삶을
영위하려고 해도 그에게는 가족이라는 굴레가 어김없이 덧씌워져
있었다.

　'이 나라를 바꾸기 위해서는 내 가족부터 바꾸어야 하고, 내
가족을 바꾸기 위해서는 가족들을 설득할 용기가 필요하다. 자기
가족도 바꾸지 못하면서 어찌 이 나라를 바꿀 수 있겠는가.'

　허균은 꺼이꺼이 목을 놓아 울었다. 죽은 아내 김 씨 얼굴과
핏덩이 아들 얼굴과 길바닥에 개처럼 버려져 죽음을 맞은 조선
백성들 얼굴이 눈앞에 어른거렸다. 그 원혼을 달래기 위해서라도
허균은 강해지고 싶었다. 그러나 아니었다. 세자인 광해군을 찾

아가서 몇 마디 불평을 늘어놓을 수는 있을지언정 자기 삶을 뿌리부터 바꾸지는 못했던 것이다.

"겁쟁이, 바보 같은 새끼, 네가 그러고도 인간이냐?"

허균은 스스로를 책하며 술동이를 끌어안고 뒹굴었다.

허균은 해가 중천에 뜰 때까지 깨어나지 못했다. 서늘한 손길이 이마에 닿았다.

"나리! 누가 찾아왔어요."

청향이 허균을 흔들어 깨웠다. 어제 일은 모두 잊은 듯 다시 방긋방긋 웃어 댔다. 청향이 건네주는 꿀물을 들이켠 후 물었다.

"누구라더냐?"

"강릉에서 온 최 의원이라는군요."

'최 의원?'

강릉에서 병을 고쳐 준 최중화가 틀림없었다.

"안으로 모셨느냐?"

청향이 말을 더듬으며 머뭇머뭇거렸다.

"여, 영판…… 비렁뱅이 몰골에…… 병색이 완연해서 들이지 않았어요. 문밖에 있으니…… 나가 보시겠어요?"

허균이 황급히 자리에서 일어나 옷을 입었다. 허둥대는 모습을 보며 청향이 고개를 갸웃거렸다.

"무엇하는 게야? 어서 이리로 모시고 오게. 내가 말해 준 적이 있지 않아? 강릉 땅에서 수많은 목숨을 구한 명의 중의 명의, 바로 그 사람이야."

"아, 알겠어요."

그제야 청향도 바삐 뜰로 나가 문지기를 불렀다. 허균 생명을 구해 준 의원이라면 마땅히 안으로 모셔야 하는 것이다. 그러나 허균이 옷을 다 입을 때쯤 청향이 다시 방으로 들어왔다.

"나리! 한사코 들어오지 않겠다고 해요. 나리께서 직접 나가 보셔야겠어요."

"알겠다."

허균은 다시 옷매무시를 고치고 대문을 나섰다. 길 건너 아름드리 팽나무 아래에 온몸을 흰 천으로 둘둘 감은 사내가 서 있었다.

아침 햇발이 시선을 더욱 어지럽게 했다. 허균은 잠시 이마를 짚었다. 어제 먹은 술이 완전히 깨지 않은 것이다. 걸음을 재촉해서 팽나무 아래로 갔다. 몰라보게 야위었고 시커먼 땟국이 양 볼을 타고 흘러내렸지만, 사내는 사 년 전 강릉에서 만났던 최중화가 틀림없었다. 환자들에게 약을 거저 나눠줬기에 돈을 모으지는 못했겠지만 이렇게까지 형편없는 몰골로 지낼 처지는 아니다. 은혜를 입은 백성들이 누구보다도 먼저 입을 옷과 먹을 밥을 챙겼던 것이다. 허균이 반가워하며 앞으로 썩 나섰다.

"이게 얼마 만이오? 내가 얼마나 최 의원을 찾은 줄 아시오? 그래, 그동안 어찌 지내셨소?"

최중화가 물러서며 씨익 웃어 보였다.

"잘 지내고 있습죠."

허균이 다시 한 걸음 다가섰다.

"자, 예서 이럴 것이 아니라 안으로 드십시다. 주안상이라도 앞에 놓고 지난 얘기를 해 봅시다."

허균이 손목을 잡아끌려 하자 최중화가 기겁을 하며 뿌리쳤다. 그제야 최중화 얼굴과 양팔에 둘둘 감긴 흰 천이 눈에 들어왔다. 처음에는 추위를 이기기 위해 임시방편으로 걸친 것이려니 했다. 그러나 최중화 손목을 쥐는 순간 서늘한 냉기가 전해졌고, 흰 천 사이로 검지와 중지가 없는 시커먼 손이 보였다.

"최, 최 의원!"

"소인 몸에 손을 대지 마십시오. 몹쓸 병에 걸렸답니다. 잘못하면 나리도 옮을지 몰라요. 되도록이면 멀리 떨어지십쇼. 지금도 너무 가까이에 서 계십니다. 어서 걸음을 물리세요, 어서요!"

허균은 망연자실 그 자리에 서서 꼼짝도 하지 않았다. 최중화, 천하 명의 최중화가 문둥병자가 되어 나타난 것이다.

'조선에 떠도는 모든 돌림병을 치료할 약을 만들겠노라며, 백성을 내 몸같이 아끼는 마음으로 팔도를 주유하던 최중화가 아닌가. 한데 문둥병이라니. 천형(天刑)에 빠져들다니. 아, 이는 있을 수 없는 일이다. 어찌하여 의와 인을 몸소 실천한 인간에게 이다지도 가혹한 불행이 찾아든단 말인가. 이 전쟁으로 말미암아 수만 명이 형벌을 받을지언정 최중화는 그럴 수 없다. 최중화는 아니다, 최중화에게는 티끌만 한 죄도 없다! 아, 하늘이 정녕 눈이 멀었구나.'

허균이 두 눈에서 주르륵 눈물을 흘렸다. 최중화가 손으로 코와 입을 가렸다.

"이러지 마세요. 자꾸 이러시면 그냥 돌아가겠습니다."

쉰을 넘긴 최중화는 이마에 주름을 한껏 잡았다. 문둥병자라는 사실이 들통 나면 몽둥이찜질은 물론이고 개처럼 질질 끌려 도성 밖으로 내쫓길 것이다.

"청이 있어서 이렇게 몹쓸 병을 무릅쓰고 찾아왔습니다."

"무엇이오?"

"강릉에서 했던 약조를 기억하시는지요? 서애 대감께 소개해 주시겠다던……."

"물론 잊지 않았소. 그 일 때문에 왔소? 지금 당장 서애 대감을 뵈러 가십시다. 가서 그대가 공들여 모은 것들을 서책으로 내도록 하십시다."

허균은 당장 류성룡에게 가자며 몸을 돌렸다. 최중화가 만류했다.

"아닙니다. 어찌 이런 몸으로 영의정 대감을 뵈올 수 있겠습니까? 서애 대감을 뵈려는 것이 아니라 서애 대감께 말씀드려 내의원 허준을 만날 순 없는지……."

"내의원 허준을 만나고 싶다 이 말이오?"

"그렇습니다."

허균은 고개를 갸우뚱거렸다. 왜 허준을 만나려는 것일까. 의서를 내려면 서애 류성룡처럼 의학에 밝은 유의(儒醫)가 필요하다. 더군다나 지금 류성룡 지위는 신하 중에 으뜸인 영의정이 아닌가. 문둥병으로 세상을 마치기 전에 의서를 펴내려고 상경한 것이라면 응당 류성룡을 찾아가야 했다. 그런데 왜 그를 제쳐 두고 허준을 만나려는 것일까.

"아니 되겠습니까?"

허균이 선뜻 대답을 하지 않자 최중화는 초조한 듯 아랫입술을 물어뜯었다. 피가 배어 나왔다. 털썩 그 자리에 꿇어 엎드렸다.

"언제 죽을지도 모르는 목숨입니다. 이 불쌍한 놈이 마지막으로 드리는 부탁입니다!"

그 비굴한 태도가 허균 마음을 더욱 아프게 했다. 만약 거절한다면 최중화는 팽나무에 목을 맬지도 모른다.

"좋소. 한데 내의원 허준은 무척 바쁜 사람이라오. 더구나 요즈음은 동궁……"

최중화가 그 말을 가로막았다.

"소인도 다 알고 있습니다. 당장 내일 만나자는 게 아닙니다. 열흘쯤 후에 잠깐 만나 보는 것은 가능하지 않겠습니까? 되도록 이면 늦은 밤이 좋을 듯합니다."

"좋소. 마침 오늘 서애 대감을 뵈올 일이 있으니 그때 말씀 올리겠소. 하면 열흘 후에 어디서 허 의원을 만나겠소? 이곳은 사람들 시선이 많아서 번잡할 듯하니 기방 뒤 저 대숲이 어떻겠소? 대숲을 헤치고 들어가면 주인을 알 수 없는 무덤 다섯 개가 나란히 자리 잡은 빈 터가 나온다오. 거기서 자시(밤 11시)에 만나는 걸로 합시다."

"감사합니다. 그렇게 합죠. 그땐 동행이 없었으면 합니다."

"나도 따라오지 말란 말이오?"

최중화가 천천히 고개를 끄덕였다. 무슨 사연인지 더욱 궁금했으나 지금 당장 따질 수는 없었다. 지나가는 행인들이 힐끔힐끔 그들을 살폈던 것이다.

"알겠소. 하나 오늘은 나랑 함께 지내야 하오. 우리들 재회를 이렇게 끝낼 수야 없지 않겠소? 목숨을 구해 준 은혜도 갚아야 하고."

최중화가 누런 이를 드러내며 웃었다.

"나리! 말만으로도 감사합니다. 소인은 나리를 조금 압지요. 여느 양반님네들보다는 훨씬 마음도 넓고 정도 많은 분이란 걸 압니다요. 하나 괜히 소인을 잡아 두실 생각은 마십쇼. 오십 평생을 살아오면서 소인도 있어야 할 자리와 없어야 할 자리, 가야 할 길과 아니 가야 할 길 정도는 구별할 수 있답니다. 소인이 어찌 나리 생명의 은인이겠습니까. 소인은 다만 살아날 수 있는 사람을 살렸을 뿐입니다. 보잘것 없는 재주 값은 이미 주셨습니다. 나리! 눈물을 거두십시오. 나리께선 이 나라 조선을 짊어질 동량이십니다. 문둥이를 위해서 눈물을 흘리지는 마십시오. 나리! 소인이 강릉에 있을 때 모습만 기억해 주십쇼. 그땐 참으로 열심히 환자들 병을 살폈고, 약초를 얻으려고 산천을 누볐습지요. 어떤 병과도 싸워 이길 자신이 있었더랬죠. 불과 사 년이 지났는데도 아득한 옛일처럼 느껴지는군요. 나리! 부디 지극한 덕을 베푸는 천하 명신이 되십시오. 안녕히!"

몸을 돌린 최중화가 남쪽으로 냅다 뛰기 시작했다. 허균이 팔을 뻗어 잡으려 했지만 너풀대는 천 끝을 채었을 뿐이었다. 손에 남은 흰 천에 배어든 누런 진물과 정신없이 달아나는 최중화를 번갈아 쳐다보았다. 저기, 잔인한 운명을 짊어진 위대한 인간이 달려가고 있었다.

허균 눈에서 하염없이 눈물이 흘렀다.

문득 손곡 이달이 떠올랐다. 허균은 스승이 왜 그렇게 술을 마시면 밤낮없이 울어 대는지 이해하지 못했다. 세상이 서럽고 더럽다면 팔을 걷어붙이고 맞서 싸워야 한다고 생각했다. 그러나 세상에는 눈물로밖에 표현할 수 없는 것들도 있었다. 운명이란 놈이 인간을 얼마나 처참하게 만드는가를 목도하는 순간에 쏟아지는 슬픔이다.

허균은 최중화 머리를 감았던 흰 천에 얼굴을 묻었다. 최중화가 겪고 있는 고통을, 살점이 떨어져 나가는 그 아픔을 조금이라도 느끼고 싶었다. 그러나 아무것도 느낄 수 없었다.

팽나무 아래까지 나온 청향이 그 팔을 붙잡았다.

"나리, 이만 들어가세요. 왜 혼자 여기서 이러고 계시나요?"

허균이 갑자기 고개를 쳐들고 횡설수설 소리치기 시작했다.

"인간이야! 인간인 것이다. 문제는 이 빌어먹을 인간인 것이야. 인간이 도대체 뭐냐? 인간은 이렇게 처참하게 짓이겨져도 인간이냐? 청향아! 네 말이 맞다. 차라리 인간임을 포기하는 것이 옳다. 아내 무덤 앞에서 목숨을 끊는 것이 옳다. 인간이 뭐냐? 도대체 인간이 뭐야?"

十九. 필생의 역작을 경쟁자에게 주다

허준은 내의원 정예남(鄭禮男)과 김응탁(金應鐸)에게 동궁을 각별히 살필 것을 당부한 후 대궐을 나섰다. 세자인 광해군이 시름시름 앓은 지 오래였기에 허균은 잠시도 대궐을 떠나기 어려웠다. 어제 새벽만 해도 광해군이 담음(痰飮, 체액이 위장에 쌓여 있는 상태)을 호소하여 급히 약을 지었다. 오후 늦게 겨우 미음을 뜨면서 광해군은 까칠한 음성으로 허준에게 물었다.

"영상이 은밀히 찾는다지?"

"세자 저하 환후가 극심하신데 소생이 어디로 가겠사옵니까. 염려 마시옵소서."

광해군이 마른 입술에 침을 바르며 고개를 저었다.

"아니, 아니야. 가 보도록 해. 영상이 괜히 청할 리 있겠나?"

사퇴(仕退, 벼슬아치가 정한 시간에 사무를 마치고 퇴근함. 보통 사시에 사진(仕進)하여 신시에 사퇴한다.)할 무렵, 허준은 류성룡을 찾아 갔다. 허준은 궁을 비울 수 없음을 거듭 강조했다.

"소생이 있어야 하옵니다."

류성룡이 실핏줄이 선 허준의 두 눈을 들여다보며 말했다.

"책임을 느끼겠지. 이제 자네도 내의원에서 첫손 꼽히는 자리에 있으니까. 하나 자네가 자리를 지킨다고 세자 저하 환후가 낫는 것은 아니지 않나?"

"대감!"

"자넬 책하려는 게 아닐세. 하나 『향약집성방』이나 『의방유취』를 가지고는 도저히 세자 저하 병을 고칠 수가 없을 듯하이. 처음에는 이질(痢疾)로 시작했으나 지금은 저하께서 어떤 병을 앓고 계신지도 모르고 있어. 그래서 내 자네에게 도움을 주려는 것이야. 오늘밤 내가 말하는 곳으로 가 보게나. 자넬 도와줄 사람이 기다리고 있을 걸세."

보름달이 천하를 훤히 비추고 있어서인지 밤길이 그렇게 어둡지만은 않았다. 약초를 구하기 위해 홀로 지리산을 누비며 호랑이나 곰 같은 맹수의 울음소리를 듣고 추위에 떨던 젊은 날에 비하면 도성 안 야트막한 언덕에 있는 대숲으로 들어가는 것이야 아무 일도 아니었다.

허준은 언덕을 오르며 이제 칠십 고개로 접어든 스승 양예수(楊禮壽)를 떠올렸다. 무진년(1568년), 스무 살을 갓 넘긴 허준이 전라도에서 상경했을 때 제자로 받아 준 스승이다. 그때 이미 내의원으로 명성이 높던 그는 곧 허준을 수제자로 삼았고, 장차 어의(御醫)로서 살아갈 때 필요한 마음가짐과 행동거지들을 자상하게 일러 주었다.

"어의는 왕실과 운명을 같이하는 것이야. 주상 전하나 세자 저하 옥체에 병이 깃들면 어의는 결코 살아서 궐을 나서지 못한다. 알겠느냐?"

양예수는 명종 대왕이 승하한 정묘년(1567년)에 의금부까지 끌려가서 모진 고초를 당했다. 내의원 다섯이 고문을 견디지 못해 목숨을 잃었는데, 양예수는 그간의 공을 인정받아 목숨은 건졌다.

"항상 자중해야 한다. 의원은 인간 생사를 좌우하는 중임이므로 삼세(三世)를 업으로 하지 않으면 쓰지 않는다고 했느니라. 벼슬이 올라간다고 기뻐하지도 말 것이며, 벌을 받는다고 슬퍼하지도 마라. 어의는 오직 왕실에 병이 들지 않도록 자나 깨나 살필 것이며 혹 병이 들면 최선을 다해 그 병을 물리쳐야 한다. 알겠느냐?"

허준은 스승 말씀을 다시 새겼다. 자신은 광해군과 생사를 함께할 운명이었다. 광해군이 중병을 앓으면 기꺼이 목숨을 내놓아야 한다.

'스승님!'

허준은 둥근 달을 쳐다보았다. 스승인 양예수 병이 심각했던 것이다. 임진년 몽진 길에 따라나서지 못할 때부터 스승 몸이 심상치 않음을 눈치 채고 있었다. 유음(留飮, 관절통)을 앓더니, 지금은 폐허증(肺虛症)과 현훈(眩暈, 어지럼증) 때문에 제대로 거동조차 못했다. 류성룡이 광해군 병세를 의논하기 위해 몇 차례나 사람을 보냈으나 양예수는 모든 것을 내의원 허준과 의논하라는 답장만 보내 왔다.

허준은 감회에 젖었다. 양예수에게 가르침 받은 지도 벌써 삼십 년이 가까웠다. 그동안 스승은 제자 앞에서 조금도 실수를 범하지 않았다. 항상 제자보다 먼저 일어나고 늦게 잠들었으며, 그날그날 읽은 의서들을 빠짐없이 정리했고, 새로 발견한 증상들에 대한 의견을 꼼꼼히 적어 두었다. 허준 나이 올해로 쉰하나. 명성으로 보나 나이로 보나 제자를 둘 시기가 지났건만 아직까지 허준은 제자를 받지 않았다. 스승인 양예수만큼 제자들을 다독거릴 자신이 없었던 것이다.

대숲이 나타났다. 스산한 겨울바람이 휘이이잉 대나무 사이를 때리며 지나쳤다. 며칠 전 내린 싸라기눈이 아직 군데군데 남아 있었다. 잠시 좌우를 살폈다. 인기척은 없다. 입김을 호호 불어 언 손을 녹였다. 아직 이 겨울이 다 가려면 한 달은 있어야 할 것이다.

'봄이 오면 세자 저하 환후에도 차도가 있을까.'

허준은 광해군이 그토록 오랫동안 병을 앓는다는 사실 자체가 믿기지 않았다. 분조를 이끌고 강원도와 전라도를 종횡으로 누비던 광해군이 아닌가. 며칠 밤을 지새워도 눈 하나 꿈쩍 않던 그가 지난여름부터 줄곧 앓더니 좀처럼 병을 떨치지 못했다. 여름에는 지독한 설사와 함께 열이 심하게 오르내려 이질에 합당한 약을 썼다. 가을 찬바람이 불자 설사는 멎었지만, 이번에는 오한이 들면서 천명(喘鳴, 가래 끓는 소리)이 심해졌다. 감환이라 생각하여 그에 맞는 약을 썼다. 그러자 이번에는 흉협고만(胸脇苦滿, 명치부터 옆구리까지의 답답한 증상)을 느끼면서 온몸에 열꽃이 피었다.

수만 가지 병마가 몸속에 숨었다가 이리저리 들쑤시고 나오는 형국이었다. 여러 병을 전전하면서 광해군은 몰라보게 야위어 갔다. 광대뼈가 툭 튀어나오고 양 볼에 검은 기미가 피었으며 입술은 바싹 마른 채 항상 갈라져 있었다. 젊은 패기를 확인할 수 있는 것은 두 눈뿐이다. 광채를 발하는 눈은 여전히 마주 앉은 사람들을 주눅 들게 만들었다.

대나무 사이를 헤치고 들어가니 호랑버들에 둘러싸인 무덤들이 눈에 띄었다. 무덤들 주위를 한 바퀴 돌았다. 봉분이 내려앉고 마른풀이 무성한 것을 보면 몇 년이나 벌초를 하지 않은 듯했다. 무덤 다섯 개가 횡으로 나란히 있는 것도 유난스러웠다.

"오랜만이군."

소나무 뒤에서 그림자가 불쑥 나타났다. 달빛을 등지고 섰기에 얼굴이 더욱 어둡게 보였다. 허준은 저도 모르게 두어 걸음 물러섰다.

"무얼 그리 놀라는가? 옛날엔 추위를 피해 무덤을 파고 그 속에서 밤을 지새우기도 했으면서……."

허준 눈이 갑자기 휘둥그레졌다.

'무덤 속에서 밤이슬을 피한 것을 아는 사람이라면?'

"날세, 중화일세!"

"최중화! 정말 자네인가?"

허준이 성큼 앞으로 내달았다. 이번에는 최중화가 한 걸음 물러섰다. 흰 천으로 코와 입을 가린 채 소리쳤다.

"멈추게."

허준은 네댓 걸음 앞에서 멈춰선 후 최중화 얼굴을 찬찬히 뜯어보았다. 흰 천 사이로 언뜻언뜻 보이는 짓물러진 눈, 콧구멍이 보일 만큼 내려앉은 코, 그리고 입술이 떨어져 나가 다물어지지 않는 입.

"자, 자네……"

"그래, 맞아. 몹쓸 병에 걸렸다네. 근 삼십 년 만에 만나는데 이런 몰골이라서 미안하이. 후후후."

최중화가 김빠진 웃음소리를 냈다.

"어쩌다가 그리 되었는가?"

허준이 눈살을 찌푸리며 물었다. 최중화는 잠시 대답을 미루고 하늘을 올려다보았다. 태미원(太微垣. 하늘나라 왕과 신하들이 모여 의논하는 명당을 나타낸 별자리)이 먼저 눈에 띄었고, 그 담벼락 안팎에 무수한 별들이 금방 쏟아질 듯했다.

"……스승님께서는?"

"편찮으시다네. 그동안 자넬 얼마나 찾았는지 아는가? 도대체 어쩌다 그 몹쓸 병에 걸렸나?"

"천벌을 받은 게지, 후후후!"

무진년 허준이 상경하기 전까지 최중화는 양예수가 가장 총애하는 제자였다. 허준이 전라도 산천을 헤매며 약초를 캐는 동안 최중화는 일찍 상경하여 양예수 제자가 되어 있었다. 최중화는 뒤에 들어온 동갑내기 허준이 처음부터 마음에 들지 않았다. 의서를 읽고 환자를 살피는 실력은 최중화가 월등히 나았는데도 허준은 조금도 선배 대접을 하지 않았다.

"스승님께서 자넬 얼마나 아끼신 줄 아는가? 한데 야반도주를 하다니."

"후후후, 그랬던가? 난 스승님께서 허준 자네만을 위하신다고 생각했지. 어차피 나는 어의가 될 수 없지 않았는가? 스승님께서는 제자 중 오직 한 사람만을 어의로 데려가겠다고 입버릇처럼 말씀하셨으니까. 허준 자네가 어의로 추천되었으니, 내가 그 집에 머물 이유가 없어졌던 게야."

"하지만 꼭 어의가 되어야만 하는 건 아니지 않나? 이 세상에는 우리 인술(仁術)을 기다리는 사람들이 저 하늘 별처럼 많다네."

최중화가 다시 낮게 웃었다.

"후후후, 그래, 자넨 변한 게 하나도 없군. 삼십 년 전이나 지금이나 똑같아. 늘 그렇게 여유를 부리면서 이야기하지. 하지만 언제나 실속을 차린 건 자네였어. 자넨 어의가 되었으니 그렇게 쉽게 이야기할 수 있겠지. 자넨 승자니까. 그러나 단 한 번이라도 패자가 느끼는 고통을 생각해 본 적이 있나? 난 열 살 때부터 어의가 되기 위해 이를 악물고 공부했다네. 적어도 자네가 오기 전까지만 해도 스승님은 날 당신 후계자로 생각하셨어. 궁중 법도까지도 소상히 가르쳐 주셨으니까 말일세. 한데 자네가 오고 나서 스승님 마음은 흔들리셨네."

"어쩔 수 없는 일이지 않나? 스승님께서는 자네와 나 둘 중 하나를 선택하셔야 했어."

"스승님 선택이 정당했다는 뜻인가? 내가 아니라 자네를 택한 것이 옳았다고? 후후후후훗!"

최중화는 검지와 중지가 떨어져 나간 오른손으로 허준 얼굴을 가리키며 한참을 웃어젖혔다. 허준 표정이 돌처럼 굳었다.

"미, 미안하이. 이보게, 허준! 스승님께서 왜 자넬 택하셨는지 아는가? 의서도 내가 훨씬 많이 읽었고 스승님의 비전 맥법도 내가 소상히 다 배웠는데 왜 스승님은 서둘러 허릅숭이(일을 실답게 하지 못하는 사람)처럼 실수만 해 대는 자넬 택하신 걸까? 그때 자넨 열정만 넘치고 아무것도 모르는 촌놈에 불과했어. 제대로 환자들을 치료할 실력도 없었지. 한데 스승님은 자넬 택하셨네. 그 이유를 내게 설명해 줄 수 있겠나?"

"그, 그거야……"

허준은 말끝을 흐렸다. 그도 역시 양예수가 자신만을 유난히 아낀 이유를 정확히 몰랐다. 그때 일을 물어도 양예수는 재능을 운운하며 적당히 얼버무릴 뿐이었다. 최중화는 허준이 대답하지 못하고 머뭇거리는 모습을 재미있다는 듯이 지켜보았다.

"어허, 자넨 끝까지 옛 친구를 속이려 드는군."

"아닐세. 나도 그 까닭을 모른다네."

"좋아. 그럼 내가 말하지. 자넨 전라도에서 상경할 때 희귀한 약초들을 꽤 많이 가져왔지. 십여 년 동안 지리산을 누비며 직접 캔 것이라고 했어. 기억나는가?"

허준은 고개를 끄덕였다. 최중화가 이야기를 계속했다.

"참으로 귀중한 약초들이었어. 어떤 의서에도 나오지 않는, 오직 우리 동국(東國)에서만 자생하는 것들이었지. 스승님은 젊어서부터 동국 의술을 드높일 서책을 쓰고자 하셨어. 하나 스승님은 어의시니까 궁중에 매인 몸이셨지. 이 땅에 나는 약초를 살피기 위해 몸소 발로 뛰실 수는 없었단 말일세. 그때 자네가 나타난 거야. 그래서 스승님은 나를 버리고 자넬 택하신 거지."

"스승님과 내가 흥정을 했단 말인가?"

허준이 격앙된 목소리로 따졌다.

"그럼 아닌가? 그때 자네가 가져왔던 약초들을 어떻게 했나? 말해 보게."

"그거야……, 스승님께 드렸지."

"자네가 자진해서 드린 것인가? 아닐걸? 내 기억으론 자넨 무엇보다도 그 약초들을 아끼지 않았는가?"

"스승님께서 서책을 쓰는 데 필요하니 달라고 하셨네. 하지만 그건 내가 어의가 된 후에 있었던 일일세."

"후후후, 오해라는 건가? 그럼 이렇게 한번 생각해 보세. 만약 스승님께서 자네 대신 날 택했다면 어찌 되었겠나? 자넨 모든 걸 체념하고 그 집에 머물러 있었겠는가? 아니지. 자네도 야반도주를 했을 거야. 그럼 그 약초들도 자네와 함께 영원히 사라지고 마는 걸세. 스승님은 그걸 걱정하셨던 게야."

허준이 화를 버럭 냈다.

"닥쳐! 감히 스승님을 욕보이려 들다니……."

"진정하게. 나는 스승님을 욕보이려는 게 아니야. 인간이란 게

도대체 뭔가? 한살이 동안 자신이 하는 일에서 최고가 되기를 꿈꾸는 것이 바로 인간이야. 스승님께서도 동국에서 제일가는 의서를 남기고 싶으셨고, 그러기 위해서는 자네 약초가 꼭 필요했던 것이지. 자네도 그 사실을 어렴풋이 알았을 걸세. 아! 아니라고 부인하진 말게. 어쨌든 자넨 스승님 눈에 들 만한 구석이 있었고 나는 아니었어. 이게 진실이네. 그러니 제발 스승님이 자네와 나의 실력을 공정하게 비교해서 자네를 선택했다고는 말하지 말아 주게. 자넨 한 번도 나보다 뛰어났던 적이 없네. 지금까지도.”

허준이 목소리를 낮추며 물었다.

“그 일을 따지려고 나를 만나러 왔는가?”

“물론 아닐세. 처음엔 스승님과 자네가 죽이고 싶도록 미웠지. 하지만 지금은 아니야. 그때 내게 그토록 희귀한 약초가 있었다면 나도 응당 스승님 결정에 못 이기는 척 끌려갔겠지. 인간이란 원래 그런 존재니까. 굴러 들어온 복을 애써 찰 필요는 없는 게지.”

허준은 양손을 앞으로 모아 쥐었다. 삼십 년 전 일들이 어제 일처럼 눈앞에 선했다. 최중화 말이 사실이었다. 허준이 막 상경했을 때 최중화는 이미 스승 대신 환자들을 진찰할 만큼 쟁쟁한 실력을 갖추고 있었다. 누구보다도 열심히 공부했고 스승님 가르침도 충실히 따랐다.

“스승님께서는 서책을 다 쓰셨는가?”

최중화가 물었다.

“거의 다 되어 간다네.”

“후후후후훗!”

갑자기 최중화가 고개를 쳐들고 큰 소리로 웃었다.

"스승님께서는 헛수고를 하셨네그려."

"그게 무슨 소린가?"

"세자 저하 환후가 아직 차도가 없다고 들었네. 사실인가?"

"......"

"허준. 자네도 진땀깨나 흘리고 있겠구먼. 세자 저하께서 혹 잘못되시면 자네 목숨도 온전하지 못할 테니까. 아니 그런가?"

허준은 그 비아냥거림을 듣고 있기가 힘들었다.

"계속 그딴 소리를 지껄이면 난 돌아가겠네."

최중화가 한 걸음 다가서며 만류했다.

"잠깐! 이 사람, 성질하곤……. 자넨 세자 저하 병을 고치지 못하네. 그 이유가 뭔지 아는가? 이 망할 전쟁 때문이지."

"전쟁…… 때문이라고?"

허준이 되물었다.

"자네 몰골을 보게나. 자넨 어느새 스승님을 꼭 닮아 버렸네그려. 신의(神醫) 소리까지 듣고 있겠지만, 자네 스스로 눈과 귀가 무뎌지는 걸 느끼고 있을 걸세. 스승님과 자네가 지금껏 살펴 온 조선은 이제 사라져 버렸어. 하삼도와 북삼도, 그리고 경기도와 강원도로 선명하게 나누어져 있던 병원(病源)들이 뒤섞여 버린 걸세. 다 이 망할 전쟁 때문이지. 백성들이 이리저리 피란을 다니다 보니 산수가 나누어 놓았던 병원들이 서로 섞여서 새로운 병을 만들었던 게야. 이제 모든 것이 새로워졌어. 백성들 몸도, 조선 산수도. 그러니 우리 의술도 달라져야 하지 않겠는가? 전쟁이 터지기 전 태평성대 호시절 의술로는 아무것도 치료할 수 없게 되었네. 한데 자넨 이를 알고 있는가? 몽진 길에 나선 조정 뒤꽁무니만 따라다니느라 백성들이 얼마나 비참하게 죽어 갔는지 보지 못했겠구먼. 세자 저하 병환도 마찬가질세. 세자 저하께서는 경기도, 전라도, 황해도, 강원도, 충청도를 지나치시면서 완전히 새로운 병을 얻으신 게지. 아직 이름도 없는 병이지. 물론 스승님이 쓰셨다는 서책에도 전혀 나오지 않네. 이 병이 무엇인지 아는 사람은 천하에 단 한 사람, 나 최중화뿐이야."

"하면 자넨 그동안……?"

"그래, 팔도를 주유하며 병과 씨름했네. 금수강산을 누비며 약초를 캤지. 자네가 발견하지 못한 수많은 약초를 구해 새로운 병을 치료했다네. 그러다가 태백산에서 문둥이들을 만났지. 그 짓물러 터진 얼굴을 보고 있자니 부딪쳐 보고 싶더군. 저 문둥병만 고치면 이제 이 나라에서 내가 고치지 못할 병은 없다. 이런 생각이 들었어. 한데 병자들을 치료하며 한 달쯤 함께 지낸 후에 나도 덜컥 몹쓸 병에 걸려 버렸다네. 하늘이 오만함을 벌하셨던 게야."

"중화!"

허준은 저도 모르게 뭉툭해진 최중화 손을 덥석 붙잡았다. 최중화가 겪었던 고난의 세월이 가슴을 쳤다.

"팔도를 돌며 백성을 치료하고 전쟁터에서 부상병을 살리는 신의(神醫)가 있다더니 자네였구먼."

"이것 놓게나. 자네도 몹쓸 병에 걸리고 싶나? 후후후, 기분은

좋네그려. 한때 자네에게 복수하고 싶었다네. 정읍에 있을 때는 코피를 쏟아 가며 의서를 파고들었어. 한데 자네가 내 손을, 이 문둥이 손을 잡아 주다니, 내 마음에 쌓인 앙금이 봄눈 녹듯 사라지네그려. 몹쓸 병만 아니라면 자네와 함께 며칠 밤을 새우며 술잔을 기울이고 싶군. 스승님을 뵙고도 싶고."

"가세. 자넨 응당 상을 받아야 하네. 자네는 수천 목숨을 구했어."

"허어, 의원인 자네도 그딴 소릴 하나? 누가 상을 바라고 이런 짓을 한 줄 알아? 지금 난 흉측한 병에 걸린 환자일 뿐이네. 이 병을 치료할 약초를 발견하기 전까지는 문둥이답게 살아야 하는 걸세. 어쨌든 고마우이. 역시 옛 친구밖에 없구면."

최중화는 손을 뿌리치고 뒤로 물러섰다. 그러고는 갑자기 생각난 듯 물었다.

"자네도 서책을 쓰고 있겠지?"

"으응?"

"숨기려 들지 말게. 자네는 나나 스승님보다도 더 욕심이 많아. 스승님께서 서책을 쓰시는 걸 지켜보면서 자네도 서책을 써야겠다는 마음을 굳혔을 거야. 어때, 내 말이 틀렸는가?"

"준비는 하고 있다네."

허준은 마지못해 가슴 깊이 묻어 두었던 바람을 내보였다. 최중화가 빙긋 웃으며 고개를 끄덕였다.

"역시 자네답구면. 하면 내 마지막 소원을 들어주겠는가?"

"……"

마지막이라는 단어가 가슴을 찔러 댔다.

"젊어 한때 이 나라 의술을 부흥시키기 위해 노력했던 옛 친구 부탁이라네."

"말해 보게나."

최중화는 소나무 뒤에서 두툼한 보자기 네 개를 꺼내 왔다.

"그동안 내가 끼적거렸던 것들이야. 회색 보자기엔 내가 채취한 약초들이 들어 있어. 자네가 가져가게."

"중화! 이는 자네 목숨과 바꾼 소중한 것들일세."

"후후후, 그러니까 허준 자네에게 주는 것이야. 부디 이것들을 가져가서 자네가 서책을 쓸 때 참조하게나. 그리고 가끔씩 내 생각을 해 주게. 이 나라 의술을 위해 목숨 바친 친구가 있었노라고 말일세. 하나 내 이름 따위를 남길 생각은 아예 거두시게. 이 비참한 몰골을 역사에 남기고 싶지 않아. 허준! 자네와 나의 운명은 이렇게 정해져 있었던 걸세. 자네는 늘 양지에 서고 음지는 끝까지 내 몫이군. 하나 자넨 날 인정해 주겠지? 떠돌이 의원 최중화는 일생이 헛되지 않았다고 말이야."

"자, 자넨 참으로 무서운 복수를 하는군."

허준이 고개를 숙이며 뇌까렸다. 최중화가 이마 위로 흘날리는 흰 천을 쓸어 올리며 말했다.

"후후후, 그런가? 들켰네그려. 역시 자넬 속이지는 못하겠구먼. 저 황색 보자기에 든 것을 오늘부터 읽어 보게나. 그러면 세자 저하 병을 치료할 수 있을 걸세. 왕실 도움 없이는 제대로 의서를 편찬할 수 없음을 자네도 잘 알고 있겠지? 세자 저하가 꼭 완쾌하시도록 하게. 그래서 왕실에서 더욱 돈독히 신임 받도록 해. 임진년 몽진에도 동행한 데다 세자 저하까지 살려낸다면 자네 앞날에는 서광이 비칠 것이야. 아니 그런가? 후훗, 후후후훗!"

최중화는 웃음을 흘리며 고개를 치켜들었다. 할 일을 모두 마친 그 표정은 어느 때보다 맑고 깨끗했다. 짓이겨지고 물러 터진 살점들이 어떻게 저런 웃음을 만들 수 있을까 의아할 정도였다.

"어디로 갈 텐가?"

"금강산으로 갈까 하네. 목숨이 다하는 순간까지는 그래도 이 몹쓸 병과 싸워 봐야 하지 않겠는가? 허준, 난 자넬 믿네. 꼭 천하제일 의서를 남기도록 하게. 그럼, 잘 있게나."

최중화는 머뭇거림 없이 뒤돌아서서 대숲으로 사라졌다. 허준은 그 자리에 꼼짝도 않고 서서 다시 병마와 싸우기 위해 길을 떠나는 옛 친구 뒷모습을 지켜보았다. 멀리서 여명이 밝아 오기 시작했다. 허준은 보자기 네 개를 가슴에 품고 비틀비틀 술에 취한 사람처럼 언덕을 내려왔다.

광해군 병은 삼월이 가기 전에 말끔히 나았다. 선조와 조정 대신들은 허준의 신묘한 의술에 혀를 내둘렀다. 삼월 삼일, 선조는 허준을 비롯한 내의원들에게 광해군 병을 낫게 한 공을 다음과 같이 포상했다.

"동궁(東宮)이 미령했을 때 돌보았던 내의원 도제조 김응남(金

應南)과 제조(提調) 홍진(洪進)에게 각각 숙마(熟馬) 한 필을, 부제조(副提調) 오억령(吳億齡) 조인득(趙仁得)에게 각각 아마(兒馬) 한 필을 사급하라. 허준은 가자(加資)하고, 김응탁, 정예남 모두 승직(陞職)시키라."

二十. 정적이 뜻을 같이하는 일

병신년(1596년) 유월 삼일 어슴새벽.

봄이 지나고 개개비(초여름 갈대밭에서 '개개개' 하고 우는 휘파람샛과의 새) 소리 시끄러운 여름 더위가 밀려왔다. 저잣거리에는 이제 제법 장사치들이 그럴싸한 판을 벌였고, 소금이나 쌀을 기준으로 매매가 이루어졌다. 명나라 책봉사가 왜국으로 가서 도요토미 히데요시를 왜왕으로 봉하면 이 전쟁도 완전히 끝이라는 소문이 작년 겨울부터 떠돌았다. 대명(大明)이 나서서 안 되는 일이 있겠느냐는 사족도 따라다녔다. 요행으로 돈푼깨나 건진 양반들은 전쟁 통에 불타 버린 집을 다시 짓느라 장정들을 구하러 다녔고 마음 급한 농부들은 종묘(種苗)를 사기에 바빴다. 왜군이 아직 경상도에 남아 있었으나 명군이 호통만 쳐도 곧 물러갈 오합지졸이라고 했다. 전쟁 그림자가 서서히 걷히고 있었다.

그러나 한편에는 전쟁이 남긴 상흔에 여전히 고통 받는 사람들이 있었다. 올해는 풀잎이 시든 후 꽃대가 나오는 상사화(相思花)가 유난히 많이 피었다. 돌림병은 아직도 예측할 수 없는 곳에서 불쑥불쑥 고개를 디밀었고 부모 잃은 자식, 자식 잃은 부모, 아내 잃은 남편, 남편 잃은 아내들이 통곡하며 팔도를 헤매고 다녔다. 배고픔을 견디지 못한 이들은 떼강도로 돌변하여 관아를 습격하는 경우도 있었다.

　가장 심각하게 변한 것은 인심이었다.

　길손에게 사랑방을 내주는 것은 물론이고 따뜻한 밥과 찬으로 대접하기를 즐겼던 백성들은 이제 가시눈(날카롭게 쏘아보는 눈)으로 거리를 노려보았다. 사랑방으로 안내하면 안방까지 차지하려 들고, 밥을 주면 쌀가마까지 내놓으라고 윽박지르는 인간쓰레기들이 부지기수로 늘어났기 때문이다. 자신 외에는 믿을 사람이 아무도 없었다. 한양은 낮에만 숨을 쉬는 반쪽 도읍지로 변해 갔다. 전쟁이 끝난다 하더라도 깊게 팬 불신으로 인한 상처는 쉽게 치유되지 않을 것이다.

　류성룡은 의관을 정제하고 대청마루에 서서 불그스름하게 밝아 오는 동쪽 하늘을 바라보았다. 백성들은 어떻게 해서든지 전쟁이 끝나기를 원하고 있다. 류성룡 역시 이 피비린내 나는 시절을 접고 새롭게 태평성대를 열고 싶었다. 그러나 전쟁을 막을 수 없었던 것처럼 그걸 끝내는 것도 쉽지 않았다.

　강화 회담은 작년 봄 명나라가 왜국에 직접 책봉사를 파견한다는 합의를 이끌어 내고 일단락되었다. 심유경은 전쟁을 끝맺은 자기 공을 잊지 말라며 큰소리쳤지만, 곧 시작될 것 같았던 평화는 벌써 일 년 반이 넘었는데도 찾아오지 않았다.

작년 십일월 부산포로 들어간 책봉 정사 이종성은 여섯 달을 미적거리더니 올해 사월 단신으로 부산포를 탈출하여 명나라로 돌아가 버렸다. 책봉 정사가 야반도주한 사건은 큰일이 아닐 수 없었다. 그 탈출에 얽힌 풍문이 꼬리에 꼬리를 물고 이어졌다. 왜군에게 철군할 계획이 전혀 없었기 때문이라는 주장도 있고, 히데요시가 명나라 사신을 당장 참하라고 명령했다는 소문도 돌았다. 어떤 소문을 듣든 왜군이 쉽게 부산포를 떠나지 않으리라는 것은 확실한 듯했다. 명나라가 이 일에 분노하여 강화 회담을 결렬시키면 조선은 다시 전화에 휩싸이게 될 것이다. 류성룡은 책봉 부사 양방형의 접반사로 의령까지 내려가 있던 이항복에게 사건 전말을 상세히 조사하여 보고하도록 했다. 이항복은 왜국 상황이 심상치 않다는 우려가 담긴 보고서를 보내왔다.

다행히 명나라 조정은 이 사건을 확대하지 않았다. 양방형을 책봉 정사로, 심유경을 책봉 부사로 다시 임명하면서 책봉을 마치고 속히 귀국하라는 전갈을 보냈을 뿐이다. 그러나 일은 뜻하지 않은 곳에서 뒤틀렸다. 고니시가, 조선 조정도 사신을 뽑아 명나라 책봉사와 함께 본국으로 보내 주지 않는다면 철군할 수 없다는 뜻을 전해 왔던 것이다.

정월에도 사신을 보내라는 왜국 요구를 접한 적이 있었다. 그때는 조정 중신 모두가 철천지원수 나라에 사신을 파견할 수 없다며 반대했다. 그런데 다섯 달이 지난 지금 왜국에서 또다시 통신사를 요구하고 나선 것이다.

류성룡은 방으로 돌아와서 서안에 어지럽게 쌓인 문서들을 눈결로 휘 살폈다. 밤늦도록 살폈던 공문이다. 허리를 숙여 제일 위에 놓인 서찰을 집었다. 두 번 세 번 읽어 내렸던 구절이 쉽게 눈에 띄었다. 왜군 진영에 있는 겐소(玄蘇)라는 중이 보낸 서찰이었다. 그 글에는 조선과 강화를 바라는 왜인들 입장이 선명하게 드러나 있었다.

조선 병력이 만일 우리 군사를 섬멸하여 하나도 남겨 두지 않을 수 있다면 사신을 보낼 필요가 없겠으나, 지금은 이미 그렇게 할 수 없는 형편입니다. 지금 처지로 보면 우선 사신을 보내 우리 군사를 모두 물러가게 하여 각각 자기 나라를 보전하는 것이 좋을 것입니다. 조선의 이, 호, 예, 병, 형, 공 육조(六曹) 관리 중 양조(兩曹) 판서(判書)를 차임하거나 또는 총병(總兵)을 차임하여 보낸다면 군사를 다 철수할 수 있거니와, 그렇지 않으면 철병(撤兵)은 요원합니다. 이후 전쟁이 얼마나 빨리 끝나게 될 것인가는 완전히 조선에 달렸습니다. 조선이 이번에 사신을 교류하고 나서 만약 천교(淺交)를 원한다면 우리 역시 천정(淺情)으로 보답할 것이며, 후교(厚交)를 원한다면 우리 역시 후정(厚情)으로 보답할 것입니다. 만약에 다시 우호를 원하지 않는다면 우리 역시 이에 대해 조처할 것입니다. 훗날 반드시 이 노승(老僧)의 말이 망령되지 않았음을 알 것입니다.

겐소는 강화 책임을 조선에 떠넘기고 있었다. 사신을 보내지 않아도 강화가 순조롭게 이루어진다면 큰 문제 없겠지만, 강화가 결렬될 경우에는 조선이 그 책임을 고스란히 져야 한다는 것이다. 그러나 팔도강산을 유린한 적국에 사신을 보내는 것은 이치에 맞지 않았다. 류성룡은 지끈지끈 아파 오는 관자놀이를 엄지로 꾸욱꾹 눌러 댔다. 어젯밤 허균이 장난처럼 내뱉은 말이 떠올랐다.

"스승님께서 아무리 이 나라를 예전처럼 만들려 해도 불가능할 겁니다. 왠지 아십니까? 백성들 가슴에 맹수가 한 마리씩 들어앉았기 때문입니다. 청분(淸芬, 깨끗한 덕행과 맑은 지조)이 사라진 조정 관리만 보면 달려들어 물어뜯으려 하는 사나운 짐승이죠. 이 전쟁을 적당히 끝내려고 애쓰지 마십시오. 들짐승이 물러가면 우리 가슴에 웅크렸던 짐승이 슬슬 활개를 치기 시작할 테니까요. 가슴속 짐승을 먹일 자신이 없다면 차라리 지금 상태를 유지하는 게 나을지도 모릅니다. 바다를 건너온 들짐승은 창을 거꾸로 쥐고 제 주인을 찌르지는 않으니까요. 짧은 생각으로는 이 가슴속 짐승을 길들이기 위해 적어도 삼 년은 준비해야 할 것 같아요. 그 안에 뛰쳐나오는 놈들도 물론 있겠죠. 선봉에 서려는 용감한 놈들이 항상 있게 마련이잖습니까?

스승님! 이제 백성도 더 이상 앉아서 당하지는 않을 겁니다. 이 전쟁, 이 흉측한 전쟁이 백성을 단련시켰거든요. 웬만한 협박에는 눈도 꿈쩍 안 할 겁니다. 이 전쟁이 백성들 손에 무기를 쥐어 주었습니다. 한번 무기를 잡아 본 인간은, 왜병 심장에 창을 꽂아 본 인간은, 죽을 때까지 그 일을 잊지 못합니다. 언제든지 짐승이 될 준비가 되어 있다, 이 말씀입니다."

허튼소리 말라며 꾸짖기는 했지만 류성룡도 전후 복구가 쉽지 않을 것을 진작부터 예상하고 있었다. 허균 주장대로 조정과 백성의 신뢰에 금이 간 것이 가장 큰 문제였다. 그러나 백성이 저마다 가슴에 짐승을 키우고 있다는 것은 지나친 표현이다. 공자께서도 본디 선한 것이 사람 마음이라고 하시지 않았는가.

진시(아침 7시)에 병조 판서 이덕형이 찾아왔다. 역시 약속을 정확하게 지키는 사람이다. 서안 위에 어지럽게 널린 문서들을 살피며 이덕형이 먼저 입을 열었다.

"마음을 정하셨는지요?"

오늘은 비변사 당상관이 모두 모여 왜국에 사신을 파견하는 문제를 매듭짓기로 한 날이다. 차일피일 미루다가는 명나라와 왜국 양측의 비난을 고스란히 받을 수밖에 없다. 양방형은 유월 칠일까지 연락이 오지 않으면 명나라 사신들만이라도 먼저 왜국으로 건너가겠다는 최후통첩을 보내왔다.

"밤새 생각은 했네만…… 병판 뜻은 어떠신가?"

류성룡은 슬쩍 대답을 피하며 이덕형에게 질문을 돌렸다. 이덕형은 이미 결심을 굳힌 듯 곧바로 답했다.

"사신을 보내야 하겠지요. 명나라와 왜의 강화가 어떻게 이루어지는가를 우리도 알아야 하지 않겠습니까? 사신을 보내지 않는다면 역관(譯官)들에게 의지해야 하는데 그건 한계가 있고…….

공식 직함을 가진 누군가가 간다면 강화 과정과 오가는 이야기를 훨씬 상세히 살필 수 있을 겁니다. 강화가 결렬된다면 그건 곧 전쟁이 터진다는 것이니 조선 조정이 제일 먼저 알아야 합니다. 솔직히 소생은 처음부터 사신을 보내야 한다고 생각했습니다."

"하나 대의를 저버린 오랑캐 나라가 아니오?"

"그러니 더욱 가야지요. 왜는 명나라에게 조선 절반을 달라고 요구하고 있는 것이 분명합니다. 명나라가 거부할 뜻을 밝혔겠지만 우리도 왜국에 우리 입장을 명확히 전해야겠지요. 하삼도를 가지겠다고 우기면 결사 항전으로 맞서는 수밖에 없습니다."

"누가 사지(死地)로 선뜻 가려 하겠소?"

이덕형이 옅은 미소를 지어 보였다. 류성룡이 그 의미를 알아차렸다.

"아니 되오. 임진년부터 그대가 겪은 고생만으로 충분해요. 결단코 아니 되오."

"허허허, 영상 대감! 나라를 위한 일인데 고생이 많고 적음이 무슨 문제가 되겠습니까? 소생은 왜장 고니시와도 안면이 있고 또 병조 판서이니 이 일을 마무리하기에 더없이 적합하지 않겠습니까? 마침 오성 이항복도 접반사로 명나라 사신들과 낯을 익혔으니 함께 가도록 해 주십시오. 오랜만에 친구끼리 왜국 구경을 하고 싶네요."

이덕형은 농담까지 곁들여 여유를 부렸다. 류성룡은 이덕형의 짙은 눈썹을 뚫어지게 쳐다보았다. 류성룡 역시 어젯밤 내내 같은 생각을 했다. 사신을 보낸다면 누굴 보낼 것인가. 이덕형보다 더 나은 적임자는 없었다. 담대하고 이치에 밝으며 어떻게든 전쟁을 막으려고 노력하는 사람. 그러나 류성룡은 차마 이덕형을 보낼 수가 없었다. 왜국이 어떤 나라인가. 중원을 주름잡던 원나라 사신들을 모조리 참형에 처했던 나라가 아닌가. 일이 잘못되면 명나라와 조선의 사신들을 단칼에 벨 것이다. 이덕형에게 그런 강사(剛死, 수명을 다하지 못하고 죽음)를 권할 수는 없다.

"좀 더 시간을 갖고 차차 궁리를 해 봅시다."

류성룡은 그쯤에서 말머리를 돌리고 싶었다. 더 논의를 하면 이덕형 결심만 굳혀 주게 되리라.

"영상 대감, 이까짓 목숨 하나 나라를 위해 바치는 것이 무에 그리 대단한 일이라고 그러십니까? 어차피 전쟁이 끝나면 대감과 소생은 무사하지 못합니다. 대감도 아시지 않습니까?"

"……."

"명분을 앞세웠던 대신들이 우리를 비난하겠지요. 왜장과 마주 앉아 대화를 나누었다는 것만으로도, 부산포 왜군을 무력으로 몰아내기보다는 왜와 명나라의 강화 회담을 조금 더 지켜보자고 주장한 것만으로도 나라 위신을 깎아내렸다 하여 파직될 게 분명합니다. 귀양 가거나 목숨을 잃을 수도 있지요."

"조선이 홀로 행동을 취한다면 명나라 도움이 사라질 것이고 그럼 왜군은 또다시 밀고 올라올 것이 틀림없소. 우린 삼국 사정을 살펴 신중하게 움직여야 하오."

이덕형도 고개를 끄덕였다.

"물론 그래야지요. 하나 전쟁이 끝나면 모든 것이 달라집니다.

평화를 유지하려고 애쓴 우리 노력은 비굴함으로 간주되겠지요. 청사(靑史, 역사)를 살펴보아도 전쟁 대신 평화를 주장한 대신들, 창이 되기보다 방패를 자임한 장수들은 결국 목숨을 잃었습니다. 영상 대감! 요즈음 전하 하교가 달라졌음을 느끼지 않으십니까?"

"달라졌다니?"

"정탁 대감이나 윤두수 대감을 칭찬하시면서 무력으로 부산포 왜군을 몰아낼 준비를 하라시는 말씀 말입니다."

"그거야 전하께서 예전부터 주장하시던 게 아니오?"

"하지만 부쩍 힘을 더 많이 실으시는 것 같습니다. 이대로 몇 달만 가면 전하께서도 어떤 결단을 내리실 테지요. 예를 들어 부산포 공격에 유난(留難, 정당한 이유 없이 난점을 제시하며 일의 진행을 지연시킴)한 권율과 이순신을 파직한다든지……."

"막아야지요. 어떻게든 평화를 좀 더 유지하면서 내치(內治)에 힘써야 할 것이오. 백성을 인간답게 살 수 있도록 만든 연후에야 왜군에게 앙갚음할 수 있어요."

두 사람은 그쯤에서 이야기를 접고 서둘러 행궁으로 향했다.

어전 회의는 오시(낮 11시)부터 시작되었다. 용상에 앉은 선조가 대신들을 둘러본 후 먼저 영의정 류성룡에게 강순(降詢, 임금이 신하들에게 하문하는 것)하였다.

"청추(淸酋, 가토 기요마사를 이름)도 왜국으로 돌아갔다 하고 나머지 왜군도 철군할 조짐이 보인다고 한다. 사신을 보내라는 저자들 요구를 어떻게 하면 좋겠는가?"

류성룡은 맞은편에 앉은 판중추부사 윤두수를 힐끔 살피며 대답했다.

"지난 정월 저자들이 사신을 요구한 것은 심유경과 고니시의 사사로운 약속으로 말미암은 것이옵니다. 따라서 그 요구를 거부한 것은 지극히 당연하옵니다. 한데 지금은 심유경이 책봉 부사의 자리에 올랐고 책봉 정사 양방형 또한 사신을 요구하고 있으므로 신중히 이 문제를 재론해야 한다고 사료되옵니다."

류성룡 옆에 앉은 지중추부사 정탁이 소리 높여 아뢰었다.

"천조(天朝, 명나라 조정)에서 사신을 보내라는 공식 명령이 아직 내려오지 않았사옵니다. 이러한 때에 저자들 요구대로 신사(信使, 통신사)를 보낼 수는 없사옵니다. 만세 원수에게 화친 사절을 보내는 것은 결단코 아니 되옵니다. 통촉하시옵소서."

병조 판서 이덕형이 정탁 의견에 반대하고 나섰다.

"사신을 차출하여 보내는 일은 어쩔 수 없는 듯하옵니다. 지금 명나라 책봉사와 함께 왜국으로 들어가지 못하면 우리는 왜국에서 벌어지는 일을 전혀 알 수 없사옵니다. 천조에 이 일을 알리는 것과 동시에 사신을 보내야 하옵니다. 지금 때를 놓치면 나라 운명이 또다시 우리가 뜻하지 않은 곳으로 갈 수 있사옵니다."

선조가 세 대신 말을 정리했다.

"영상과 병판은 사신을 보내자는 것이고 지중추부사는 좀 더 지켜보자는 입장이구나. 판중추부사 생각은 어떠한가? 정월에 논의할 때 그대는 지중추부사와 같은 생각이었는데, 지금도 그때와 달라진 것이 없는가?"

천천히 고개를 든 윤두수는 류성룡 시선을 피하지 않고 되받아쳤다. 윤두수가 정탁 주장에 동조한다면 오늘도 결론을 이끌어내기는 불가능해진다.

"조선은 아직 명나라 도움 없이 전쟁을 치르고 전화(戰禍)를 치유할 능력이 없사옵니다. 한데 명나라 책봉사가 두 번 세 번 사신을 요구하고 있으므로 그 청을 들어주어야 한다고 사료되옵니다."

선조가 윤두수 말을 잘랐다.

"판중추부사가 생각을 바꿨군. 그대가 말을 바꾸기는 조정에 발을 들인 후 처음이지? 과인은 그대가 그 누구보다도 과인과 왕실의 위신을 중히 여긴다고 생각했다. 한데 아니었군. 그대 역시 저 오랑캐와 화친하기를 원하고 있었던 것인가?"

"……"

선조는 윤두수를 책망하듯 노려보았지만 윤두수는 고개를 든 채 바위처럼 꿈쩍도 하지 않았다. 이덕형이 어색한 침묵을 깨고 아뢰었다.

"신을 보내 주시옵소서."

"병판이 직접 가겠다고?"

선조가 목소리를 높였다. 윤두수가 낮고 단단한 목소리로 짧게 말했다.

"병판은 아니 되옵니다."

선조는 다시 시선을 이덕형에게서 윤두수에게로 돌렸다.

"판중추부사는 사신을 보내자고 하고선 왜 병판은 아니 된다는 것인가?"

윤두수가 거침없이 답했다.

"고니시와 심유경이 육조 판서 중 두 사람을 사신으로 보내라고 요구하였으나 결코 그에 응해서는 아니 되옵니다. 신이 사신을 보내자고 한 것은 와신상담하는 심정으로 명나라와 우리나라 관계를 고려해서 아뢴 것이지 결코 왜적과 화친을 맺자는 뜻이 아니옵니다. 육조 판서를 보내는 것은 곧 조선이 왜와 화친할 마음이 있음을 사해에 알리는 것이 아니고 무엇이겠사옵니까? 왜가 사과하는 뜻을 담은 대차왜(大差倭, 왜국에서 보내온 사신)를 보내지 않는 이 시점에 우리가 격식을 갖추어 통신사를 보내면 아니 되옵니다. 오히려 조선이 영원히 왜와 싸우겠다는 의지를 은연중에 드러낼 수 있도록 사신 품계를 당하관으로 낮추어야 할 것이옵니다."

류성룡과 윤두수 시선이 다시 마주쳤다. 윤두수 입가에 웃음이 감돌았고 류성룡도 고개를 끄덕였다.

'역시 윤두수는 큰 인물이다. 명분을 세우되 실리를 잃지 않는 방법을 찾아냈구나. 저렇듯 총명하고 사리에 밝은 정적(政敵)만 있다면 정쟁(政爭)을 하는 것도 나쁘지는 않으리라. 당당하게 어전에서 입장을 개진하고 치열하게 논의하며 결과에 깨끗이 승복하는 것은 사람이 마땅히 갖추어야 할 덕목이다. 윤두수, 저 사람은 지금 그 힘든 덕목을 직접 실천하고 있다.'

선조가 다시 류성룡을 보았다. 류성룡은 틈을 보이지 않고 윤두수를 지지했다.

"지금으로선 판중추부사 의견이 최선일 듯하옵니다. 책봉 정사 접반사로 작년부터 부산포에 머물고 있는 문학(文學, 세자시강원 정오품 벼슬) 황신(黃愼)을 사신으로 보내는 것이 어떻겠사옵니까?"

"황신? 그는 어떤 사람인가?"

"경신년(1560년)생이옵고, 무자년(1588년)에 등과하였사옵니다. 몽진에 참여하여 의주까지 갔사옵고 분조를 따라 전라도와 경상도를 널리 살폈사옵니다. 사람됨이 신중하고 마음 씀씀이가 담대하여 왜군과 맞서도 결코 뜻을 굽히지 않을 위인이옵니다."

선조가 류성룡을 비꼬았다.

"조선에는 참으로 훌륭한 장수가 많구나. 한데 영상은 언제 그 모두를 살폈는가? 권율과 이순신의 됨됨이를 소상히 아는 것도 놀라운데, 황신과 같은 신진 사류까지 파악하고 있다니……."

류성룡은 가슴이 뜨끔했다. 영의정이 부산포에 가 있는 신료들 출신과 사람됨을 파악하는 것은 당연한 일이다. 그런데 선조는 그 일을 권율과 이순신에게까지 연결시키고 있다. 뭔가 트집을 잡으려는 것이 분명했다.

"전하의 덕이 사해에 미치심이옵니다."

류성룡은 선조와 맞서 싸우고 싶지 않았기에 꼬리를 내리며 물러났다. 선조는 화살을 윤두수에게 돌렸다.

"판중추부사! 심유경이 장담한 대로 왜군이 부산포에서 물러가고 나면 어찌할 것인가? 어떻게 천추지한을 풀 수 있느냐 이 말이다."

윤두수가 침착하게 대답했다.

"군사를 기른 다음 바다를 건너가서 왜국을 치면 되옵니다."

"그대 말은 앞뒤가 맞지 않다. 전에는 천조에서 책봉사를 파견
하더라도 옳지 않음을 지적하며 왜적을 당장 토벌하자고 주장하
더니, 이제는 군사를 기르는 동안은 왜적과 화친하자는 것이 아
닌가? 우리가 저 간악한 오랑캐 요구대로 사신을 보낸다면, 왜적
들은 더욱더 기가 살아 무례한 요구를 해 올 것이다. 그때는 어
떻게 하겠는가? 당장 왜적을 치려고 해도 시일이 걸리는데 군사
를 기른 후에 생각해 보자는 것은 왜적을 치지 말자는 것과 무엇
이 다른가? 과인은 결코 평추(平酋, 도요토미 히데요시를 이름)와 한
하늘 아래 살 수 없노라. 땅에 떨어진 천하의 도의가 아직도 제
자리를 찾지 못하고 있다. 이런 때에 유야무야 전쟁을 끝내는 것
이 말이나 되는 소리인가? 지금까지는 조총을 피해 이 나라를 지
키는 것이 급했다면 이젠 우리가 먼저 저 오랑캐 무리를 쳐야 한
다. 한데 사신을 보내라? 과인은 결코 그럴 수 없다. 견딜 수 없
는 치욕을 과인에게 씌우지 말라. 차라리 세자에게 양위하겠노
라. 당장 내일부터 대청(代聽, 왕을 대신하여 왕세자가 정사를 돌보는
일)할 채비를 하라."

"전하, 그것만은 거두어 주시옵소서. 양위는 불가하옵니다."

"거두어 주시옵소서, 전하!"

윤두수가 황급히 주청하자 대신들이 일제히 머리를 조아렸다.
선조는 뜻을 굽히지 않았다.

"과인과 그대들 생각이 다르지 않는가? 그대들을 모두 벌하기보다 과인이 물러나는 것이 순리이다. 마침 세자가 총명하고 그대들 뜻과도 크게 다르지 않을 듯하니 과인은 기쁜 마음으로 양위하겠노라. 그래야 마음 편히 유궁(遺弓, 왕이 활을 남겨 놓고 하늘로 올라감, 즉 왕의 죽음)할 수 있지 않겠는가?"

"아니 되옵니다. 전하!"

"신들을 벌하여 주시옵소서, 전하!"

류성룡과 윤두수가 다급한 목소리로 아뢰었다.

"에잇!"

선조가 얼굴을 잔뜩 찡그린 채 용상을 박차고 일어나 화장걸음(팔을 벌리고 뚜벅뚜벅 걷는 걸음)으로 편전을 나가 버렸다. 신하들은 바닥에 이마를 대고 계속 양위 불가를 소리 높여 외쳤다. 류성룡은 눈을 지그시 감고 선조 마음을 헤아렸다.

'전하께서도 사신을 보낼 수밖에 없음을 잘 알고 계신다. 그런데도 부산포를 먼저 치자고 하신다. 당장 이득이 되는 대안보다는 먼 훗날을 내다보고 명분을 쌓으시려는 것이다. 대신들 모두가 명분에 흠집을 내었으니 언젠가 때가 오면 그 죄를 물으시겠지. 전하를 제외하곤 아무도 그 올가미로부터 자유로울 수 없다. 처음부터 전하는 이런 상황을 예측하고 계셨다. 양위로까지 밀어붙여 대신들 입을 막고 당신 입장을 선명하게 세우시려는 것이다.'

"그만들 두시게!"

윤두수가 짜증 섞인 음성으로 대신들을 만류했다. 갑자기 편전이 쥐 죽은 듯 조용해졌다. 윤두수 눈초리에는 상대방을 제압하는 힘과 무게가 실려 있었다.

"어찌해야 하겠습니까?"

이덕형이 침착하게 물었다.

"어떡하긴 뭘 어떡한다 말이오? 빨리 사신으로 보낼 사람을 찾아봐야지."

윤두수가 단정하듯 답했다.

"하나 전하께서 저렇듯 완강하시니……"

"어허, 병판. 그 무슨 어린애 같은 소릴 하시는 게요? 전하께서 지금 사신을 보내지 말라고 저러시는 겝니까?"

"하면……"

윤두수도 이미 어심을 읽고 있었다. 사신을 보내지 않았다가는 그야말로 불호령이 떨어질 것이다. 둘 중 어느 것을 취해도 벌을 받는다면 실속을 차리는 편이 급선무였다.

류성룡은 윤두수와 대화를 나누고 싶었다. 수많은 조정 중신들 중에서 지금 난국을 타개할 혜안을 가지고 있으면서 어심까지 읽어 내는 사람은 윤두수 단 한 사람뿐이다. 편전을 물러나는데 윤두수가 먼저 말을 걸어왔다.

"영상 대감! 오늘밤 제 집에서 저녁을 드시는 것이 어떻겠소이까?"

"그러지요. 마침 집에 좋은 술이 있으니 가지고 가겠소이다."

윤두수가 류성룡 두 손을 꼭 쥐며 고개를 저었다.

"별말씀을! 모든 걸 제게 맡겨 주시오. 밤늦도록 술잔을 기울이면서 그동안 서로에게 품었던 오해들을 씻어 보십시다."

류성룡도 선선히 응낙했다.

"허허허, 그럽시다. 오늘은 왠지 대취하고 싶소이다그려."

二十一、홀로 앉아 깊은 시름에 들다

병신년 칠월 십삼일 아침.

삼도 수군 통제사 이순신은 경상 우수사 권준, 전라 우수사 이억기와 함께 부두로 나갔다. 구름 한 점 없는 맑은 날씨였다. 멀리 느릅나무 숲에서 쏙독새 울음소리가 들려왔다. 패랭이꽃, 며느리밥풀꽃, 참나리꽃이 줄지어 피었다.

이틀 전인 십일일 늦은 밤, 판옥선 세 척을 부산포로 보내라는 군령이 내려왔다. 사신들을 왜국까지 실어 나를 판옥선뿐 아니라 노 저을 격군과 사신 일행이 먹을 양식도 준비해야 했다. 황신이 정삼품 돈령도정(敦寧都正)으로 승진하여 정사가 되고, 대구 부사 박홍장(朴弘長)이 부사로 임명되었다. 이미 왜국으로 건너간 양방형 일행에 이어 조선 사신들도 곧 바다를 건너야만 했다.

이순신은 나대용을 시켜 판옥선 세 척을 정비하게 했고 정사준에게 군량미 조달을 맡겼다.

판옥선 앞에 줄지어 선 격군들 얼굴은 어둡기 그지없었다. 어제까지 창을 겨누던 적진으로 들어간다는 사실이 꺼림칙했고, 사신을 싣고 바다 건너 왜국까지 다녀와야 한다는 것도 불안했다. 도요토미 히데요시가 마음을 바꾸어 사신을 감금하기라도 하면 격군들 역시 고향으로 돌아오지 못하는 것이다. 불안하기는 이순신도 마찬가지였다. 판옥선 세 척을 고스란히 왜군에게 강탈당할 수도 있고, 격군들을 억류하여 조선 수군 근황을 캐낼 수도 있다. 그러나 조정에서 결정한 일을 함부로 어길 수 없었다.

이순신은 군량미를 옮겨 싣던 정사준을 불렀다. 정사준은 콧구멍이 훤히 내비치는 것을 싫어해서 버릇처럼 고개를 조금씩 숙이고 다녔다. 형 사익이나 동생 사횡, 사정에 비해 외모는 뒤떨어졌으나 군량미를 관리하고 세금을 거두는 일과 총포를 개량하고 제작하는 일에 뛰어난 재주를 지녔다.

"얼마나 실었는가?"

"어제 상등미(上等米) 스무 섬, 중등미(中等米) 마흔 섬을 미리 부산포로 보냈고 오늘 또 만약을 대비해서 상등미 마흔 섬을 실었습니다."

"최대한 넉넉히 싣도록 하게. 타국에서 굶어서야 될 일인가."

"알겠습니다. 장군!"

이순신은 권준과 이억기를 번갈아 쳐다본 후 나지막한 목소리로 다시 물었다.

"그동안 우리가 모은 군량미가 얼마나 되지? 삼도에 흩어져 있는 군량미를 합친다면?"

정사준이 곧바로 답했다.

"5,000섬은 족히 넘을 것입니다. 경상 우수군에 1,000섬이 있고 전라 좌우 수군에 각 1,800섬, 그리고 충청 수군에 400섬이 있습니다."

이순신이 만족한 듯 고개를 끄덕였다.

"백성들로부터 빼앗은 것은 없겠지?"

정사준이 눈을 동그랗게 떴다.

"모두 제값을 치르고 가져온 겁니다. 경상 우도와 전라도, 충청도를 오가는 상선들로부터 순이익 일 할씩을 세금으로 받았고, 장이 서는 고을에서도 얼마간 세금을 거두었습니다. 전라 우도 몇몇 섬에 수군들을 동원해서 일군 염전에서도 상당한 소금을 거두었으니, 이것들을 모두 합쳐 권 수사와 제가 적당한 값에 곡식과 바꾸었지요. 강탈이라거나 하는 부당한 일은 일체 없었습니다."

권준이 정사준을 지원하고 나섰다.

"작은 불만이 없을 수는 없겠지요. 하나 우리 군사들이 뱃길을 보호할 뿐만 아니라 시장에서 벌어지는 사소한 다툼까지도 엄하게 사험(査驗, 잘못이 있나 없나를 조사하여 살핌)하니 결국은 백성들에게도 이익입니다. 조선 수군이 없다면 당장 왜군에게 노략질을 당하리라는 것을 백성들 스스로가 잘 알고 있지요. 군량미와 유황을 마련하기 위해 세금을 거두는 것이기도 하지만, 조선 수군이 늘 백성들 울타리로 머물고 있음을 상기시키는 일이기도 합니다. 부(富)를 취할 작정이라면 염전을 늘리는 것으로도 충분하지요. 조선 수군은 백성들과 늘 함께 호흡해야 합니다. 민심을 얻어야 장기전을 치를 수 있지요."

이억기가 고개를 끄덕였다.

"군량미와 유황은 이제 충분히 모인 것 같소이다. 한데 너무 시일을 끄는 것이 아닌가요? 왜군이 점점 더 많이 귀국하고 있지 않소이까? 이러다간 군량미를 그대로 썩힐 판이외다."

권준이 웃으며 이억기의 말을 받았다.

"소생도 이 수사 심정을 십분 이해하고 있습니다. 하나 아직 준비가 끝나지 않았어요. 전쟁이 어디 군량미와 무기 그리고 군사들만 있다고 되는 것입니까? 중요한 것은 전쟁에서 승리하겠다는 백성들 마음가짐이지요. 여인네들에게 횃불을 들려 강강술래를 놀게 하는 것도 그 남편이나 자식들과 뜻을 합치기 위함입니다. 중요한 길목마다 노적봉(露積峯)을 쌓은 것도 같은 이치이지요. 전쟁에서 승리하려면 군사들은 물론이고 이 땅 백성과 산수(山水)까지도 일사불란하게 통제사 군령을 따라야 합니다. 아직 거기까지는 미치지 못했지요."

이억기 역시 밝게 웃으며 권준에게 농담을 건넸다.

"허허. 권 수사는 욕심이 지나치시오. 지금이라도 군령이 내리면 전라도 백성들은 하던 일을 멈추고 눈 깜짝할 사이에 통제영으로 몰려올 것이오. 세상에 이처럼 전쟁 치를 준비가 완벽하게 끝난 곳이 어디 있겠소?"

"그런가요?"

장수들이 우애를 다지는 동안에도 격군들 표정은 어두웠다. 차라리 싸우다 죽을망정 개죽음을 당하기는 싫은 얼굴들이다. 눈치 빠른 권준이 분위기를 읽고 이순신에게 권했다.

"출항 전에 마지막으로 한 말씀 하시죠. 왜국으로 간다는 것 때문에 겁을 먹은 장졸도 더러 있습니다."

이순신도 고개를 끄덕이며 천천히 자리에서 일어섰다. 격군을 향해 위로와 격려의 연설을 시작했다.

"이 전란을 끝내기 위해 왜국으로 가는 대신들을 편안히 모시는 것 역시 조선 수군이 해야 할 임무다. 너희들 한 사람 한 사람이 곧 조선 수군을 대표하고 있음을 한시도 잊지 말라. 왜진에 가서 겁을 먹고 움츠러들면 왜군은 조선 수군을 얕잡아 볼 것이다. 반대로 너희들이 당당하게 걷고 말하면 왜군은 더욱 우리를 두려워하리라. 너희들 뒤에는 항상 삼도 수군 통제사 나 이순신이 있다. 너희들이 돌아올 때까지 나는 갑옷을 벗지 않겠다. 침소에 편히 등을 뉘지도 않겠다. 너희들 가솔들 역시 내가 직접 챙기겠다. 몸 건강히 무사히 다녀오라!"

저물 무렵 왜군 포로들이 광대놀이를 차렸다. 이순신은 잠시 그 놀음을 지켜보다가 장수들을 이끌고 운주당으로 올라갔다. 이억기가 미리 와서 기다리고 있었다. 이순신이 자리를 잡고 앉자마자 이억기가 품에서 서찰 한 장을 꺼냈다.

"무엇이오, 이것이?"

"전하께서 제게 은밀히 보내신 글입니다."

이순신이 황급히 서찰을 펴 읽었다. 눈초리가 점점 올라가면서 아랫입술이 파르르 떨렸다. 분노를 참을 수 없는 듯 고개를 쳐들고 황소숨(황소가 가쁜 숨을 몰아쉬듯이 크게 쉬는 숨)을 내쉬기까지 했다. 곁에 서 있던 권준이 다가섰다.

"무엇이라고 적혀 있는지요?"

이순신은 대답 대신 유서(諭書)를 권준에게 내밀었다. 권준이 받아 들고 처음부터 주욱 훑어 내렸다. 양 볼이 뾰루퉁해졌다.

"아니, 이게 무슨 소립니까? 지금 당장 부산포로 진격하도록 통제사를 설득하라니요? 부산포로 판옥선 세 척을 보내라고 할 때는 언제고, 부산포에 남아 있는 왜적을 당장 공격하라니요? 도대체 어느 장단에 춤을 춰야 합니까? 이건 모순이외다. 앞뒤가 맞지 않아요."

권준이 이억기에게 물었다.

"이 유서를 사신을 보내기로 결정하기 전에 받았습니까? 아니면 사신을 보내기로 결론을 내린 후에 받았습니까?"

이억기가 대답했다.

"사신을 보내기로 결정이 되고 보름이나 지난 연후에 받았소이다."

이순신이 끼어들었다.

"하면 명나라 책봉사와 우리 사신인 황신 일행이 부산포에 있는 걸 알면서도 이런 어명을 내리셨단 말인가? 지금 우리가 부산포로 진격하면 책봉사와 사신은 죽음을 면치 못해. 그런데도 부산포를 치라?"

권준이 조용히 말했다.

"언성을 낮추시지요. 자, 이제부터 이 비밀 하교가 어떤 진의를 품고 있는지 조용히 의논하시지요."

이억기와 권준은 이순신과 함께 자리를 옮겼다. 조방장 신호와 군관 정사준, 나대용도 회의에 참석했다. 이억기가 답답한 듯 먼저 입을 열었다.

"도체찰사 군령과 전하 하교가 서로 모순되니 둘 중 하나는 거짓이거나 취소되었음이 분명하오. 사람을 보내 어느 것이 진짜인지 확인하도록 합시다."

정사준이 코를 벌름거리며 말했다.

"소장 생각으로는 취소되거나 거짓으로 작성된 것은 없는 듯합니다."

이억기가 볼멘소리를 했다.

"그게 무슨 말이오? 그렇다면 그댄 앞뒤가 맞지 않는 명령이 둘 다 진짜라고 생각하오?"

정사준이 조금도 주눅 들지 않고 답했다.

"그렇습니다. 명나라와 왜의 강화를 남의 집 불구경 하듯이 할 수는 없는 일입니다. 대신들이 모두 이런 생각을 하는지는 잘 모르겠습니다만 어쨌든 비밀 하교를 내리신 주상 전하는 깊은 뜻을 품고 계신 것이 분명합니다."

나대용이 분통을 터뜨렸다.

"알다가도 모를 일입니다. 조선 수군이 부산포를 칠 수 없도록 만들어 놓고서 다시 부산포를 치라고 하다니요? 이건 완전히 우리 데리고 노는 것이 아닙니까? 사신을 위해 판옥선을 수리하고 군량미를 싣고 격군까지 뽑아 놓았는데 부산포를 공격하라는 어명을 내릴 수는 없는 일이지요. 이 어명이 육군 장수들에게도 전해졌다면, 그래서 그들 중 한 사람이라도 경상 좌도를 향해 진격한다면 부산포로 떠나는 우리 격군은 어찌 됩니까? 당장 목이 달아날 것입니다. 지금 같은 상황이라면 격군과 판옥선을 부산포로 보낼 수 없습니다."

이순신이 좌중을 둘러보며 무겁게 입을 열었다.

"군령과 하교 양쪽 다 진짜라면 우린 둘 다 따라야만 하오."

이억기가 말꼬리를 붙들고 늘어졌다.

"어떻게 그런 일이 가능합니까? 나 군관 말처럼 이대로 격군을 보내면 아니 됩니다. 급히 전령을 보내 사시(아침 9시~11시)에 보낸 판옥선을 되돌아오도록 명하시지요. 며칠 동안 사태 추이를 관망하는 게 낫겠습니다."

권준이 고개를 설레설레 저었다.

"군령은 반드시 지켜야 합니다. 아무런 이유도 없이 시일을 늦추었다가는 중벌을 면할 수 없어요. 소생 생각으로는 조정 중신들 합의와 전하 뜻이 약간 다른 것 같군요. 서애 대감을 비롯한 중신들은 명나라와 왜의 회담이 끝날 때까지는 조선 수군이나 육군이 독자 행동을 자제해야 한다는 입장이었습니다. 도체찰사 군령은 조정 중신들 의견이 반영된 것이겠지요. 하나 여러분도 다들 아시다시피 전하께서는 지난 사 년 동안 계속 바닷길을 봉쇄

하라. 부산포 앞바다를 점령하여 왜군들이 쓰시마로 돌아가지 못하도록 하라는 어명을 통제영에 보내셨습니다. 이번에도 전하께서는 왜가 명나라와 완전한 합의를 이루어 철수하기 전에 어떻게든지 부산포를 쳐야 한다고 생각하시는 듯해요. 그게 한 나라 군왕으로서 위엄을 갖추는 일이기도 하겠지요."

조방장 신호가 걱정스런 얼굴로 말했다.

"그렇다면 참으로 큰일이 아니오이까? 서로 모순된 명령이 이렇듯 계속 내려온다면 어떻게 장수가 전쟁을 치를 수 있겠소? 머리가 둘인 짐승은 하루도 살지 못하고 죽게 마련이외다. 뜻을 하나로 합쳐도 이길까 말까 하는 판에 전하와 조정 중신들의 뜻이 갈리다니요. 있을 수 없는 일이외다."

이억기가 이순신을 똑바로 쳐다보았다.

"아까 둘 다를 따르겠다고 하셨는데, 방책이 있소이까?"

이순신이 고개를 돌리자 권준이 눈웃음을 지어 보였다. 대비책이 진작부터 마련되어 있는 듯했다.

"우리는 넷 중 하나를 선택해야 합니다. 첫째는 두 명령을 모두 유보하고 상황을 더 관망하는 것입니다. 하나 이건 군령과 어명을 어겼다는 추궁을 면치 못하겠지요? 둘째는 어명에 따라 부산포를 치고 판옥선과 격군을 보내라는 군령을 무시하는 것이지요. 하나 이 경우에도 사신이 왜국으로 가지 못해 강화 회담이 결렬되기라도 하면 그 죄가 고스란히 조선 수군에 덧씌워질 것입니다. 셋째는 군령을 따르고 어명을 무시하는 것이지요. 하나 이것 역시 출정하라는 어명을 어겼다는 추궁을 받아 무군지죄로 몰릴 가능성이 있습니다. 따라서 이 셋은 모두 적당한 방책이 될 수 없지요."

이억기가 황급히 물었다.

"마지막 넷째는 무엇이오?"

"통제사 말씀처럼 두 가지를 모두 따르는 겁니다. 우린 이미 판옥선과 격군 그리고 군량미를 부산포로 보냈습니다. 그럼 군령을 지킨 것이 되겠지요? 그 다음에 내일쯤 소장이 군선들을 이끌고 왜선이 모여 있는 칠천량 근해로 나가는 겁니다."

나대용이 손을 휘휘 저으며 이의를 제기했다.

"그러다가 왜선을 격침하기라도 하면 우리 군사들은 되돌아오지 못하오이다."

권준이 기다렸다는 듯이 말을 이었다.

"그게 문제겠지요. 하나 우리가 왜선들과 맞서기는 하되 그들에게 피해를 주지 않으면 될 것이 아닌가요?"

권준이 말을 맺고 좌중을 둘러보았다. 아무도 더 이상 질문을 던지지 않았다.

이순신이 씁쓸한 미소를 지으며 회의를 끝맺었다.

"권 수사 의견대로 합시다. 신 조방장은 내일 아침 일찍 권 수사를 도와 칠천량 쪽으로 나가도록 하오. 이 수사는 만일을 대비해서 전라 우수군 판옥선들을 한산도 근처까지 전진 배치 하시오. 우린 지금까지 굳건하게 남해 바다를 지켰고 앞으로도 계속 그럴 것이오. 우리가 서로 믿고 의지한다면 그 누구도 조선 수군을 무너뜨리지 못할 것이외다. 그 누구도!"

이순신은 주먹을 불끈 쥔 채 장수들 한 사람 한 사람과 눈을 맞추었다.

홀로 남게 되었을 때, 이순신은 자개함에 고이 모아 둔 유서 (諭書)들을 꺼내었다. 장수가 어명을 어기면서까지 뜻을 관철하기란 힘든 일이다.

도원수 휘하 장졸이 먼저 경상 좌도로 진격하면 소장도 삼도 수군을 이끌고 출정하겠나이다.

이순신은 계속 수륙 병진을 주장했다. 문제는 원균이었다. 원균은 한 번만 기회를 주면 당장에 삼도 수군을 이끌고 부산포로 진격하겠노라고 쉴 새 없이 장계와 서찰을 올리고 있었다. 토굴에서 재기할 기회를 엿보는 원균 성품으로 볼 때 그 글에는 호언 장담이 가득할 것이니, 현재 전황을 답답해하는 왕실과 대신들 귀를 솔깃하게 만들 수도 있다.

'얼마나 더 버틸 수 있을까.'

이순신은 유서들을 갈기갈기 찢어 버리고 싶었다.

'언젠가 저것들이 내 목을 조르리라.'

숨이 막혀 왔다. 첩첩산중이나 깊은 바다로 숨어 버리고 싶었다. 그러나 안온한 휴식이나 속된 행복을 탐낼 때가 아니었다.

범부의 안락을 포기하고 택한 장수의 길이 아니었던가.

누군들 단번에 부산포 앞바다로 진격하여 왜선을 섬멸하고 싶지 않겠는가. 그러나 임진년 고전(苦戰)에서도 보았듯 그것은 결코 쉬운 전투가 아니다. 바르지 않은 명령 하나와, 수군 장졸을 비롯한 하삼도 백성들 목숨을 맞바꿀 수는 없었다. 장졸과 백성을 지키기 위해서는 답답하지만 참고 견뎌야 했다.

'쉽게 한판 도박을 하려고 해서는 아니 된다. 어떤 이는 내가 부산포 왜적을 두려워하여 나가지 않는 것이라고 한다. 원 장군도 틀림없이 그렇게 장계와 서찰에 썼을 것이다. 그러나 나는 왜적이 두려워서 출정하지 않는 것이 아니다. 왜적은 두렵지 않다. 아무리 많은 왜 선단이 몰려와도 필승 전략으로 맞서리라. 그러나 잘못된 명령 때문에 장졸과 백성들을 다시 슬픔과 고통에 빠지도록 할 수는 없다. 수륙 병진(水陸竝進)이 아니고는 부산포를 탈환하는 것은 불가능하다.'

전쟁이 무엇인지를, 인간이 인간을 죽이는 느낌이 어떤지를 전혀 모르는 자들로부터 뜬구름 같은 명령을 받을 때면 울화가 치밀었다. 그게 어명으로 탈바꿈해서 내려올 때에는 더더욱 그랬다. 이순신은 그 이 그릇됨을 바로잡고 싶었다. 그자들에게 목숨을 걸고 싸워 이기는 것이 무엇인지를 똑똑히 알려 주고 싶었다. 격군 하나도 헛되이 죽지 않는 완벽한 승리를 결코 포기하고 싶지 않았다.

'아, 이 바다를 어찌 지킬 것인가. 단 하나 헛된 죽음도 없이 저 왜군을 쓸어버리려면 어찌해야 할 것인가.'

이순신은 장검을 들고 수루로 나갔다. 오늘도 잠이 올 것 같지 않았다. 달빛이 유난히도 밝았다. 멀리서 아득한 피리 소리가 들려오는 듯도 했다.

이순신은 고개를 들어 한산도 밤하늘을 크게 살폈다. 이 수루에 홀로 올라 매번 다른 근심에 휩싸여 밤을 새울 때마다 가슴 밑바닥을 흔들던 시조 한 수를, 오늘은 소리 내어 읊기 시작했다.

한산 섬 달 밝은 밤에 수루에 홀로 앉아
큰 칼 옆에 차고 깊은 시름 하는 차에
어디서 일성호가(一聲胡笳)는 남의 애를 끊나니.

〈7권으로 이어집니다.〉

부록

―――――――――――――――――――――――――――――――

「임진장초」 발췌

―해전과 육전에 관한 일을 자세히 아뢰는 계본

―문신으로 종사관을 임명해 주기를 청하는 장계

―둔전을 설치하도록 청하는 계본

―무과 특별 시험을 보인 일을 아뢰는 계본

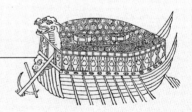

해전과 육전에 관한 일을 자세히 아뢰는 계본*

삼가 품고하올 일을 아룁니다.

바다와 육지에서 적의 침입을 방비하는 계책에는 각각 어렵고 쉬운 점이 있습니다. 요즘에 와서 모든 사람들이 해전은 어렵고 육전은 쉽다고들 하여 수군의 여러 장수들이 육전으로 나가고 연해안의 군졸들도 또한 육전으로 나가는데, 수군의 장수로서는 감히 제어할 수 없고 전선의 사부(射夫)와 격군(格軍)도 조정할 길이 없으니 여러 장수들의 용감하고 비겁함을 무엇으로 가려낼 수 있사오리까. 신은 수군에 적을 둔 자로 여러 번의 큰 싸움을 겪었으므로 대략 해전과 육전의 어렵고 쉬운 점과 오늘의 급선무를 들어 망령되이 다음에 진술하였습니다. 이에 삼가 엎드려 조정의 분부가 있기를 기다리옵니다.

---

* 이 책에 수록한 장계 네 편은 모두 조성도 편역 『임진장초』(1984)에 실린 번역본을 기초로 하였다.

첫째로, 우리나라 사람들은 겁쟁이가 열 명 중 여덟아홉 명이며 용감한 자는 열 명 중 한둘입니다. 평시에 분발하지 않고 서로 섞여서 모여 있으므로 무슨 소문만 들려오면 번번히 도망해 흩어질 생각만 내어 덧없이 놀라 엎어지고 자빠지며 다투어 달아나니, 비록 그 안에 용감한 자가 있더라도 과연 혼자서 번쩍이는 칼날을 무릅쓰고 죽을 각오로 돌격하여 싸울 수 있사오리까. 만일 정선한 군졸들을 용감하고 지혜 있는 장수에게 맡겨서 잘 지도했더라면 오늘 전란이 반드시 이렇게까지 되지는 않았을 것입니다.

해전으로 말할 것 같으면, 많은 군졸이 죄다 배 안에 있으므로 적선을 바라보고 비록 도망해 달아나려 해도 그 형편이 어쩔 수 없는 것입니다. 하물며 노를 재촉하는 북소리가 급하게 울릴 때 명령을 위반하는 자가 있을 것 같으면 군법이 뒤를 따르는데 어찌 마음을 다하지 아니할 것이며, 거북선이 먼저 돌진하고 판옥선이 뒤따라 진격하여 연이어 지·현자 총통을 쏘고 이어 포환(砲丸)과 시석(矢石)을 빗발치듯 우박 퍼붓듯 하면 적은 사기가 쉽게 꺾이어 물에 빠져 죽기 바쁘니 이것은 해전의 쉬운 점입니다.

그러나 전선 수가 적고 수군 군졸 중에서 달아나는 자들이 요즘에 와서 더욱 심한 바, 만일 전선을 많이 준비하고 또 격군을 보충할 길이 열린다면 비록 대적이 무수히 침범해도 능히 감당할 수 있으며 쉽게 섬멸할 수 있을 것입니다. 이제 적세를 본 즉 남쪽으로 도망해 온 뒤로 아직도 바다를 건너지 않은 채 영남 연해변의 고을들을 죄다 소굴로 만들고 있으니, 그들의 소행을 살펴오면 흉계를 헤아리기 어렵습니다. 만일 적들이 수륙으로 합세하여 일시에 돌격해 오면 이렇게 매우 약한 수군으로서는 그 세력을 막아내기 어렵고 전 군량을 이어 가기도 어려울 것이므로, 이것이 신이 자나깨나 걱정하는 일입니다.

신의 어리석은 생각에는 수군에 소속한 연해안 각 고을의 여러 종류 괄장군(括壯軍)들을 전적으로 수군에 소속케 하고, 군량도 또한 수군에 속하게 하여 전선을 곱절이나 더 만들게 하면 전라 좌도 5관 5포에 60척을 정비할 수 있고 전라 우도 15관 12포에 80척을 정비할 수 있으며, 경상 우도에는 사변을 겪은 나머지라 조처할 방도가 없다고는 할지라도 그래도 40여 척을 정비할 수 있고, 충청도에서도 60척은 정비할 수 있을 것이므로 합하면 250여 척은 될 것입니다.

앞으로 이만한 병력을 지니고서 적의 동향을 듣는 대로 우리 도와 다른 도를 가릴 것 없이 즉시 응원하여 정세 따라 추격하면 어디를 가든지 대응할 적이 없을 것이며, 또한 적이 비록 많고 강하다 해도 그 배는 물에 있는 것이므로 우리 배가 앞뒤로 상응하여 적에게 대항할진대 적은 반드시 염려하고 꺼리는 생각이 나서 마음대로 육지에 오르지 못할 것입니다.

삼가 원하옵건대 조정에서는 충분히 헤아려 생각하셔서 사변이 평정될 때까지 연해안 각 고을 괄장군과 군량 등은 다른 곳으로 옮기지 말고 전적으로 수군에 소속시키고, 수군의 여러 장수들도 또한 이동하지 않도록 함이 좋을까 생각합니다.

둘째로, 군병들 양식이 가장 급한 일인데, 호남 한쪽이 명색으로는 보전했다 하지만 모든 물자가 고갈되어 조달할 길이 없습니다.

신의 생각에는 본도의 순천과 흥양 등지에 넓고 비어 있는 목장과 농사 지을 만한 섬들이 많이 있으니 혹 관청 경영으로 경작케 하든지 혹 민간에 주어서 병작을 시키든지 혹 순천과 흥양의 입대할 군사들로 하여금 힘써 농사짓게 하다가 싸움이 있을 적에 출전한다면 싸움에나 지킴에나 방해됨이 없이 군량에도 유익할 것입니다. 이것은 조나라 이목(李牧)과 한나라 조충국(趙充國)이 일찍이 시행했던 방책입니다. 다른 도에도 이와 같이 명년 봄부터 시작하여 농사짓게 함이 좋을까 합니다.

셋째로, 전선을 곱절이나 더 만든다면 지·현자 총통들을 갑자기 마련하기 어려울 것이므로 육지의 각 고을에 있는 총통을 급속히 수군으로 옮겨 보내 주어야 하겠습니다.

넷째로, 수사는 수군의 대장이므로 무릇 호령을 내려도 각 고을 수령들은 자기네를 관할할 수 없다고 핑계하고 전혀 거행하려 하지 않으며, 심지어 군사상의 중대한 일까지도 내버려 두는 일이 많이 있어 일마다 늦어지게 됩니다. 이런 큰 전란을 당하여 도저히 일을 처리하기 어려우니, 전란이 평정될 때까지는 감사 및 병사의 예와 같이 수령들도 아울러 지휘할 수 있도록 함이 좋을까 생각합니다.

만력 21년(1593년) 구월

문신으로 종사관을 임명해 주기를 청하는 장계

승정원에서 열어 보십시오.

신이 이미 통제사의 직책을 겸하여 삼도 수군과 장수들이 모두 부하로 들어오니 검칙하고 지휘해야 할 일이 한두 가지가 아니온데, 신은 영남 해상에 있으면서 글로만 먼 길에 조회하기 때문에 군사에 관한 허다한 일이 빨리 거행되지 못할 뿐 아니라, 도원수와 순찰사가 머무른 곳에도 협의하여 결재를 받아야 할 사항이 역시 많건만 거리가 서로 격원(隔遠)하여 간혹 기한에 미치지 못하여 일일이 어긋나므로 매우 걱정스럽습니다.

신의 어리석은 생각으로는 문관 한 명을 순변사의 예에 의하여 종사관이라 부르게 하여 왕래하면서 협의 사항을 통지하고 소속 연해안의 여러 고을을 순시하면서 감독 처리하고 사부와 격군과 군량을 계속 조달하게 한다면 앞으로 닥쳐오는 큰 일을 만분의 일이라도 해결할 수 있을 것입니다. 뿐만 아니라 여러 섬에 있는 목장 내 비어 있는 넓은 땅을 논이나 밭으로 개간할 곳 또한 조사해 보아야 하겠으므로, 망령되이 감히 품의하오니 조정에서 충분히 검토하시어 만일 사리와 체모에 무방하다면 먼저 장흥에 사는 전 부사 정경달이 지금 본가에 있다 하오니 특별히 종사관으로 임명해 주시기 바랍니다. 이 사연에 대하여 말씀을 잘 올려 주시기 바랍니다.

만력 21년 윤십일월 십칠일

둔전을 설치하도록 청하는 계본

삼가 상고하올 일을 아룁니다.

여러 섬에 있는 목장 중에서 넓고 비어 있는 곳에 명년 봄부터 밭이나 논을 개간하기 시작하되, 농군은 순천과 흥양의 유방군(留防軍)들을 써서 나가서는 싸우고 들어와서는 농사를 짓도록 함이 좋겠다는 사연은 이미 장계를 올렸으며, 그것을 허락해 주신 사연을 낱낱이 들어 감사와 병사들에게 공문을 보냈습니다.

그런데, 순천부의 유방군은 순찰사 이정암의 장계에 의거하면 광양 땅 두치(豆恥)에 신설되는 첨사진(僉使鎭)으로 이동시켜서 방비하게 할 계획이라 하니 돌산도를 개간할 농군을 징발할 길이 없습니다.

신의 소견으로는 각 도에 떠도는 피란민이 한 군데 모여 살 곳도 없고 또 먹고 살 생업도 없어 보기에 참담하오니 이 섬으로 불러들여 살게 하면서 합력하여 경작하게 하여 절반씩 갈라 가지게 한다면 공사간에 함께 편리할 것입니다.

홍양현의 유방군은 도양장으로 들어가 농사짓게 하고, 그 밖에 남은 땅은 백성들에게 나누어 주어 병작케 하고, 말들은 절이도(折爾島)로 옮겨 모으면 말을 기르는 데도 손해가 없고 군량에도 도움이 될 것입니다.

우도(右道, 전라 우도를 말함)의 강진 땅 고이도와 남해 땅 황원 목장은 토지가 비옥하고 농사지을 만한 땅도 넓어 무려 천여 석 종자를 뿌릴 수 있습니다. 만약 철 맞추어 씨를 뿌리면 그 소득이 매우 많을 것인데, 농군을 뽑아낼 곳이 없으니 백성에게 나누어 주어 병작케 하여 나라에서 절반만 거둬들여도 군량에 보충이 될 것입니다. 또 군량이 공급만 되면 앞날에 닥쳐 올 큰 일을 치르는 데 군량이 없어 급해하는 일은 거의 없을 것이니, 이야말로 시기에 합당한 일입니다. 그러나 유방군에게 일을 시키는 것은 신이 함부로 할 수 있는 일이 아니며 감사나 병사들이 제때 나서서 해야 할 일이온데, 봄 농사철이 멀지 않았건만 아직 실행한다는 소식이 없으니 참으로 답답할 뿐입니다. 조정에서는 본도 순찰사와 병사에게 다시금 허락하시는 분부를 거듭 밝혀 주시기 바랍니다.

돌산도에 있는 나라의 둔전은 벌써 묵어 있은 지 오래된 곳으로서 그곳을 개간하여 군량에 보충하고자 이미 장계를 올렸던 것입니다. 앞에서 말씀한 농군은 각처에 번 들어와 수비하는 군사들 중에서 적당히 뽑아내어 경작케 하려 하였으나, 요즈음은 곳곳에서 변방을 지키고 있으므로 뽑아낼 사람이 없어 끝내 경작하지 못하고 그대로 묵혀 둔 형편입니다.

그런데, 본영의 둔전 20섬지기는 남아 있는 나이 든 군사들을 뽑

아내어 경작시켜 그 지질을 시험해 보았던 바, 수확된 것이 중정조
(中正租)가 500섬이나 되므로 종자로 쓰려고 본영 성내 순천 창고에
들여놓았습니다.

삼가 생각한 바를 갖추어 아뢰옵니다.

만력 21년 윤십일월 십칠일

무과 특별 시험을 보인 일을 아뢰는 계본

삼가 과거 시험을 보아 인재를 뽑은 일을 아룁니다.

작년 십이월 이십삼일 도착한 무군사(撫軍司)의 공문에 의거한 순찰사 이정암의 공문 내용에 따르면 동궁께서 전주부로 내려와 머무시면서 과거 시험장을 개설하라고 명령하셨다 하기에, 수군의 사졸(士卒)들이 모두 다 즐거이 응시하려고 하였으나 십이월 이십칠일을 시험일로 정하였기 때문에 물길이 너무 멀어서 기한 내에 도착하지 못할 뿐 아니라 적과 상대해 있어 뜻밖의 환란이 없지 않을 것이므로 정군 용사들을 일시에 내보낼 수 없는 일입니다. 수군에 소속된 군사는 경상도의 예에 의하여 진중에서 시험 보아 군사들의 마음을 위로해 주도록 하되, 규정 중에는 말 타고 달리면서 활 쏘는 것이 있으나 먼 바다에 떨어져 있는 섬에서 말 달릴 만한 땅이 없으니, 말 달리면서 활 쏘는 것은 편전(片箭)을 쏘는 것으로써 시험을 보면 편리할 것으로 사료되어 품고한 바 있었습니다. 그런데 이번에 도착

한 병조의 공문에 의하면

"이번에 위에서 내려온 좌수사의 장계 사연과 병조에서 올린 계목 (啓目)을 덧붙여 내린 것으로 '전주에서 보인 문무(文武) 과거는 이미 합격자를 발표하였으므로 계속해서 과거 시험장을 개설한다는 것은 온당한 일이 아닙니다. 수군은 여러 해를 수고하였는데도 그들만이 과거 시험을 보지 못하게 된 것도 정의상 매우 섭섭한 일일 뿐 아니라, 영남에 있는 원수진(元帥陣)에서 보이는 과거 시험은 전주에서 일시에 합격자를 발표할 수는 없지만 따로 갈라 인재를 선발하기는 서로 다를 바가 없으니, 장계에 의하여 말 달리면서 활 쏘는 것을 제외하고 편전과 철전(鐵箭)으로 시험하되, 임의로 많이 뽑는다면 정예하지 못할 걱정이 있을 것이므로 100명을 정원으로 하여 시험 보는 것이 어떠하옵니까?' 하였던 바, 만력 22년 이월 칠일 우부승지 이광정(李光庭) 담당으로 장계에 의해 재가하셨으므로 상고하여 시행하라."

하는 내용이었으므로, 위의 무과 특별 시험을 보이기 위하여 도원수 권율에게 이름 있는 문관으로 참시관을 결정해 보내 달라고 이첩하였는 바, 삼가 현감 고상안을 참시관으로 결정해 주었습니다. 시험관은 신과 전라 우수사 이억기와 충청 수사 구사직이 맡고 참시관은 장흥 부사 황세득, 고성 현감 조응도, 삼가 현감 고상안 및 웅천 현감 이운룡으로 정하여 이달 사월 육일 시험장을 개설하고, 철전 다섯 살[矢] 두 순(巡)을 쏘아 두 번 맞추기 이상과 편전 다섯 살 한 순을 쏘아 한 번 맞추기 이상으로 하되 모두 군관들의 활 쏘는 예에 의하여 나누어서 시험을 보여, 그 합격자 100명을 1, 2, 3등으로 구

분하고 주소, 직업, 성명 및 아버지 이름과 나이 등을 아울러 별지
에 기록하여 올려 보내옵니다.

만력 22년(1594년) 사월 십일일

불멸의 이순신 6

삼도 수군 통제사

1판 1쇄 펴냄 2014년 7월 18일
1판 2쇄 펴냄 2021년 4월 30일

지은이   김탁환
발행인   박근섭·박상준
펴낸곳   (주)민음사

출판등록   1966. 5. 19. 제16-490호
주소   서울특별시 강남구 도산대로1길 62(신사동)
            강남출판문화센터 5층 (우편번호 06027)
대표전화   02-515-2000 | 팩시밀리 02-515-2007
홈페이지   www.minumsa.com

ISBN 978-89-374-4146-2 04810
ISBN 978-89-374-4140-0 04810(세트)

* 잘못 만들어진 책은 구입처에서 교환해 드립니다.